U0782689

与你同行

魏容强 著

南海出版公司

2023 · 海口

图书在版编目（CIP）数据

与你同行 / 魏容强著. -- 海口 ：南海出版公司，
2023.9

ISBN 978-7-5735-0613-9

Ⅰ．①与… Ⅱ．①魏… Ⅲ．①散文集－中国－当代
Ⅳ．① I267

中国国家版本馆 CIP 数据核字（2023）第 191849 号

YU NI TONGXING

与你同行

作　　者	魏容强
责任编辑	肖建秀
出版发行	南海出版公司　电话：（0898）66568508（出版）65350227（发行）
社　　址	海南省海口市海秀中路 51 号星华大厦五楼　邮编：570206
电子信箱	nhpublishing@163.com
印　　刷	四川科德彩色数码科技有限公司
开　　本	880mm×1230mm　1/32
印　　张	8.75
字　　数	227 千
版　　次	2023 年 9 月第 1 版　2023 年 9 月第 1 次印刷
书　　号	ISBN 978-7-5735-0613-9
定　　价	79.00 元

南海版图书　　版权所有　　盗版必究

用文字装订岁月

徐渭明

每个人的心灵深处，总有些连岁月都不可磨灭的独特记忆。尽管人类的生活从本质上看是大同小异的，但正是这种小异，衍生出人类个体多样的生命感悟、情感体验和认知途径，造就了丰富多彩的生活。

对于生活的感受，人们有着各自的表达方式。有人在日复一日、年复一年的寻常日子里，渐渐失却了当初的敏感，欲说还休或麻木不仁；有人沉浸在自己的某个"高光"时刻，絮叨着似是而非、难辨真假的故事，唯独少了与现实生活中亲近人群的互动；有人铭记着生活中感动自己的一些瞬间，并把在岁月沉淀里提取的感悟梳理出来，诉诸笔端。

我想老魏属于上述的第三类人。

老魏大名魏容强，20世纪70年代生人。那个年代的生活清苦简单；那个年代成长起来的绝大多数人，身居陋室却充满对外面世界的向往、对美好未来的憧憬。老魏亦然。他在家乡的蛙声蝉鸣里读完中学，在人们惊诧的眼光中当了兵，一当就是 21 年；转业后，他成了一名中国最基层的公务员，每天奔波在熟悉的乡音里。

于是老魏笔下的叙事，大多围绕着生活中的这三个阶段展开。恩师、同学，战友、朋友，家人、乡亲，一个个鲜活的面容和他们的故事，展现在老魏生活的某一个时段，或展现在老魏的记忆深处，成了他生活不可或缺的组成部分，成了他感悟生命的触发介质。

读老魏这些称之为散文或随笔的文字，我总有一种熟悉感或亲近感，仿佛他写的好些人或事，我也曾碰到过。我想，这一方面是因为我们有着相近的乡土生活经历、有着相近的对大地和乡村的文化认同；另一方面则是因为他的叙事像煞我们熟悉的浙东田野的泥土，不花哨、不张扬，却不经意间开出了花、结出了果。

老魏的写作是质朴的、爽直的，有时甚至过分原生态了一些，这很像他日常的待人接物。他有一只耳朵重听，所以他习惯了大声说话，也习惯了把观点直接亮明，从不拐弯抹角。老魏写走马灯似的变换的班主任老师，本来可以详写一个、略写数个，他却平均分配，一个个记述下来，可见他对每一位老师都充满着感情，"文如其人"一说，还是颇有道理的。

当然，平直并不意味着平淡，朴素并不代表浅陋。在看似寻常的叙事里，老魏自然而然地把对生命的感悟、对生活的思考植入其间。即使不曾写下议论性的文句，老魏照样在简洁的人物叙事里，糅入自己隐含的情感倾向。比如他写过儿时去富裕邻家"蹭看电视"的往事，有一次他因"蹭看"挨了邻家小女孩的一巴掌，于是决计不再踏入邻家半步；后来"花仙子"似的女孩夭折了，老魏在感叹世事无常之际，没有丝毫幸灾乐祸，倒是透发着深深的惋惜，这是对生命的敬重之情。再比如，他写小C的苦难童年和奋发成才，行文中充满着对奋斗者的赞美之意。

也有人认为，老魏写作的素材选择偏小、偏平，写作手法平铺直叙、比较单一。但我始终认为，散文是一种自由、灵活的文体。散文可以表现壮丽山河、金戈铁马，也可以表现小桥流水、家长里短，重在求真、向善、尚美，重在言之有物、言之有情、言之有理。在"可视化"排挤"可思化"的当下，在"文字失语"越来越严重的当下，运用祖先留给我们的文字进行写作，记述生活、感悟人生、讴歌美好，这本身就是件值得肯定的好事。而文学正是传承祖国优秀语言文字的好载体。

由此我们可以这样认为，老魏的写作，是真实写作、真情写作、真诚写作。他用感恩的心态、质朴的文字，将流逝的光阴装订成册，营建了一个并不华丽却盈动温暖的记忆空间。这是他的个体心灵史，也是我们这方土地上一大群同龄人的心灵史。

目录

1 故 乡 独 好

故乡独好，不羡天涯

乡愁，"是一枚小小的邮票""是一张窄窄的船票"，这是诗人眼中的乡愁。的确，无论在哪，故乡在游子心里的分量最为沉甸，谁不牵挂自己的故乡呢？

2011年底，我结束在外的日子回老家工作，离开家乡20余年，一切已变得新鲜而陌生。

出城区一直向北，约半小时车程，便是新的工作单位所在地。但所见集镇景象令我有些诧异：破旧不堪、规格不一的店面招牌，道路边随意搭设的摊点，上空乱如蜘蛛网的各种线路，街角拐弯处随意丢弃的垃圾……什么情况？我不禁在心里嘀咕，还不如某些小乡镇呢！倒是六七家知名的银行夹杂在这乱哄哄的集镇区域内，颇为醒目。

接触一段时间后，我开始了解到这里的人文历史底蕴：躬耕的上古帝王舜；距今约5000年的新石器时代茅湖遗址；东汉名士严子陵故里；一年一度热闹的二月十九庙会……水系四通八达，土地肥沃，历史积淀深厚，人杰地灵，这无疑是一个值得期许和充满希望的地方。

期盼"洁、序、美",不要"脏、乱、差"。针对乱象,这里开始发力整顿,期待一场美丽嬗变。

笔者融入这片土地,与当地居民一道见证所有的负重前行和岁月静好。经过初步整治,集镇区的大街小巷开始变干净,店铺招牌得到统一规范,路两旁的建筑明显整洁多了,街头巷尾种植的花花草草迎风招展,标准的健身步道、绿草如茵的健康主题公园、崭新的家电工业园区为居民带来全新体验,纪念馆、家园馆、农家书屋等纷纷修建完善,历史传统建筑得以保护,优秀传统文化得以传承……一切都重焕生机和活力。

镇北路有家理发店,店主来此开店已近 20 年,她开心地告诉作为顾客的我:"环境这么一整,马路宽敞,绿化漂亮,店面亮堂,阿拉①的生意变好了勿说,这每天的心情也是格外畅快。"可不是,集镇变美,人们也爱上街走走逛逛了,街上人气一旺,给店铺带来更多商机。同时,街面整洁度的提高,也使过往的行人愿意遵守美的约定,随意丢弃垃圾的习惯大为改善。随着黑臭河的消灭、水环境的大幅度改善,江河两岸倚栏垂钓的人也多了起来……

现在,倘若你来这里一游,我推荐你去子陵纪念碑牌坊看一看。牌坊始建于东汉,汉光武帝刘秀为牌坊御赐"高风千古,清节流芳"8 字,现存牌坊于明万历年间重修,为四柱三间石结构建筑,雕刻精美,具有丰富的人文和艺术价值。坊下小河潺潺流淌,沿河折向东北处不远即严氏宗祠,在那可以详读严氏一脉的由来和先贤严子陵高风亮节的故事。假如时间还早,你还可去"舜耕福地"历山村走一走,那儿有座文化公园,综合了大舞台、文化

---

① 阿拉,吴语,"我们""我的"。

长廊、舜虞纪念馆、农耕馆等建筑，收集陈列的物品丰富、资料翔实，虞舜纪念馆被列为省重点非物质文化遗产项目"虞舜传说"的传承基地。本土风情、圣贤人物与红色记忆相互叠加，把整个文化公园打造成优秀的爱国主义教育基地。戏剧、歌舞、民俗节目和其他庆典活动常在此地举办，给周边群众带来了丰富的精神食粮。若你喜好美食，莫忘了寻一寻当地的市非物质文化遗产展示馆"徐家糖坊"。糖坊有固定的店面，有时也会在活动现场设摊，手工制作的"老鼠糖球""冻米糖""葱管糖"等麦芽糖系列颇受青睐。吃过的人都说是小时候的味道。说到吃，如果你来的时间恰好是七八月份的话，还可以选择到早熟蜜梨种植基地去参加采摘活动，那儿的"舜水"蜜梨，个大，汁多，外观翠绿，甜度高，是省、市优质农产品，尝一尝，必能收获舌尖上的快感。

"君自故乡来，应知故乡事。"带着对故乡的美好记忆，前不久，一批来自天南海北的姚商乡贤回到故土，他们此行的目的就是看家乡变化，叙桑梓乡情。"没想到村庄现在发展得这么好，干净漂亮多了！""文化需要挖掘，子陵故里传承有方，家乡有了更响亮的名片！"60余名乡贤、姚商在参观农村文明示范线子陵故里和虞舜文化公园时，不住地感叹家乡的变化，纷纷用"震撼"一词表达内心的感受。

"愿所有的期待都能兑现，所有的梦想都能实现。"恳谈会上乡贤祝福的话犹在耳边，游子回故乡的欢声笑语仍在荡漾。我想，也许在这片热土上，好多地方还不算是尽善尽美，但我们看到了这些可喜的变化。环境整治只有起点，没有终点，"众人拾柴火焰高"，只有人人参与，大家都自觉行动起来，精心呵护我们共同的家园，那么一切美好都是可以期待的，所有梦想都是能够成真的。

故乡应该是有味道的，故乡必是记得住乡愁、回得去的故乡，故乡也是一本永远读不够的图书。

这故乡，你说，是不是越来越有味道了？

故乡独好，不羡天涯！

（写于 2019 年 6 月 18 日，有改动）

这地方，这味道

　　每个人的心里都住着这么一个地方，这地方有着不一样的情怀和味道。

　　踏遍千山万水，走过天涯海角，尝尽人间百味，要说最眷恋的还是这里的土地，最难忘的仍是这里的味道。

　　倘若有幸，与你邂逅于此地此城，可以一起去河姆渡遗址，于博物馆内陈列的陶陶罐罐前，共同追溯 7000 年前灿烂的新石器时代文化；也可去龙泉山下，优雅地打一轮太极拳，要一套剑术；或在恰好的时间里，悄然站立于通济桥和舜江楼一侧，一睹"双城烟雨，镇阁流霞"的美妙景观；抑或驾车沿美丽的盘山公路登临草木葱郁的四明山，去投入大自然最深情的怀抱；亦可端坐龙山剧院一隅，观看幽默诙谐、乡土味十足的"姚剧"；或去缓缓流淌的姚江岸边，寻一处钓台，持竿伫立，做一"愿者上钩"的渔翁；还可寻访名人踪迹，与"四大先贤"对话，感悟王明阳先生"知行合一"的心学智慧，仰慕名士严子陵"山高水长"的高风亮节……累了，饿了，踱入街边的小餐馆，点上"泥螺炒茄子""红膏咸炝蟹""烤扁芋艿""荠菜炒年糕""白斩鸡"等菜肴，佐之以杨梅酒，舌尖上全是本土浓浓的味道。

这地方的味道留有岁月编织的传奇故事，凝聚劳动人民的勤劳智慧，传承一代又一代人的真情实感。陆埠的豆酥糖、番薯粉丝，低塘的麦芽糖、黄花梨，丈亭、三七市的杨梅、年糕，黄家埠、临山、小曹娥的榨菜和葡萄，马渚的碱水面，牟山的大闸蟹，梁弄的大糕与樱桃，大岚的番薯和枣子、冯村的甜春笋等，咂巴下嘴，独特的味道中分明透着小溪、田野、山沟、碧湖、竹林的清新和静谧。

幸福的味道又是相似的。我们既能"朝饮木兰之坠露兮，夕餐秋菊之落英"；又能在周末暖暖的阳光里，走进图书馆，从事"读书做圣贤"第一等事；或于北滨江路古街之茶坊，品一杯"瀑布仙茗"，眺望滔滔东流去的姚江水，感受花开花落、云卷云舒的惬意。除此之外，我们还能有说走就走的旅行，宁杭甬高铁、杭甬高速穿境而过，甬绍城际列车经停余姚老火车站，去萧山机场、栎社机场只需一小时车程，至杭州湾跨海公路大桥已建成快车道。出行方便、交通快捷，此地已紧紧融入宁波、上海、南京、舟山等城市环抱的长江三角洲一小时经济圈内。

一直记得，从小时候跟随父母到成年之后自己独自背上行囊，多次从小镇出发，挤上绿皮火车，伴随着"咣当咣当"的钢轨撞击声，在拥挤嘈杂的车厢内一路煎熬，耳畔回荡着《火车快开》这一首老歌；不曾忘了，小村附近长泠江上的汽油船"突突突"地响着，它满载一代人的梦想，和两岸不断翻涌向前的浪花，渐行渐远；依稀记得，娘挑着一担自家地里种的青皮甘蔗，带着幼小的我，从小镇沿萧甬铁轨线步行到市区火车站，两筐甘蔗，5分钱一节，及至日落西山才卖完；也没忘记，上初中那会，终于拥有一辆除铃铛不响哪都响的 26 寸旧永久牌自行车，个子较小的我，用套腿式技法蹬车，一骑绝尘，惊煞路人；还记得，小叔结婚那天，嫁妆和新娘，是从水路派船队去迎接的，唢呐锣鼓队坐满一船，一路吹吹打打好不热闹，扛旗手的我，擎一面红旗立于船头，好不威风……在当时自行车还属奢侈品的条件下，这里江南特色四通八达的水系，成就了繁忙的船运。船无疑是那个时代最主要的运输载体，学会摇船，亦是一项重要的生存技能，对吃饭间大人常说"要会摇橹多吃鱼尾"的话，我是笃信不疑的，至于鱼尾处鱼刺细密有卡喉咙的危险，那是全然不顾的。

历史的车轮滚滚向前，旧的东西、落后的事物被淘汰属自然法则，过去之所以难忘，是因为那时我们有过梦想，有过纯真，有过安详从容的生活状态。如今，这里的山变青、水变绿、路变宽，美好的一切在回归，乡愁的味道也日渐浓郁，过去的梦想与期待也都在成为现实。

毋庸置疑，这是一个最好的时代，也是一个需要继续奋斗的时代。春华秋实，夏蝉冬雪，时光荏苒，年复一年，于忙碌中不妨慢下脚步，相约美丽，邂逅幸福，与你或一壶浊酒，或一杯清茶，细细品尝幸福余姚的味道。

（写于 2019 年 11 月 13 日，有改动）

家乡的小村

有多久未带孩子回家乡的小村了呢？

每逢周末，老娘总是要打电话过来，询问回不回家吃饭。老家其实隔得不远，半小时车程而已，却总有这事那事纷扰纠缠，而孩子正面临中考压力，完成作业之余，还得额外学习，因此，好多时候并不曾脱身前去。

今年"五一"这天，终于抽空带着孩子一起回了趟乡下的老家。村里的一草一木皆熟悉，在生我养我的地方，自是满眼的亲切，然而又觉颇多生疏之处。事实上，这点不奇怪，连我自己都变了，周遭事物又岂能固定不变？

车可以开到家门口，到家后，趁着时间还早，我便四处走走。先迂回至村的西南侧进入。原先那里有座石板桥的，石板桥较窄，仅容一辆手拉车通过，桥中间还有裂缝。当时出行基本靠走，条件好点的家庭才用上自行车，骑车过这小桥须倍加小心，若不下车推行，便有车轮卡缝摔跤跌落河中的危险。如今，小桥不见了踪影，这一带拓宽修路，边上空地改建成小型停车场，正月期间，偶尔有戏班子在此演出，除了热闹一阵的用意，还有祈愿一年风调雨顺的寓意。

石板桥北侧原先的河道被填埋挤占，缩变成沟渠了，河西岸七八棵粗壮的杨柳树，现仅剩一棵在风中落寞摇曳。小时的我有空就在这柳树底下垂钓，每回必不落空，倒不是说我的钓技有多好，而是那时的生态好，水里面的鱼多易上钩。在这条内河里，四指宽的鲫鱼是常钓到的，最成功的一次是钓到了一条大黑鱼，黑鱼咬钩迅猛，我甩竿时太用力，鱼甩向岸边时已脱了钩，被我机灵地扑住。我钓鱼的习惯是提竿太用劲，这点比较糟糕。有次，一条稍大的鱼来咬钩，我激动之下，抬手甩竿，却发现空空如也，仔细一瞧，鱼钩上竟挂着一圈鱼唇，顿时无语。不过，幸运还是多于失落的。某个夏日黄昏，与弟一起闲走，瞥见这桥下的泥滩里有一物在蠕动，我心里一激灵，连忙从草垛处拽一把稻草，下滩与弟合力裹了那物上来。"多肥壮的一只甲鱼！"左邻右舍至今记得这事，遇见了还会津津乐道地提起。河里的鱼，沟里的泥鳅、鳝鱼，那时只要稍用点心，必是有收获的。惭愧的是，小时的我竟有些封建迷信，比如见到有蛇游过，无意中用手指了指蛇，意识到错误了，马上吐口唾沫在手指上，用另一只手掌对着手指虚砍一下，才觉平安吉利，且不管这样的做法是多么荒唐可笑。

沿小河向北尽头处，以前是条较宽的落水沟，田间多余的灌溉水，都顺着这条沟流出，重新汇入河中。激流过处，常有小鱼逆流而上。春耕时分，豆瓣大的鲫鱼、比小指还细的青鱼等，一起挤到水沟里畅游。小伙伴们见了拿来簸箕、脸盆，分工合作在沟里兜鱼，或者玩分段筑坝蓄水、放水的游戏。我们还把沟里的水舀干，翻寻泥鳅和鳝鱼，常在不经意之中，收获舌尖上的美味。可如今捕鱼者比河里的鱼还多，还贪婪，加之手段又十分高明，鱼和泥鳅等都难觅踪迹了。

桥南的河道依然完整，河边那两三棵当年茂盛的构树，不知什么时候被人砍掉了。想当年，小不点儿的我，曾在构树下拴着的木船上参与"摆大船"，众人合力，让船左右摇摆，幅度越大越刺激。福祸相依，有次竟恼了栖居树上的黄蜂，其中一只毫不留情，俯冲过来蜇了我大脑门一下，吓得我几天都不敢去那树下玩耍。

西侧的两户邻居，已换了主人，几个门前玩耍的孩童见我经过，眨巴着眼注视我，似乎在问："哪里来的陌生人呢？"一只小狗蹿出来，追着我一通狂吠，我一蹲身，它就逃回家朝着天空继续乱叫。老家大门口前几年栽的两棵桂花树，差不多有围墙高了。记得这里以前是一间猪舍，那时家家户户门前的草垛和猪舍是标配，我家也不例外。我家每年起码养上一两头猪，地里的肥料因此有了，过年也能撑开肚子吃肉。挨着我家猪舍东面原有三间破草屋，草屋的主人已另造瓦房，空出这草屋来堆放杂物。有一天，搬进来一位80岁左右的老头，衣衫褴褛，脸上皱纹如刻，一双浑浊的眼睛从来都没睁大过。他常去河边埠头的石头缝中摸螺蛳，我闲来无事，就会在边上看他用石块费力地敲去螺蛳的尾部，想来草屋里是没有配备刀具的，生活因此过得狼狈。为生计，他常去镇里贩一桶麻花来，蹲在我小学旁边的凉亭内卖。班长科同情他，常光顾他的生意；可我嫌脏，没去买过，何况两分钱一根的麻花，对我来说有点奢侈。现在回想起来挺懊悔的，我怎么只当看客，为何不伸手帮他一把呢？那老头什么来历，又怎么会突然住进草屋，我没问过，也不知晓，可在他去世那天，听到有人惊天动地地干吼，始知他还是有亲人的。

"漆档"是一种当地农家常见的盛水木桶，村里的一个小伙伴因为名字与此物谐音，就被取了"漆档"的绰号。他住在我家的东面，读书比我高一届，我们常结伴而行。念初中那会儿，学校离家有三四里路光景，而且大部分路段在江边，我与他一路走一路玩。我俩最喜欢用小石块练准头了，瞄准江里的浮物掷去，见灯泡砸灯泡，见空瓶砸空瓶，一击而中，便会得意地笑。夏天与"漆档"等人一起游泳，有次练习高台跳水，他是第一个跳的，匆忙间由于姿势未调整到位，竟以胸脯砸向水面，痛得他一阵呻吟，好在本人并无大碍。我有恐高症，犹豫再三后终于跳下，双脚先入水，动作侥幸成功。这些过往的点滴皆成回忆，此时，我路过他家的后门，见到"漆档"的老娘拄着拐杖倚在门口，手里夹一支烟，缭绕烟雾中，她叫了我的名字。我应一声，却有点恍惚："漆档"是哪一年被疾病夺走生命的呢？似乎是10多年前的事了吧？真的是世事难料，人生无常！

　　顷刻间便来到小村东首的江边，江面不怎么宽，从西岸入水，扎一个猛子蹬四五下腿就能到达东岸。小村边上这条江叫"长泠江"，是姚江的支流，南起家乡小镇，向北流经很多村落，直至邻县的周巷镇。这江水始终是不急不缓地流淌着，抬眼望远处，依稀可见数座桥梁横跨江两岸。我开始胡乱寻思起来：过去在这条江拉船的纤夫换作如今，那背上的纤绳还能甩得过那座宽阔的新桥吗？昔时日夜往返穿梭的拖船，怎么就突然消失了呢？载着鸬鹚的乌篷船，还会来这捕鱼吗？村子里的大人、小孩，还愿跳进这江里如往常般游泳洗澡吗？川流不息的江水，哺育滋养了沿岸的人们，也见证了岁月的变迁。值得浓墨重彩的是，这条江的红色印记。抗日战争时期，在日军的铁蹄蹂躏下，家乡人民始终不肯屈服，坚持斗争。有个冬天，游击队在村里悄悄干掉了两个要吃要喝的鬼子通信兵，不料却遭到了驻镇侵华日军的疯狂报复。鬼子们搜捕未果，一怒之下烧毁了沿岸数个村庄562间房屋，那时整个江面一片通红。家乡人深受其苦，被迫流离失所。据大伯父回忆，那次大火后，年幼的他跟随祖父逃难到异地，后又辗转回到家乡重建家园，可谓历尽沧桑，尝够艰难……现在这段历史资料已收集整理，陈列于村纪念馆，供后人永久缅怀铭记。

江边转角处，有个埠头，昔日埠头上淘米、担水、洗衣等的忙碌场面已不再出现。有一阵子，江面被连片的水葫芦霸占，后来因为"五水共治"工作抓得紧，水环境明显改善，水葫芦才得以消除。沿江向南踱去，中间右侧的大晒场早已不见。这晒场早先是多功能的，既可用来晒生产队的稻谷、麦粒，又可放电影、搭舞台演戏剧等。那时一有节目，全村人都早早搬来椅子、凳子抢占座位，附近村的也赶来看热闹。节目开始，晒场上但见人头攒动、一片欢腾，卖甘蔗的、瓜果的也趁机前来揽生意。仍然记得，一天晚上，放映印度影片《奴里》，至影片的紧要关头，大家都在屏息观看，没料想父亲站起来一声高喊"奴里"，引得全场大声哄笑。如今晒场已被一幢幢楼房占据。感慨之余，不禁想起"闲云潭影日悠悠，物换星移几度秋"。那座小桥前的凉亭依旧，凉亭内照例坐着闲聊的老人。凉亭边的理发店重新装修过了，店的主人仍是那位叫阿新的，他的语言功能有点障碍，先天性的，好在传承了他父亲理发的这一谋生手艺。再往里边看，小时那间打酱油的烟酒杂货店已破败不堪，我寻思着怎么不整修一下呢。在物质丰富的年代，有些旧事物被淘汰是正常的。

拐过凉亭，西侧便是我就读过的小学。那棵皂荚树仍然斜站着河边，枝丫全伸向河中央，我很惊奇它怎么一直没倒下。距河岸五六米左右，由东向西，数间低矮的瓦房一字排开，便是当年的小学教室，如今已成为加工车间和仓库了。它们似乎没有装修过，显得异常陈旧，过道黑板上的粉笔字迹依稀可辨。当年小学只招附近几个村的学生，一个年级安排一个班，共 5 个年级。教学条件简陋，上下课的信号是由小铁锤击打吊挂在走廊上的一段钢轨发出的，"当当"的声音十分清脆。因教室不够用，有的一间教室里挤着两个班，老师教完一个班布置好作业，再教另一个班，忙而不乱，竟这样坚持了多年。屋后巴掌大的操场是我们课后追逐嬉闹的乐园。在此，我们打弹子、跳皮筋等，玩起来从不知疲倦。教室走廊尽头最西侧的曾是兔舍，割草喂兔是一门必修的劳动课。农忙时，老师还会组织我们去帮乡亲们割稻子、摘棉花……往事如烟如梦，回忆轻轻浅浅。我的小学班主任起初是何老师，是一位严厉而可亲的好老师，可惜四年级时调走了，换成了魏老师。教数学的是杨老师，她兼任校长，因我的成绩时好时差，杨校长曾多次找我谈心，现在仍不会忘了她的教导。教音乐的是张老师，一首《我的祖国》，至今仍在耳边回响。在很长的一段岁月里，每当我听到"一条大河波浪宽"的歌声时，我就会想起这所小学、这条江和江两岸阵阵飘香的稻田。

走上一圈，回来恰好开饭了。炒的螺蛳，是江里捉来的；蚕豆和小青菜，是自家地里种的。当斟上一桑葚浸泡的老酒时，让人顿觉满满的乡土气息。饭后小憩片刻，然后动身返回，老娘又与每次来时一样，把大包小包的东西往车上塞，那些东西全是从自家地里收获的，真正的绿色有机产品，还有鸡蛋、鸭蛋。空手来的，却满载而归，不禁默念"善哉，善哉！"。

每回一趟家都多一份回忆和牵挂，我考虑将来老了，是否重回老家小村。彼时，去江边河岸钓钓小鱼，在田间地头种点小菜，享受静谧而清新的乡村田园生活，这是多么惬意！是的，倘若小村还愿接受我，没有些许隔阂感的话，我想如此安排是甚好的！

（写于 2019 年 5 月 5 日，有改动）

垄上行

"习惯了酥软的泥巴，在脚趾间过往，和着牛蹄溅动的水花，聆听那段不老的乐章……"笔记本上摘抄的不知道是谁的诗句，满是乡间泥土的味道，读起来莫名亲切。

与土地打交道只是小时的记忆，成年后因为远走他乡，对田地渐渐疏远了，但我知道自己的根仍在农村，纵使离家，我生命的根仍在那里。

周末有空，我就会回一趟老家，去田间的垄上走一走，嗅一嗅油菜花，闻一闻稻花香，与滚滚的麦浪共舞……末了，后备箱内塞上老娘在田边屋角种的玉米棒、丝瓜、南瓜、蒲瓜、韭菜等绿色产品，满载而归。

上个周末，我又到乡下，车一停就习惯性地先去田间巡视一番。当时，早稻已收割，单季稻的秧苗也长成数拃高了，连绵成片的绿色看得让人心醉。于是，我拿出手机拍照，正在忘乎所以间，发现映入镜头里一个熟悉的身影在不远处沿田埂挖沟。他是我小学同学的继父，等他带着一身泥上来后，我笑着询问有无挖到黄鳝、泥鳅，他回答说怎么可能有，早被捉绝了。接着，我又问候他："身体好吧？"他回一句："还行，但见阎王快了，反正过一天赚一天。"挺乐观和蔼的老人！我知道他是鬼门关走过一遭的，20多年前，他家拆老房子重造，拆的过程中因为安全措施未到位，屋顶的水泥横梁掉了下来，不幸砸中了他，断了几根肋骨，而我的一位邻居，他们沾点亲，正值壮年，拉去帮忙的，却被当场砸没了。此刻见他光着脚，10个趾甲黄得胜于枯叶，皮肤也似树皮般的干皱，脸上、额上的纹路可以用"沟壑交错"来形容。"上次割去的一捆麦子派什么用场？"他开口问我。"送人了，插在花瓶当艺术品。"听到这样的回答，他有些不解，摇了摇头，转身又忙活去了。

西侧有一块菜地，禾苗的老娘正在地里忙碌，她80多岁高龄，依然闲不下来。我想，若不是禾苗同学10岁那年因发高烧打了致命的一针，现在也应成家立业了，他老娘膝下也多个陪伴的，真是遗憾。

我家的三亩地也在前面，父母上了年纪，体力大不如前，而弟的精力一直投在自家的小塑料加工厂里，对农事一概不管。无奈之下，去年家里把地都转让给别人耕种了。农民家庭不种地，还得买米吃，似乎有点滑稽，但事实上村里很多户人家都如此。如今去看，田地里忙碌的基本是那些身体条件还能坚持的老人，年轻人大多去办企业或做生意，没多少人愿意伺候农田。

转念之间，已沿田间的路走了二三百米，我注意到，靠近村委会潺潺流动的小河旁边有数亩的早稻田已收割完毕，田里水汪汪的一片，只待翻耕后再种上晚稻苗。这让我想起村里过去曾有数头水牛和黄牛，换以往，此刻该是牛出力的时候了。那水牛力气大，水泡软的田地被拖拉机耕过后，人们就牵来水牛，将长方形的木质耙田工具用绳索套在水牛背上，人双脚一前一后地踩在耙具上面，将鞭子凌空一扬，水牛就听话地向前走，由外至内不停地转圈，直到田被耙得平平整整的以方便插种。黄牛多用来犁地，在田的边边角角，拖拉机耕不到的地方，事先要赶着牛犁上三四圈。仍记得当年在村西几个知青住过的宿舍旁边，有数间牛棚，劳累一天的牛去小河洗过澡，就在此地休息吃草料。白天，牛多拴于村西北那三四棵粗壮的构树底下，我们小朋友常会过来逗牛，或爬上构树采摘红色的构树果子吃。构树的果甜得有点恶心，咬上两口就扔向牛，牛并不理会我们的挑衅，只顾用尾巴驱赶着身上的苍蝇、虻虫。也有例外的，村里有个叫"阿于"的孩子突发奇想，与一头牛以脑袋对脑袋比劲的大小，结果被牛角一挑，把他一下子仰面朝天摔了出去，额头上鼓了个大包，好多日才消肿。

在那时的农闲间隙，村里还会安排各家各户轮流放牛。轮到我家时，这项光荣的任务交给了我，我带上几本小人书，把牛牵到草多的机耕路或大水沟内，安静地坐在一边阅读，沉浸于书中的内容，待牛吃饱了，爬上牛背，试图让牛给驮回去，但往往坐不稳，很快就被颠了下来。

可是现在，老家的乡村已见不到一头耕地的牛了。我曾见有人用前端三角形的长柄工具耙田，寻思着没了牛，这样的农活是否又重回到原始状态了。前些年，去江西的井冈山追寻红色记忆，于车窗外再次见到了田野上安静吃草的一头又一头的牛，不禁想起"块块荒田水和泥，深耕细作走东西。老牛亦解韶光贵，不待扬鞭自奋蹄"的诗句来，它赞美了牛的勤奋。的确，牛从不大声喧闹，吃的仅仅是草，却为人类勤勤恳恳、默默奉献了一生，是值得好好赞颂的！

当年，父母都在乡办厂里上班，农忙时才请假。水稻、油菜、麦子等农作物，一季都不落，我家轮番种植，还包括自留地的甘蔗、榨菜、萝卜等作物。我尽管有点厌烦劳动，存在怕苦、怕累的思想，但看到父母起早贪黑地劳作，也会力所能及地帮衬一把。从最初往田间地头送水、送点心，到能独立烧火做饭，及至可以下田帮忙拔秧、插秧、收割稻子，上高中时，还逞强挑谷担，挑的是那种刚脱粒的夹杂着许多稻草的谷，担子不算很沉，但足够考验我。我咬着牙，像走钢丝一样在田埂上行走，一摇一晃地，如醉酒的步伐，免不了被路过的村民善意地嘲笑。那时的农村娃哪个不是伴随着田间劳动长大的，因此也多多少少继承了农民的勤劳俭朴和忍耐力。当母亲看到我被蚂蟥叮咬和累倒在田埂上的狼狈样子时，会不失时宜地说出"当农民苦吧，好好读书，将来争取出山，起码弄个城镇户口"之类的话语。而什么是母亲口中一直唠叨的"出山"，是否如孙悟空跟菩提祖师学了筋斗云和七十二变后下山横扫天宫那般，还是上武当学成太极剑法后仗剑走天涯，年少的我并不确切懂得。

小学四年级时，同班的小虎突然不来学校上学了，班主任让我去劝导。我去时还带着老师给的六颗硬糖，未曾想他一把抓过全扔到屋后的臭水沟里了。"还读什么书，不读就是不读了！"不知什么地方惹毛了小虎，他歪着脑袋对着我直嚷嚷。他读不读书与我何干，但珍贵的糖就这么被糟蹋了，我顿时愤恨不已。母亲说，他这样子是不能"出山"的。初中时，同村又一玩伴阿良弃学不读，他比我高一届，见他每天扛着锄头高高兴兴地下地劳动，我问缘由，他说喜欢种地，读书太苦了。读书怎会比种地苦？我对此疑惑，私下猜测像他这样亦是难"出山"的。初中毕业后，大概是受《少林寺》《少林小子》《自古英雄出少年》等影片的诱惑，附近村子里有三四个小青年相约去镇上的渚山顶上练武，可惜全程没有名师指点，也未淘得一本相关书籍，他们只是盲目地用粗硬的棍棒互相击打着还在成长发育中的肉身，他们坚信：上天不负苦心人，只要勤加练习，必能成为身怀绝技的"大侠"。直至其中一位受内伤太重，才结束了这荒唐的游戏，教训十分惨重。不选择正确的道路，不遵循科学的方法，空凭一番热忱，要想成功是很难的，甚至会误入歧途。

现在回想，不论是农民、工人或机关单位上班人员，只是分工不同而已，不能带着偏见去看待，只要干一行专一行，都会有所成就。家乡小镇举办油菜花节，其间，我去参观，见到隔壁村的种植大户正在介绍使用无人机管理田间作业的经验，还参观了其他机械化装置，觉得这应是农民的未来。还有，前不久附近某个村举办龙虾节的火爆场面，给人留下了深刻印象。这个村成功走出了一条种藕与养虾结合、盘活土地资源、撬动副业发展的新路子，为农民增收提供了有益探索。

话说回来，关于读书，我曾扪心自问，是否真的喜欢，答案却是模糊的。但新学期开学要交学费，母亲却因我成绩报告单上的分数不理想而拖延不给时，我只好使出"杀手锏"大哭大闹一场，即使挨一顿打，仍吵闹着要去读书。事后明白母亲是故意激我的，希望我再努力些，早点"出山"。惭愧的是，我并不争气。小学还过得去，"三好生""创三好"的奖状常有；初中不稳定，但还能拿到"学习积极分子"；高中分班选读文科后就走下坡路了，连"文明学生"奖都评不上。那时，人一上课就困乏，注意力不集中，神游九州，书怎可能读得好？我高中的同桌明是副班长，他的成绩一直优异，让我羡慕之余又觉羞愧难当，自嘲近墨者不黑，属于常立志常懈怠的一种，最后勉强毕业了事。

　　家乡是 7 月 17 日出梅的，今年的梅雨期长达 30 天，降雨量多得出乎意料，同时也赚进了不少凉爽的天气。但一出梅，气温就陡然上升，露出了夏日本来的狰狞面目。上周开始，气温都保持在 37℃、38℃了。谚语有云："冷在三九，热在中伏。"季节已进入夏天最热的中伏，所谓"清风不肯来，烈日不肯暮"，说的就是这个道理。

　　一早起来，听到窗外树上的知了聒噪不休，就知又是个炎热天。有人调侃这命是空调给的。真难想象，小时在农村，没有空调，没有冰箱，只有芭蕉扇，这命是怎么保住的？前日里，有女同学躲在凉爽的家里在群里直喊热，一男同学回复："想想在畈里割稻的人就不热了。"此兄答得巧妙，田畈里种地的农民都没说"热"，其他人又怎好意思开口吐半个"热"字呢？好在如今推广机械化作业，缴粮任务也取消了，农民的负担和劳动量大幅减轻，少受了许多太阳之毒，于这样的时代，实则幸甚至哉。

　　"稻花香里说丰年，听取蛙声一片"，这田地里往日寻常见的青蛙又去哪了呢？难道从此在乡村的田野消失了吗？

　　这样走着、看着、想着，猛一抬头，不觉中已站在了村委会前头的广场上，碧绿的草坪上"不忘初心、牢记使命"8 个大字，在阳光下熠熠生辉……

（写于 2019 年 7 月 30 日，有改动）

2 同窗情谊

同学情深

同学是什么？只知道有句话是这么说的："岁月可以改变我们的容颜，却无法改变我们的同学情。"

记不起这位同学的模样了，只知道他的姓名。前些日，听说他老家房屋突然失火，当时他的老母亲冲了好几次，想抢出点屋里的东西，被邻居死死拦住不放。年迈的母亲捶胸顿足，无力地看着大火烧塌了三间楼房，烧光了家里的一切。我后来又知，这位同学在很早的一次群殴事件中被人误伤，伤重不治，离开了人世。可怜的老母亲，白发人送黑发人，如今又遭火灾之痛。同学们了解到这一情况后，不约而同地发起微信红包或转账，少则50、100，多则三五千，80来人的群一下子凑了近5万，委托代表第二天前去看望。老人收到慰问金后，含着泪激动地一句话也说不出来。彼时彼刻，她一定想起了儿子，一定知道这个带着温度、亲切的称呼——"同学"。我们同学都希望这份爱心能给老人一点安慰，一份继续生存下去、安度晚年的信心和勇气。

什么是同学？揭开了同学这个话题，一下子又让我想得很远。

"曾记同窗日月酬，未忘分道梦魂憨。"初三末期，大家都在紧张地复习备考，看到我在学习上漫不经心，周同学劝诫我该加加油了，可我不以为然，一副"车到山前必有路"的态度。他是学习高手，功课门门优秀，体育方面也出色，能在单杠上双臂大回环，文武双全。但他家庭条件不怎么好，穿着朴素，衣服补丁带补丁，住校时吃的都是从家里带来的小坛装的腌菜。后来他如愿考上了中专，那时中专算是最好的，毕业后可以解决户口和工作，对农家来说属于"跳龙门"。只可惜他在走上工作岗位后不久，因为恋爱受挫导致精神上有些失常，工作没法干，居然买了辆拖拉机回老家种地去了。剧情逆转实在太快，简直令人不敢相信这是真的。我几次三番想前去探望，又怕惊扰了他的往事，还是让他安安静静地在家休养生息吧。世事沧桑，人生难测，或许这都是人太聪明的缘故，聪明人往往敏感，该糊涂的不糊涂，该放下的没放下，执着于渺渺俗尘的纠葛，"剪不断，理还乱"，便郁成了死结。

能成为同学是不是一种缘？我是侥幸挤进高中的。我们这一届高中共有4个班，高二时分文理科，我选了文科。说来也是奇怪，我们班上很多男生不爱学习，但情商却很高。"近朱者赤，近墨者黑"，我是颇受了一些感染的，同样也没有静下心来好好读书。

高中毕业后的第二年春天，我就用背包带把蓝色被子一捆，左挎背包右挎水壶，毅然去外追逐闯荡了。北至大连，南到广州，到过很多地方，结交了许多新的朋友、新的知己，人生轨迹也因此有了别样的基调和色彩。虽说离"成功"两字差距甚远，但活得不苟且，能够自己去摸索、去探寻，去走出一条属于自己的路，做到这点也是值了。然而，故乡这边的同学是从来不曾忘却的，心心念念惦记着。那时，通信没现在这么发达，没有QQ，也没有微信，一个电话、一封来信，总叫人温暖，常叫人期待。那时，我很喜欢写信，更喜欢收到信，体会着"家书抵万金"的感觉，并把自己的点点滴滴写入了日记。后来随着时间的推移，工作上的琐事一多，与同学们的联系渐渐就少了，但忘却是不可能的，我常会回忆起当年语文课堂上大声朗读"曲曲折折的荷塘上面，弥望的是田田的叶子"这样的场景来，当然还有被老师点名站起来时，我那唯唯诺诺、云里雾里的狼狈样子……置身他乡，偶尔有同学顺道来看我，带来家乡的杨梅、榨菜或梅干菜，那番惊喜是不消言说的。不纯粹为了吃，只感念同学还记着我，于是拉着同学到边上的小饭馆撮一顿。待菜上席，先给对方，然后给自己斟满酒，站起来喊一声"老同学久违了"，一仰脖子，先干为敬。数杯酒落肚，往事便百转千回，涌上心头。同学们的近况着实让人挂念。也有带来不幸消息的：我们的符班长复读一年后考上大学，毕业后没几年不幸因病走了，这位聪明伶俐的女生，这朵正在怒放的鲜花，在最美好的年华里来不及全盛就香消玉殒了；还有与我走得比较近的汪同学，也很早得了肝病故去……实在震惊和惋惜！明天和意外，哪个会先来，不好说，不想说，只有代之以浊酒，敬天敬地敬同学了。

　　叶落归根，外面再好也不及故乡的一草一木令人刻骨铭心。几年前，我终于收拾行李回到家乡，这决定跟当年离开家乡时一样果断。回来后，加了同学 QQ 群和微信群，与同学的聚会便相对多了。一帮同学常聚在一起开怀畅饮，天南海北地扯着，更多的是回忆在校时的青葱岁月。同窗数载，一人一故事，便是一本厚厚的书。偶尔拿出来抖落上面的尘土翻一翻、读一读，也是一桩人生趣事。

　　同学，是一杯可以一饮而尽的酒，因为我尝到了甘洌。现在有了微信群，联系甚为方便，时时处处事事可以聊一聊、晒一晒。过去即使拿榔头使劲敲打都不会吭声的同学，在群里却显得异常活跃，殷勤地发着链接，为各种选秀活动拉票，参与讨论"岁月不饶人"的话题。远在天边，近在同城，建了同学群便缩短了空间的距离，可以问候，可以诉苦，可纵论天下事，也可消遣家长里短，互相帮助着、关心着，说着过去不敢说的话，表达着过去不敢的表达，无所不可、无所不能。也会发生些小摩擦、小插曲，因为喝多酒了，因为逞一时口快，无意中言语伤了人，便引来同学们的一阵讨伐、责备。于是退群，退了又记挂。想想也是，若非原则性的问题，同学间又怎会介意这些芝麻小事呢？于是，很快就原谅了，再次相邀，重新加群，又开开心心地聊，得罪了再退，退了又进，周而复始，不生一丝一毫的恨意，只是同学间的闹剧，热热闹闹，没有杂念，就像一杯白酒那般简单清澈。

饮尽一杯芳香甘美的酒，我会想到同学。"樽中有美酒，胸次无尘事。"想念了就相约在一起，叫一声"老同学，你好！"，恭维一下"老同学，你还未老"，就可以飘飘然忘却人世间种种不快。沧海浮尘，芸芸众生，有缘一起同窗，便是此生有幸，永远铭刻。

同学到底是什么？在端起酒杯片刻，我常会思索走神。恍惚中，我仿佛坐着时光机重返过去，重新回到熟悉的教室，和同学们一起，发呆地盯着黑板上老师密密麻麻的板书，还有窗外挺拔的水杉树上，聒噪的知了一遍遍地唱着它自己钟爱的歌……

哦，可爱的同学们，听到了吗？下课铃声响起了。

（写于 2017 年 6 月 16 日，有改动）

一样的灯火，不一样的风景

庄子曰："浮生若梦，若梦非梦。"又云："人生天地之间，若白驹之过隙，忽然而已。"

周末在家，一大早，高中时的同桌明打来电话，言及毕业30年，同学们是否该一起聚聚了，等等。明当年是班副，如今以副代正，他一语惊醒梦中人，光阴似箭，转眼这么多年过去，是该坐下来聚聚了。

"好快，没想到有30年了，在做梦吧！"在征询意见过程中，不少同学发出这样的惊叹。我们总共有56位曾经的高中文科班同学，除个别移居美国、澳洲等国家和上海等城市外，其他都在宁波本地，联系起来并不用费多大周折。

都说这世上最铁的关系莫过于一起同过窗、扛过枪，我曾用"一杯甘美的酒"来形容同学情深。同学见面，无需任何语言，斟满杯中酒，仰头一饮而尽，便是无声胜有声。此时，我又翻寻出往事这"旧底片"，"清洗""扫描"，那些青春的记忆再次浮现出来。

读初中时一开始有两个班,经整合,等到初三毕业时,为59人,中考时又一番大浪淘沙,最终12人(含2人中专)考入了高中。

我就读的高中坐落于家乡小镇的饮马河南岸,相传秦始皇在吞并六国后第五次南巡,曾在此屯兵并饮马于潭,小镇也因此得名为"马渚"。老家距学校约5里路,不需要父母接送,家里有一辆旧的永久自行车给我代步用。我从家里出发,骑过一段机耕路,再拐入一条稍宽阔的石子公路,进镇前先要下来扛车跨过一道横亘的铁轨,然后经过汽油船埠头、卫生院、农贸市场,再翻过那座始建于宋代的单孔石拱桥——饮马桥,沿江边向东走不远便是学校了。这是一条去学校的捷径,其实还有两条路可供选择,如从镇西铁道口过渚山桥、职校,迂回至学校,也能从镇东的铁路道口经汽车站、锁澜桥进入。这两条路的优势是中途都不用下车推行,只距离稍远些。

高中三年,我有一半时间是走读的,那时鸡鸣而起,雨淋日炙,习惯了也不觉得有多辛苦。只是车大人小技不精,危险的事偶遇几回。有次,低头骑得正急,一个不慎,跌在了一辆卡车前面。还有个夏日早上,天雾蒙蒙的,我从渚山桥那边的坡顶处顺势下冲,不经意间,突然横向出来一位端着坛子的大姐姐,惊慌中一个急刹,我重重摔倒在地,左膝盖蹭破了一大块皮,好在对方没任何闪失。

课堂上那种你说我听的方式,常令我昏昏欲睡,神游课外。"青春是用来拼搏的""每个不努力的日子都是在辜负生命",等等,这些道理我都懂,但知易行难,我并没有静下心来认真学习。看身边的同学多数还算是刻苦的,安静的操场边、日暮时分西山脚下郁郁葱葱的小树林中,常能发现他们勤奋捧读的身影。我也有住校的经历,晚饭后至夜自习前,通常会在学校的周边散步,或静静观赏附近京杭大运河延伸段的中河，看一群年轻人在桥边埠头上跳水游泳，或沿操场外围的田头小路兜一圈，呼吸下新鲜空气，待挨过夜自习，就算完成了一天的任务。就这样，我高一时还算跟得上，高二分科后开始走下坡路，作业拖沓，上课困顿，直到高考前夕，才惊觉该背的书大多还没背，老师教过的知识似乎仍停留在老师那，落榜的命运自然毫无悬念。

那时，学校每月会组织一次电影鉴赏活动，因为喜欢，所以场场我都不落空。有一次，放映《红高粱》，正值梅雨季节，大水泛滥，校园内也漫进了水，学校为安全起见，通知走读生看完电影后不可以回家，我于是找同学拼床。牙也不刷，脚也不洗，互不嫌脏，挤挤就一觉睡到天亮。电影《鼓手》是张国荣年轻时的代表作，不少同学看得入戏，落下了在课后用双手敲打桌沿模仿打鼓的"毛病"。

班里有几个淘气的同学，读书并不上心，考试能及格就万岁了，但成绩差不代表一无是处，他们也有自己的特点，有与众不同的地方。比如说具备音乐细胞，会弹吉他、吹口琴之类。那个年代，费翔、齐秦、千百惠等唱过的歌在校园内外大为流行。大家在繁忙的学习之余，争相在平时舍不得用的笔记本上抄录歌词，但抄的人不见得会唱，就邀请会唱的同学过来，在课桌上摊开歌词本，边打着拍子边一首首地翻唱，其乐融融。还比如会编排节目。这个是无师自通的，在学校组织的大型文艺汇演中，霹雳舞等节目，是深受同学们欢迎的。

这周六是个好日子，晚上我走出小区，去附近某大厦的健身馆锻炼。经过一楼，我发现大堂内人声鼎沸，一看，原来是一对新人正在举办婚礼庆典。此时，舞台上助兴的歌手正在演唱《幸福拍手歌》，这首歌太熟悉了，快乐的歌声把我的思绪一下又拉回到高中年代。那是一次茶话联欢会，当时大家初来乍到，班主任周老师为活跃气氛、增进了解组织了这次联谊活动。周老师率先唱了首《一见你就笑》，应该说歌选得不错，应景，节奏也欢快。英语老师也姓周，轮到她表演了，在同学们热烈的掌声中，漂亮的周老师选的就是这首拍手歌，歌声如人一样甜美。一曲唱罢，大家听不过瘾，起哄再来一首，可周老师分寸拿捏得太好，谦虚地礼让给同学们表演了……彼时彼景，历历在目。后来班里又组织了一场篝火晚会。在渚山顶上，老师和同学们各施才艺，表演了魔术、说唱等节目，大家载歌载舞，火光把我们青春的面庞映照得红彤彤的，也引来了联防队员的规劝警告，大伙才熄火尽兴而归。

学校的建筑大多是 20 世纪六七十年代造的，个别是 50 年代的老房子，如礼堂、蒸饭间等比较陈旧，只有主体教学楼和实验楼是新造的。教学楼去教室的走廊楼梯拐角处，常会有几个风趣可爱的男同学在此逗留玩耍或看风景，见有老师和隔壁班的女同学经过，他们都会客气地行注目礼，遇见熟悉的就打个招呼，在不经意间把自己也站成了别人眼中的一道风景线。

宁静的校园里，还有一道独特风景，便是在生活区缓缓踱步啄食的数只火鸡，我当时猜测是生物老师用来做实验的。火鸡体型巨大，我见之都避远远的，害怕它那一对锋利的脚爪，万一被撩到可不得了。后来还真出事了。有次放学，不知是谁出了什么么蛾子，惹毛了一向看上去还算斯文的火鸡，火鸡一发火可不得了，那简直就是"战斗鸡"了，它们撵着几位女同学到处跑，这下可把人吓坏了，尖叫声不绝于耳。

如今再回学校，看到变化很大，已难觅当年的旧模样。当年的任课老师，有的调入市区中学，有的跳槽去政府机关工作，也有下海经商或退休的。而曾经的同学也有拿起教鞭的，接过教书育人的担子，真可谓薪火相传，后继有人。

幸福存在于人的心里，而不在于外在物质。个人拙见，在这短短的人生里，如果痛快淋漓地体验过人生的风景，与同样懵懂的你一起有幸同窗数载，再写过一篇自认为可以打动人的文章，一起唱过我们都喜欢的歌，那也就足够了。

灯火依旧阑珊，风景处处不同。但只要努力生活，过脚踏实地的日子，那都是有意义的。

从前回不去，未来转瞬间，趁岁月未老，趁繁华未尽，还是相约聚聚，共话一番同窗之情吧。

（写于 2019 年 5 月 19 日，有改动）

再相聚，青春不散场

青春是一本太仓促的书。在那顿毕业饭后，我们高三（2）班的同学们就各奔东西，好多同学不曾见过面。转眼毕业30周年，再不见就老了，于是大家都赞同组织一次同学聚会。

成立筹备小组，划定人员分工，安排聚会议程，准备工作有条不紊。

智能手机时代的好处，就是失去联系多年的同学，都能够一一找到，然后拉入"微信群"。

师恩如山，聚会当然得邀请当年的任课老师。在宁波办企的沈同学听说消息后，主动承揽了赠送老师的鲜花和礼物。

原计划在暑期就组织，不料隔壁的高三（1）班在绰号"总统"同学的牵头下，后发制人，一经决定就着手开始，抢先我们一步举办，并邀了好多同届的学友代表参加。计划不如变化，那我们（2）班的再等些时日吧。

其实按序列号，（1）班抢在我们前头也是在理的。

提起（1）班，会愉快地想起当年他们班的男女生比例。他们班本就占比不多的男生，中途转学了几个，最后只剩 11 条好汉，而女生则有 40 多位。万花丛中数点绿，这绿扎眼得很，别的班，特别是理科班男生当时是特嫉妒羡慕（1）班男生的。

我们两个班同是文科班，论学习能力，（1）班略胜一筹，当年（1）班应届考入大学的有 4 位，而我们（2）班只 1 位，还是大专，好在第二年复读后又考进了几位，总算挣回点面子。

那位叫"总统"的同学，可不是徒有虚名的。在他的组织下，（1）班选择了当地最好的酒店。酒店坐落在风景秀丽的四明湖畔。四明湖距市区 10 余千米，"十里烟波九洞天，山藏灵秀水藏仙"，那里湖山、湖水交相辉映、碧波荡漾，让人流连忘返不知归处。陈凯歌的影片《道士下山》中，王宝强饰演的小道士潜入水中凿穿船底的镜头就取景于此。"醉美"的四明湖，我虽身不能亲至，但心向往之。通过微信群实时传来的照片、视频，可以看到现场的欢腾与热闹，无疑，那是一场成功的同学会。

"他山之石，可以攻玉。"（1）班的成功鼓舞了我们。筹备小组起初考虑同样选在四明湖，但几经商量，最终定在了市区中心，既为交通方便，又与一同学在那市中心的酒店担任厨师有关。有他在，后勤保障方面可以少操些心。

"一个不能少"是组织同学会的初衷，然而任何美好的东西都免不了带点缺憾。经统计，全班同学一共有 55 位，除了定居国外来不了的，人在外省琐事缠身的，不小心脚踝骨折不能参加的，排除特殊个人后，答应能来有 47 位，参与率 85.5%，实属不易。

2019 年 9 月 7 日下午，聚会的时间如期而至，这是一个让人永远铭记的日子，这是一个令人激动万分的时刻。

"老同学好久不见""再聚首，青春不散场"，会场上的喷绘背景打出了这些亲切的字眼。

筹备组成员提前到达会场做好接待工作。上海的老任与天涯这一对夫妻同学路虽远，但心情最为急迫，风风火火地开车赶来了，他俩是最先到达会场的；住宁波的也及时赶到了；最后到达的是跑货运的同学，他开车送了趟货去衢州，我们心里都七上八下的，生怕他来不及，好在他最终赶在约定的时间节点到达了会场。

报到签名、拍个人照留念、集体合影之后，当年的文艺活跃分子凌云同学主持仪式，议程包括班长明谈感想体会，班主任周老师致辞，向敬爱的老师赠送鲜花等，过程简洁明了。

晚宴开始，老师和同学们举杯互敬，共庆毕业 30 周年。

酒过三巡，有音乐细胞的同学纷纷拿起话筒上台表演。选唱最多的歌曲是八九十年代流行过的，如《故乡的云》《一起走过的日子》《跟我来》《光阴的故事》等，因为从这些歌曲里，可以寻觅我们当年青春的影子。班上曾经的小小教歌员桑同学，如今已成长为一名心理学老师。她选了一段代表本地传统文化的越剧，没有伴奏，手持话筒绕场清唱，声音悦耳、风采不凡。

我曾在文中讨论同学是什么，提到岁月可以改变我们的容颜，却无法改变我们的同学情。不过看到当年的老师仍旧满头乌发，神采不减当年，而同学中不乏华发早添、老态略显的，心中颇多感慨。大家开始纷纷敬酒，不会喝酒的以水代酒。同窗三载，岁月悠悠，互敬一杯，共同追忆一番前尘往事，曾经的年少轻狂和虚度年华，现在一起回想起来不免可笑或嗟叹，然而过去的已不可追，那些错过的人或事也不用太过惋惜，今后要走的路还很长很长，还需要我们去认真把握和面对。

和我坐一桌的一位同学在聊天中表达了当时不够努力没抓牢机会的悔恨心情，郁郁的神情不可言喻，但当我们夸他的孩子是学霸，品学兼优时，他又转忧为喜，人也瞬间开朗起来。其实，人活着又怎能事事如意，太过完美呢？人生浮华，若朝露兮，归根到底平安健康才是最大的财富。同学中早早离开了的有3人。最先走的是符班长，勤奋而俭朴的女同学，高中复读一年考上大学，毕业后分配工作，应该说她的美好生活才刚刚起步，却被疾病夺走了生命。汪同学是原先效益较好的棉纺厂班组骨干，然而肝病早早地吞噬了他。他在读书时曾和几个要好的同学约定，每隔10年、20年和30年都要见一次面，聚一聚，然而他最先无法履行这一承诺了。法院工作的周同学好不容易提拔到重要岗位，去年因心血管疾病突发离世，他所有的努力和奋斗，都在家人的不尽悲伤中化为一缕青烟而去。

"逝者已矣，生者如斯。"除了怀念，我们活着的唯有加倍珍惜，珍惜现在所拥有的，并善待自己和他人，让每一个努力的日子都充满阳光。

"年年岁岁花相似，岁岁年年人不同。"此去经年，老师和同学们的样子尽管有所变化，但彼此乡音未改，性情未变，一切都是熟悉和亲切的。毕业30年聚会的气氛热烈而欢快，老师感受到了桃李芬芳的温馨，同学们重温了学生时代的美好。

邀请的高中老师，到了11位。因为事隔久远，有的我竟忘了名字，但见到本人后，原有的记忆又从心底涌了出来。英语老师周老师，当年风华正茂。见她每次上课都自带粉笔盒，木制的，上面写有"露茜"这人名，我当时不知其详，但知道这名字的主人一定是位风姿绰约的美女。周老师有点小脾气，尤其不能容忍不尊重老师的行为。我对英语这门课一直是心存敬畏的，但敬畏只停留在心理上，实际行动是拖沓敷衍的，对待作业也草率马虎。有次，在教学楼的台阶处遇到她，被叫住了，她指出了我存在的问题，最后一句"头抬起来，男子汉要胆子大些"，让我至今铭记。化学老师钱老师，上课时，条理清晰，声音洪亮，他尤爱摄影，有自己洗照片的设备，常常免费当我们的摄影师。在学校组织的爬渚山活动时，我请他拍过多张黑白照片，可惜每次都鼓不起勇气去他办公室讨要。当时的学校建筑大多陈旧，校园内可以欣赏的风景点很少，但钱老师有一双发现美的眼睛，捕捉了许多美的镜头，当年洗了很多书签式的黑白照片赠送给我们，上题"书山有路勤为径""业精于勤而荒于嬉"等句，以此共勉。教历史的赵老师性格温和，教学颇有耐心，可惜我当时并没好好学，有次考试正巧感冒发烧了，我借机趴着睡觉不管卷子，她走过来宽慰了几句，免了我的这次测试。孙校长已退休，当年有点瘦的，现在发福了，若是在大街上遇到肯定是认不出来的。还记得那年高考结束后，我去查分数，戴着眼镜略显瘦削的他热情地把我迎进办公室，询问我姓名、考号，并帮我细细翻寻，但看到我分数的那一刻，他沉默了，我知道情况不妙，看了一眼自己这可怜的分数，便逃一般地离开了。

或许每个人都会经历混沌不开窍的阶段，正如现在对孩子常提醒的，读书要认真点一样，自己当年也同样犯过错的。自己高中三年所表现出来的慵懒懈怠和漫不经心，可能就是全部读书生涯中的一个低谷点，唯一值得欣慰的就是，这师生情谊和同学友爱了。

泰戈尔曾说过："你今天受的苦、吃的亏、担的责、扛的罪、忍的痛，到最后都会变成光，照亮你的路。"我想年少时的不明事理，即使最后没有变成一束光来照亮路，那也是绕不开的一个过程。生而为人，谁都有第一次，没有谁走过的路，就一定全是正确的。

同学聚会醉了三位，好在最后人没什么大碍，只辛苦了几位帮忙照看的同学。

有同学感慨："人生不易，匆匆那些年；深深眷念，点滴在心头；万金不卖的，最是同学情！"

是的，不是谁都可以成为同学的。"万金不卖"，这短语用得贴切。

秋意渐浓，落叶已几许，有些故事总要有人去记录，有些情感总要有人去缅怀，我就是这样的人。

（写于 2019 年 9 月 17 日，有改动）

四一六寝室的故事

2017年8月18日是个好日子。这天，由李教授发起，组建了四一六寝室的微信群，并相约写篇文章纪念。其实，作为"四一六"的成员，我是最没资格写点什么的，因为我居住的时间最短，半年时间如白驹过隙，连一丁点儿云彩都没留下就挥挥衣袖走了。但过去难忘，那些一起走过的日子，我自是不曾有过忘怀的。

四一六寝室地点在浙江中医学院（现为浙江中医药大学），是男生寝室楼中较为普通的一间。那栋寝室楼有些年代了，斑驳、陈旧，还好有古树绿荫掩映，多少透些历史气息。宿舍内设施简陋，水泥地面白灰墙，四张上下铺的钢架床分列两侧，中间一张带抽屉的长方形桌子。处理个人卫生需跑到外头，每个楼层都设有一个公共洗漱间和卫生间，走廊过道常年散发着浓郁的自来水漂白粉味道。

四一六寝室的成员来自本省各地，性情互有不同，但我们的命运大致相似，都是在高考大军中不小心被淘汰，又在父母的支持下自费来读书的。相聚是缘，珍惜才对，但年轻气盛中往往隐藏着冲动的小魔鬼，一句不经意的玩笑话有时易擦枪走火。进校不到一个月，两位来自温州的室友不知因什么事吵了起来，他俩分住上下铺，吵着吵着，上铺的那个突然恼了，跳将下来，抄起桌上的水杯就朝下铺砸了过去。那水杯是我的，无辜的杯子击中人体后又被弹了回来掉落在地上。玻璃杯有塑料套保护，没破，但"下铺"的情况不妙，嘴唇被砸开一个大口子，送去医院缝了很多针。事后，学校追责，各打五十大板，勒令两人退学，这让同学们感到遗憾，当事人亦追悔莫及。"上铺"是坚持参加完学校大合唱比赛才走的，他担任年级段合唱队的指挥，站在队伍前帅气挺拔、动作潇洒，比赛那天，水平超常发挥并获了奖，可一切于事无补了。令他感到安慰的是，在他离开之时，班里美丽的"巧克力"女同学来四一六寝室送别了，同学一场，互道珍重，情谊浓浓。

四一六寝室的苏一清来自嘉兴，他人高马大，身材硕壮。还记得有一次，他老娘来学校看望，带来一篓鲜菱角，吃起来十分清新可口。我至此一直记着嘉兴的菱角，后来坐车路过嘉兴时都要特意下来买一点尝尝，回忆一番当初的味道。速溶咖啡加伴侣在当时是稀罕物，一黑一白两大瓶还加一包方糖，他就随意地放在桌上，慷慨地与大家分享。我抵御不住这色与味的诱惑，茶余饭后常泡上一杯，于香气氤氲中自我陶醉。苏一清喜欢踢足球，同学钟光辉与他形影不离，再约来一群球友，两军对阵厮杀，他那矫健的身影在绿茵场上恣意纵横。人手不够时，我这替补也会上场充数，曾试过守门，领教了一清的点球技法，那太有穿透力了，一不小心就会被球带得人仰马翻；中场防他则更难了，只见他的身子虚晃一下，你还来不及有所反应，他已从你身边穿越而过。医学院毕业后，他改行当了企业主，就在我的家乡创业，因为他的外婆家就在这里。他靠着自己敏锐的嗅觉和敢打敢拼的劲头，硬是闯出了一片属于自己的天地。有次，我去拜访他，老同学相见自然开心。多年未见，他人发福不少，但热情不减当年，拉着我去附近酒家喝了个尽兴，听他说曾经热爱的足球已多年未踢，改打高尔夫了。

"李教授"是温州平阳人，因他的名字正好有个"授"字，同学们就称呼他为"教授"。事实上论医术、人品，称他为"教授"并不为过分。他会三种语言：普通话、温州话和闽南话。当然我只听得懂普通话，即使之后我去温州居住生活数年，对神奇的温州话仍是一脸懵然。教授常西装革履，雪白的衬衫加一条鲜艳的大领带，英气逼人。最佩服的是他的口才和胆量，还有对学问的孜孜以求。他擅长辩论，有次在阶梯教室上课，座无虚席，老师突然来了兴致，提出某个有关理论与实践的问题让学生互动。同学们面面相觑，一时无人上去应答，我更是把头埋在课桌底下。"教授"却大摇大摆地走上讲台，引经据典，一番阔论，惊呆了众人，等反应过来后，大家纷纷为他鼓掌喝彩。他属乐天派，出入宿舍，嘴里的小歌是不断的。教授的书法亦是一绝，我们在"四一六"刚安顿下来，教授手书"一鸣惊人"4个大字，郑重地挂于舍内窗户正上方的墙上，白墙黑字格外醒目，也发人深省。

室友东哥是温州什么地方的忘了，反正他与李教授都能用两种我听不懂的方言对讲。东哥全名钱昭东，他特别注重养生，在宿舍内一有空就脱光上衣，两手拉一条干毛巾来回搓背，称此方法为祖传，可增强肌体免疫力。我体质弱，有一次与东哥去外面浴室洗澡，那浴室里面通风不畅，空气混浊闷热，刚进去一会，我便突然头晕目眩，一时之间摇摇欲倒，东哥急了，大声地呼唤服务员，一起扶我于墙角坐下。服务员挺有经验的，端过来一盆冷水猛地从我头顶浇下，我就清醒了。

周江平，青田人，想起他，就会想起青田享有盛名的石雕，质地朴实，于质朴中透着非凡的艺术气质。他戴着眼镜，天冷时喜欢外面简单地套一件毛衣，待人接物亲近随和，笑容时刻洋溢在脸上。

勇是东阳人，他是来进修的，年龄大我们十来岁，不知道是否经历过沧桑，皱纹过早地爬满了他的额头。他说自己会针灸，对此我将信将疑，但愿意当他的试验品，手臂挨过几针，酸酸麻麻的，说不上对错。他爱穿仿制的黄军装，足蹬一双齐膝的黑色马靴，在教室、寝室和饭堂三点一线间雄赳赳、气昂昂地踱来踱去。在头一个寒假过后，我回学院办理退学离校手续，于庆春路遇到他，他硬把我拽进路边的一家点心店请吃了一顿饺子。那时我的心是湿漉漉的，选择了新的征程，却又留恋往昔的伙伴，他的这顿美味的饯行饺我至今记得。

李笑寒，是我走得挺近的一位室友。他是金华人，家里开有特色诊所，他选择读医学院，应该是想子承父业的。他上进心强，学习认真，却输于情感上的纠结，年少不懂，错爱一场。有一次，他心血来潮，给同届的一位女生写了情书，却不好意思自己送去，央我帮忙。我碍于情面，口袋里揣着他这封滚烫的信，硬着头皮过去。开水房是同学们的必来之地，我选择在那里等她，果然，只一会儿，就远远地见她提着水瓶过来了，那时，我的小心脏激动地狂跳，就像是自己暗恋了人家一样，递过信的瞬间，我瞥见她羞涩地报以一笑，那里面有一种往日里不曾留意的美。

四一六寝室这帮同学的调皮捣蛋劲儿小有名气。那时，学校每逢周末都要组织交谊舞会，还请来了伴奏的乐队，邻近学校的帅哥美女同学也经常前来凑热闹。课外，有老师收徒教舞，简单的三步、四步，我们都学了一点。为控制人数，舞会需凭学生会特制的门票才能进入，每个寝室只分得一张，可我们都想去欣赏诸如校花小贴同学的优美舞姿。有句话说"办法总比困难多"，区区小事根本难不倒"机智"的四一六人。找一张同颜色、同大小的纸片，写上同样的文字，用墨水瓶盖蘸红泥模仿敲出落款处的印章，晚上视线差，持这样的票堂而皇之进去，居然从来没被发现过。四一六人的"机智"可不是一点点，有天不知是谁突发奇想，提议给女生楼四一六寝室集体写一封情书，结为另类"秦晋之好"。多美好的创意，大家举手表决一致通过。书信是由李教授起草的，他写得洋洋洒洒，语气也是友好真诚的，室友们读了都深为感动。后来派代表送去，才惊讶地发现女生楼四一六是卫生间，让人啼笑皆非。

那时，收录机算高档家电了，寝室里那台机子不知是东哥还是教授带来的，常常播放着欢快的歌曲。我们四一六这帮兄弟在歌声的陪伴中肆无忌惮地谈论着女同学的古典美和现代美，讨论着新时代织女还会不会爱上放牛郎这样无聊的话题，于青春的芬芳绽放中寻觅着一份简单纯朴的友情与爱意。

第二年，春雨飘起时，我离开了学院，离开了熟悉的四一六，后来这个集体又补充了新的成员，如匡、旭、小玉，等等，精彩纷呈的故事继续上演。"找个时间，四一六的一起聚下，地点就定在杭州庆春路。"微信群有了约定。但真要找时间团聚，要求每个曾经的室友都到场，难度是不小的。聚散离合，是人生常态，看多了，也就看淡了。但无论在哪，经历什么，我们始终为共同拥有过"四一六"这个温暖的名字而高兴自豪，也正是有了这样一段段的经历，组合起来才是完整的人生。

（写于 2017 年 9 月 3 日，有改动）

记禾苗

　　周六，凌晨4点，被淅沥的雨声惊醒，怎么也睡不着了，于是起来，站阳台上看雨。白日里暑热未全退，夜凉却如水。细雨斜织着，一丛丛绿而泛红的石楠在雨中静默，分明有一丝丝秋的韵味了。

　　今天是中元节，我突然忆起禾苗来了。

　　禾苗不是未长大的庄稼，是人名，他是我的邻居、小时的伙伴、小学的同学。

　　蓬乱的头发、一双大眼睛，穿对开的土布褂，裤子带补丁，短到小腿处，一双布鞋上满是尘土，前端各有一个小窟窿……这是我对禾苗的全部印象。

　　禾苗在家排行老三，属于老来得子。家里条件较差，他跟当时大多数农家娃一样，没吃过一顿好的，没穿过一件好的。

　　他个头矮些，体格却先天结实。

　　梅雨季节，河水漫过堤，淹没道路。通往小学的石板桥、学校前面河边的皂角树旁、那仅容一人侧身而过的小道，全被浸没于水中。我与他结伴上学，他在前面探路，我殿后。河边长大的愣头孩子，看到发大水不知道利害关系，反而会莫名兴奋，乐呵呵地去蹚水，从没想到过"危险"两字。

小时候走夜路倒是怕的，但为看电影可以豁出一切。禾苗和我都是电影迷，放学回来第一件事就是站在高处扫视周边村庄，若发现有白色幕布高高地撑起，则各自回家央求父母早点做晚饭，然后同行去观看，那时，我们小朋友看电影不需要带凳子，放映电影的广场边上有许多个草垛，只要从中拽来一把稻草，打个结就能当坐垫了，当然是坐在晒场的最前排，那算是最极致的享受了。至于回来要摸黑赶路，路上会不会遇到传说中的"鬼打墙"，这是后话了，从不去先行考虑。

许是战争片看多了，村里的一帮孩子常约一起打泥仗，或向邻村的孩子群发起挑战，"敌进我退，敌驻我扰"的游击战术彼此运用得十分娴熟。其实大多是虚张声势，并不动真格。在这些打斗游戏中，禾苗的表现最为英勇，他冲锋在前，退却在后，有时面对来袭之"敌"，他突然从隐蔽的角落里冲出，一人横刀立马，站机耕路中间大声吆喝，气势犹如张翼德手持丈八蛇矛立长坂桥，把对面的人给生生镇住了，加上怕有埋伏，没人再敢越雷池一步。为此，他回来后常夸耀自己的"战功"，对此，我们一帮孩子都佩服不已。

有一年，地里的甘蔗成熟了，他和他的堂兄弟阿方约我一起去野外嬉戏。村庄北面是成排的甘蔗林，我们一头钻入，挑甜的、大的啃，并不担心外面的人发现，腿上、膀子上常被甘蔗叶上的毛刺伤也不管不顾。蹂躏过甘蔗林后，又搜寻下一个"侵略目标"。这不，刚刚把种在洼地里的荸荠一个个拎上来打算查看个究竟时，不料被地里的主人发现了，主人一声大喝，我们都惊作鸟兽散。

那人提一把锋利的长柄沟铲，气势汹汹地追来，他是认识我们的，一直追至家里，当着我们父母的面数落一番我们的"罪状"，直到我们挨父母的打才罢休。那"惊心动魄"的场面至今仍记得，自此不敢再造次。

小学伊始，有年冬天，学校举行少先队员入队仪式，班里只有成绩优秀的辉、萍与我最先加入，戴上红领巾的那一刻，我的优越感、自豪感满满。禾苗过来祝贺，并嗫嗫嚅嚅说，别的都能同步，就这成绩跟不上，在一番自责后，他表示也要努力进步，早日戴上红领巾。我点点头，望见他那双冻得红肿的小手，知道他一早又在冰冷的腌菜缸里取菜了，早饭一般都是他自理的，泡饭搭咸菜，几无变化。

"不着急，红领巾大家都有份，我们三个只不过幸运先试戴的。"我安慰他。

他沉默了一会，转而咧开大嘴一笑，又开心地加入了游戏的人群。

学校边上有座凉亭，凉亭旁就是家乡那条川流不息的长冷江，江上船流如梭。沿江堤南来北往的行人走累了，就会在凉亭长石凳上坐下来小憩。村里的老人也爱坐在这亭子里，互相吹嘘自己的辉煌过去，坐教室里都能听到他们时而发出的爽朗笑声。紧挨凉亭有理发店和小卖部，隔壁村的一人常坐在小卖部柜台前喝廉价的土烧，直到我们放学，才看到他哼着小曲醉醺醺地回去。禾苗有天问我借2分钱，加上他手里的，去凉亭里的一位老人那买了几根麻花。卖麻花的老人80多岁了，眼睛好像没睡醒似的一直眯缝着。老人被亲人冷落，一人孤零零地住在一间破旧的茅草屋里，靠贩卖点麻花，或去河边摸点螺蛳度日。禾苗一般是不买小卖部东西的，唯见老头可怜，就常去照顾点生意。

天有不测风云。有一个凉凉的秋日，禾苗突然感冒发烧，趴课桌上休息。老师见他无法上课，就去喊他哥。当他哥走进教室时，我也跟随着转过身去，望见隔两三个座位的他耷拉着脑袋，被他哥背起，出了教室。

深秋的一抹阳光，把他俩的背影拉得很长。

他哥带他去村里的医疗室打了一针……

尽管家里穷，成绩看不出有多好，但禾苗是喜欢读书的。若没什么意外，他会努力考上初中，甚至高中、大学。他会认识很多的同学和朋友，然后走上社会，参加工作。在单位，他必定能遇上一位心仪的女孩，谈一次有模有样的恋爱，然后结婚，生一个与他十分相像的胖娃娃。

命运总是爱跟人开玩笑，不管这玩笑能不能让人接受，后面的故事已戛然而止，未能再继续下去。

禾苗打了那一针后，在回家的路上，在他哥粗糙的后背上咽了气……

这样回忆着，一抬头，发现外面的雨下得更大了。

等天完全放亮，风停雨止，云开日出，又是晴朗的一天。

"不要再想，再想那出发的地方，风偷去了我们的桨。我们，将在另一个春天靠岸"，我突然想起这样的诗句。

中元节这天，老家乡下有做"庚饭"的习俗，我该准备准备下乡了。

活着不易，愿生者坚强，珍惜每一个有阳光的日子！

（写于 2018 年 9 月 2 日，有改动）

睡在我上铺的兄弟

今天降温，冷得终于有了冬天的味道。一早送孩子上学，见满大街都是吹落的枯叶。在市区城东路等路段两旁的银杏树，挣扎着将最后的一抹金黄留在了这个初冬时节。我打开车载收音机，正好听到老狼的《睡在我上铺的兄弟》，这首 20 世纪 90 年代曾流行的校园歌谣，现在听起来依然那么亲切温暖。在这冷天，听这首歌，我突然怀念起一位同学，一位当年在杭读书时同一寝室里的上铺兄弟。

提及我的这位上铺兄弟，好多熟悉他的人又会伤心不已，与一个人相处久了，彼此特别地了解和习惯，那是断断不能接受对方的不辞而别，但世事难料，人生总充满意外，有时我们没别的选项，只能默认和接受现实。我的这位上铺同学，阳光帅气，活泼开朗，去世前已是温州某县城医院的科室负责人，人到中年，他的历练不可谓不丰富，积淀不可谓不深厚，正是"一展胸中抱负，不负平生所学"的大好时候，却遭遇了不幸，早早地离开了我们。"你塞满了我的整个过去，却在我的未来永久缺席"，他的过早离去令人痛惜，和大家一样，我好长时间都不能接受他的离别，总不敢相信这是真的，直至今天听到了这首歌，我才忍不住又想起他，想到这位曾经睡在上铺的同学，原来他是真的离我们远去了。

我在三年前曾写过一篇《四一六寝室的故事》，起因是那年的 8 月 18 日，由李授运同学发起并组建了我们当年中医系的四一六寝室微信群，撰文是为了纪念。除了徐勇和罗渊两位同学暂时联系不上，苏一清、钱昭东、李笑寒、周江平包括后来入住的齐旭、徐小玉、胡人匡都汇集到了"四一六"这个群队。"惜别是何处？相逢皆老夫。"人到中年大抵成熟有余而激情顿减，多年未联系的同学通过网络重逢，有过短暂的兴奋和激动，之后很快归于平静，建群之初"在庆春路上找个地方再聚聚"的提议也因各种缘由搁置了。2019 年 12 月 20 日，在安徽宣城中医系同学的大聚会，我原打算去的，去见一见久违的同学们，顺便拜访一下李白名作"相看两不厌"中的敬亭山和"不及汪伦送我情"的桃花潭，一举两得，何乐而不为，后因琐事牵绊未能成行。只是万万没想到，竟因此错过了与授运同学的最后一面。"大家尽量都参加吧！同学是一辈子的缘分啊！""有机会，大家聚聚！我们寝室还有一位老同学联系不上，一位老同学在国外，所以没安排。这次同学会，能参加的，尽量参加吧！毕竟我们要知天命了！"授运同学在四一六微信群里说的话犹在耳边，想必他是特别渴望能趁那次难得的同学会大家都团聚一下，话里还隐隐约约地透着一些难以明说的信息，但愚钝如我，总觉来日方长，机会多多，未曾想错过一次，便是后会无期。

"颅内胶质细胞瘤"，我不了解这病症的究竟，只憎恨上天对授运同学的不公。其实我们很大一部分人皆属凡夫俗体，或多或少潜伏着一些"定时炸弹"，有些能及时察觉和清除，但有些又是难以发现和掌控的，靠基因，靠自身免疫力，靠锻炼，或靠运气，等等，这都说不好的。授运同学的颅内肿瘤是 2014 年温州雁荡山同学会筹备期间发现的（那次同学会我也没参加），术后一直挺好，却不幸于今年三月复发。他肯定是与再度疯狂的病魔进行过一番激烈抗争的，在命运的考验面前，他从不会低头认输，但这一次他却没能战胜，于 11 月 8 日颅内出血，抢救无效去了另一世界。当天得知他去世的消息，同学们都感到震惊，因为没人提过他的病情，包括他自己也从不与人说过自己的病复发了，就这样的突兀和措手不及。想起我在今年的四五月份还曾多次向他咨询肠胃方面的健康知识，他都一一耐心解答，交谈中读不到他有一丝异样。九月份的一次微信他没回我，现在想来当时可能病情加重了，我还以为是工作太忙的缘故，故没多问一声，哪曾料到会是这样的结局。事后又听同学说起，十月下旬，他曾拖着病体去杭州开会，见了当年的老师一面，可见他是多么留恋生命，留恋工作，留恋他所熟悉的一切。

印象中，授运同学留着中分头，国字脸，浓眉，眼睛不大也不小，嘴唇较厚，常喜欢咧着大嘴笑，个子一米七三左右，身板硬朗。那个年代，我连添置一双回力篮球鞋都要犹豫良久，而他的标配是一套质地考究的西服，并配有白衬衫和领带，脚上的皮鞋锃亮。温州人一向敢闯敢拼，我猜想他的家庭是属率先富起来的一部分。授运同学并不因自己家里条件稍好点而"傲气"，他合群，喜欢与人交往，与每个同学都相处和谐。爱好唱歌是他的特点之一。他的嗓音浑厚带磁性，四一六寝室有他在，就有欢乐的歌声响起。茫茫人生，相逢都是偶然的，既有幸成为同窗，不管时间长短，不论贫富贵贱，从此就注定是一辈子的同学了。后来学校组织歌手大奖赛，授运同学报名参加了。某天也像是今天这么冷的晚上，在学校文化活动室，赛事如期举行。活动室前端有个简易舞台，同学们在底下或坐或站，自由观看，我仍然记得那天比赛的场景：平日里在路上喜欢哼唱王杰歌曲的一位学哥，选的是《乡间的小路》，声音略带颤音，评委给的分较高；来自针灸推拿科的一小矮个女同学表演的儿歌《小燕子》，唱起来奶声奶气的，倒也别致；授运同学选唱了一首罗文的歌，具体歌名忘了。他本来穿着那套得体的西服，临上场却要求换上我那条刚买的军绿色长裤，可能是想换个形象吧，只是他个子比我高三四厘米，我这条裤子落在他身上真的委屈之极，当时看到舞台上裤腿吊得高高的一本正经演绎的他，当观众的我只剩下捂着嘴不停地笑的工夫了。

读书累了，抽空放松下心情是必须的。趁休息日，我和授运一起去西湖游玩，游玩结束后，我俩匆匆挤上了一辆返程的9路公交车。在人多得像沙丁鱼罐头的车厢内，我俩还击掌庆幸赶得及时，不耽误回学校吃晚饭，可过了好长一会，才突然发觉不对头。怎么窗外的景色完全陌生了？"下车，下车，这是辆假9路，我们坐错了。"授运同学高喊。下车后，我俩觉得反正错过饭点，索性就步行回校，两人一路上说说笑笑，看尽了黄昏时分杭州街头的繁华景象和人影绰绰，可谓失之东隅又收之桑榆了。之后每次外出，授运同学都不忘提醒别错坐"假9路"，而每次只要他一提起，我俩又会同时哈哈一阵大笑。我想授运同学骨子里一定是位出色的喜剧表演家。有次，周江平同学喝多了酒，把唱歌跳舞说成了唱舞跳歌，后来居然变成他的口头禅，每次周末寝室组织出去玩，他总是来句"我们唱舞跳歌去"，然后大家一起开心地外出逛荡游玩。授运同学空闲时爱练书法，硬笔、毛笔都擅长。

上回说到我们报到时在寝室刚安顿好，他看了看觉得氛围布置不够，便手书"一鸣惊人"4个大字挂于空白的墙上，既是装饰点缀，又是激励鞭策。后来我弃学从戎，心里面从没忘记过他的"一鸣惊人"这4个字。在许多孤独的日子里，我也特别期待他的来信：一则可以获悉同学们安好的消息；二则看他的信是种享受。他的钢笔字潇洒飘逸，文采也斐然。寝室里又增加了谁，谁暗恋了哪位女同学，谁研究《周易》走火入魔了……他总能第一时间告诉我，唯独没有透露过他自己的故事。他在信中多次询问我几时回来看看，看看曾经的宿舍和曾经的过去。我每次都说，"快了，快了，有空一定会去"。这样的通信维持了一年，因为各自的忙碌渐渐少了联系，但心里是常挂念的。在这中间，我曾几次坐火车路过杭州，每每经过，我也心有所动，只是想想自己一无所成，就提不起回去看看的勇气，一误再误，以致我走出学校后就再也没见过他，现在想起来可真后悔，后悔应该早点和他聚聚，可后悔又有什么用呢？世上本就是没有后悔药可以买的！

授运在学习方面肯花时间，也有韧劲。我办离校手续那天，他请求把我的《医古文》课本送给他，说特别喜欢这本书，想多备一本以随时翻看。现在回想起来，当时同意把书送给他是明智之举，因为我从此再也没翻看过医学方面的书，热心的同学把新课本寄来也同样束之高阁了，空想多于行动，是我当年的一大缺点。相比之下，授运是执着的，为了实现当医生的理想目标，他孜孜不倦地追求着。作为自费生，五年的学业结束，他只拿到了一本结业证书，这等于一张废纸，于是他转而考函授，通过三年的重新函授学习终于拿到了毕业证书，后来又顺利考取执业医师资格证。可以确信，他是凭借自身的坚持不懈，一步一个脚印才走过来的，这一路走得曲折和颠簸，但他从不轻言放弃，直到真

正穿上了他所喜欢的白大褂。

授运的眼睛并不是很利索。有一次，我陪他一起走楼梯，楼梯内没有照明的灯，乌漆墨黑的，他让我挽他一把，说是有夜盲症，一到晚上视力就变差，昏暗的地方更是看不清。这着实令我惊讶，问他有无解决的办法，他说多补充维生素 A 就好了。我不知道事隔多年后，他的眼睛是否已治好了，之前一直忘了问他，如今突然想起，竟然发现已无处可问了。

梁实秋在《中年》一文中发出人到中年"耳畔频闻故人死，眼前但见少年多"的感慨，虽然这句话引用到这里未免有点唐突，但随着年龄的增大，这个情况却是我们无法逃避的现实，逃无可逃，唯有面对。这些日子里，我常感慨上苍的凉薄，怎么不能留住这么好的一位同学，假如能多留他一段时间，让他的生命再长久些，那么我们就一定能兑现"在庆春路上找个地方聚聚"的约定，还要和他一起去寻一寻当年的"9 路"公交，或者去"跳歌唱舞"也好，还有他的书法是否更加精进了，我也一定会请求他重新书写"一鸣惊人"4 个大字以做对比，除了这些，我更想聆听他唱过的那些动人的歌……可所有的所有都只能是假如了。

作家王朔说过："一个人没了，说什么也是多余的，记着也好，忘记也好，都是活人看重……"说得没错，人只有活着的时候，才有资格、有机会说"珍惜"、道"珍重"，等人没了，那万事皆是空的。

"此情可待成追忆，只是当时已惘然。"听说今年的这个冬天会特别冷，晚上广播里说家乡的四明山已下雪了，可冷或暖，下雪与否，哪个地段上还能观赏到金色灿烂的银杏树，我们关注，我们在乎，而对于授运同学，我的这位上铺兄弟，一切已无意义了。

（写于 2020 年 12 月 14 日，有改动）

3 师恩难忘

班主任何老师

单位隔壁是一所学校，透过窗户，可以瞧见对面教学楼里的师生动静，这让我不由得想起自己的小学生涯，自然又想起了小学班主任何秀莲老师。

我就读的小学坐落在家乡小村最南端，那是一排低矮的瓦房，瓦房北面一块巴掌大的空地为操场，南面四五米宽的空地用于日常集合站队。空地外侧紧挨一条小河。学校设施简陋。走廊上吊挂着一小截钢轨，那是上下课的声响信号器材。未配备开水器，只几个竹罐筒，我们渴了就去埠头用竹罐筒舀河里的水喝。

小学一共配备 5 位老师，都是本村人（本村包括地理位置相近的 4 个小自然村，同属一个大队）。

班主任何老师是嫁入本村的媳妇。那年她 30 多岁，短发、圆脸，个子中等，衣着得体，走起路来带一阵风。

"腊月出生，应该明年才能入学。这样，你试试从 1 数到 100 吧。"何老师核对我的生日时间。我当场一口气数完 100，幸好无一差错。其实，好多农村娃刚入学那阵是数不完 100 的，年龄比我小的还有好几个，那时读书条件相对宽松，只要不太出格，学校都默许了。

"小淘气，看见鱼儿挖眼睛。"开学不久，何老师就教我们记住了拼音中爱吃鱼眼的三只拼音"小怪兽"。上课，何老师总先强调坐姿。那个年代大家基本从零起步，反倒鲜有趴在桌上或佝偻着腰看书、写字等不良习惯的。"写毛笔字带点精气神，要力透纸背。"书法课上，何老师悄悄从背后伸过手来拔我们的笔，因此，每次练字，我都紧紧地捏住笔杆以防老师突袭。

傍晚过后是何老师上门家访的时间。有个夏日晚上，我已上床休息，突然听到一阵敲门声，妈去开门，我定睛一看，竟是何老师来了。我叫了声"老师好"，依旧躲进蚊帐里。那时，作业在晚饭前就做好了，因此睡觉特别早。妈和何老师坐在小椅子上拉家常，也提到了我在学校里的表现，并点出了一些存在的问题，妈时不时地转过头来询问我都听到了没有，我唯唯连声。

有一年春节过后刚开学，我发现自己随身藏的压岁钱丢了，三元多点，这在当时应算"巨款"了。同村的阿良，高我一届，有天去镇上高调地买了副羽毛球拍回来与人嬉戏。这情况很是异常，我听说后前去询问，问他是不是捡到我的钱，他支支吾吾的，说不出个子丑寅卯来。此事后来传到了何老师那里，她寻个机会便上他家去查询。当着何老师的面，阿良父母承认了钱是孩子捡到的，但已花完一时还不上，要等以后有了再说。这一拖又是好久，父亲前去交涉，阿良家给了父亲几斤刚收的荸荠才算了事。

每逢阳历新年，何老师都要带我们去现役军人家庭慰问，这也是当年每个农村学校的传统。弯弯曲曲路，深深浅浅巷，我们敲着锣打着鼓，高举的红旗猎猎于风。军属率左邻右舍前来迎接，一见到何老师，就握住手不放。进入院内，有准备的糖果，还会拿出照片和喜报，与我们分享来自军营的好消息。我们整齐站定，学生代表上前致辞，最后敬队礼，送上慰问信和年画。礼轻情意重，温暖了对方，也教育了我们。

小学阶段，读书还算轻松，我常代表学校去乡里参加年级组的学科竞赛什么的，获得不少笔记簿、铅笔和橡皮擦等奖品。面对成绩，我一时有点飘飘然。何老师常告诫，"谦虚使人进步，骄傲使人落后"，我懵懵懂懂中不懂什么才叫"谦虚"和"骄傲"。但看到同学青上讲台前，脸先红了，何老师表扬他谦虚，我就记住了。以至于后来很长一段时间，只要上讲台面对观众，我的脸都会不由自主地先红了，是不是真的谦虚，还是带点东施效颦的味道，我自己也搞不清。

有个冬日，阳光暖暖，何老师坐在教室门口批改作业，下课时，很多同学围了上去，她放下作业本，面带微笑，和我们轻轻地说话，耐心地回答我们一个又一个问题，一时高兴，还拿起那支红钢笔描同学们鼻梁上的那道青筋。当然只给肤色白的同学描，黑皮肤的根本看不出。那白里一抹红，竟是分外好看，有点像现在小朋友额头上贴的小红花一样。我壮着胆跑上去，也让何老师画上了一道。

夏日的每个午后，我们都坐在中间通道的地上纳凉休息，远远望见何老师走过来，便拍拍裤子上的尘土，喊声"何老虎来了，快跑"，一窝蜂地溜回教室等待上课。

淘气是小孩子的天性，但淘气过头就等同顽劣了。我曾和光明同学同桌，一次，他站起来回答问题，我悄悄把长条凳往后挪，他没防备，答完后一屁股坐了个空，直接摔在了地上，引来哄堂大笑。何老师为这瞪了我好一会儿才继续上课。当然这个举动极其危险，其中道理我事后才明白。还有次做眼保健操，口令都结束了，我意犹未尽，仍闭着眼睛用小手在眼眶上不停地比画着。待睁开眼，才知全班包括何老师都在静静地等我做完。自己看不见，以为别人也看不见，是不是有点掩耳盗铃般的愚蠢？我还和高年级的阿巍一起逃过学，可能是为了逃避下午的那节劳动课吧？其实我们并没走远，就躲在小学的河对岸观望，看到老师和同学们纷纷从野外割好兔草回来，我的心里头像有只小兔子一样地乱跳。现在已忘了何老师是怎么处罚的，反正从此我没再逃过课。

班里，是辉、萍和我三个最先戴上红领巾的，随后过了好些日子，其他人才都有了红领巾。当何老师亲自给我们三个戴上红领巾的那一刻，我是激动和骄傲的，同时也为自己屡次犯下的小错误而惭愧不已。

升到四年级时，何老师突然调走了，去了市里的某单位任职，由魏老师接过了教鞭。魏老师亦尽心尽责，只是他的普通话远没有何老师标准，因此每当魏老师用家乡口音的普通话给我们上语文课时，我就会想起何老师。

今非昔比，我单位旁的这所小学设施齐全，师资力量雄厚，足球和画画是特色教学，还有编程课可让学生自选。进入新时代，一切令人欢欣鼓舞、信心百倍，但每当对面教学楼飘来悦耳的上课铃声时，我总会想起那个稍为艰难的学生时代，也总会想起像何老师这样靠一支粉笔传授知识的良师益友。那人，那事，那段懵懂岁月，常萦绕在心，时时在意。

（写于 2021 年 12 月 1 日，有改动）

施老先生

初一上学报到那天，教室里进来一位老者，戴深度眼镜，宽宽的脸，发际线稍高，头顶上的白发一根根往后梳着，脸部皱纹沟壑交错。只见他把笔记本往讲台上一放，手扶了扶眼镜，便用抑扬顿挫的声调介绍自己。

"我姓施，单名一个杭字，从今天开始，我就是你们的班主任了……"

"施老太公！"后面有几个同学窃笑起来。

"老太公"，私底下喊喊未尝不可，但对于老师，称呼"先生"更为妥当。施老先生一身行头：棉麻短褂、薄灯笼裤、脚上一双白底黑面的圆口老布鞋。我想若换一件青色长衫，会更适合他。

他从笔记本抽出一张纸来大声念我们的名字。

"听说是陆埠哪个小学退休的。""退休有好几年了吧？""是咱们谢校长专门聘请过来的。""斗门人。"发笑的同学显然百事通，在唱名过程中悄悄散布消息。

施杭老先生又名施廷芳，他负责教我们语文和毛笔字。虽说之前只教小学，但他是正规师范学校毕业的，编制内，教我们不在话下。那时乡下学校多为民办教师，如教我们地理的陈老师，拿起粉笔走上讲台是传道授业解惑的好老师，放下粉笔卷起裤管又是地道的农民大伯。他的一亩三分地就在学校操场边上，我多次见他在休息时间埋头耕作，把庄稼伺候得比学生还妥帖顺服，因为庄稼要比学生沉默听话。其他如教政治的诸老师、物理的刘老师、化学的魏老师等亦属民办。话说回来，编制或民办与否代表不了实际教学水平，但施老先生是校长亲自出面聘请过来的，没两把刷子又怎么可能？

学校的四周皆田野，北面和东面靠着河，小河弯弯，通向四方。我们初一教室在最东面，北挨着蒸饭间，蒸饭的锅炉是烧煤的，烟囱竖得老高。中间有一过道通向河埠头，老师和学生都在这埠头用铝饭盒淘米取水。

"书山有路勤为径，学海无涯苦作舟。""我们要像海绵一样吸收有用的知识。""浪费别人的时间等于谋财害命，浪费自己的时间等于慢性自杀。""一寸光阴一寸金，寸金难买寸光阴。"教室两侧白墙上新挂的字幅苍劲有力，见证了施老先生的书法水平和对学生的关爱情怀。

"周末作文写一篇故事，题目自拟，要求必须是听来的。"开学不久，施老先生布置了这项作业。"故事，有听讲过吗？小学班主任魏老师讲的秀才进京赶考系列早忘得差不多了。"我一时找不到讲故事的主，只好凭记忆写书上看来的故事。作文上交后，施老先生在课堂上——点名询问，并根据询问结果现场打分。当问及我是听来还是看来的，我内心挣扎了下，终于选择如实回答了。对于看来的故事，老师一律不给打钩评分。过了数日，施老先生又进来说："这段时间，我针对作文选了部分同学进行家访，总体让人满意，在这里要特别表扬张冬梅同学，她写的故事确实是从妈妈那听来的，写得生动形象，当然更重要的是她诚实的品格和认真的态度，我相信只要拥有这种品格态度，今后做什么都不会差的。"说也奇怪，冬梅同学的成绩在班里一向排不上号，经此作文事件后，成绩居然"噌噌噌"地蹿上来了。

班里成立了作文兴趣小组，有魏爱君、周力、冬梅等同学，我有幸在内。施老师声称优秀的文章将推荐给某中学生刊物，听了让人振奋不已。他教导多观察、多思考、多记录、多修改才能写好作文，我是听了点进去的，但终究没成什么气候。

施老先生写得一手好毛笔字。他教我们毛笔书法讲究循序渐进，每节课只专注练两个字。待我们将写好的字交上去之后，他仔细审阅，差错处勾勒标出，比如起笔没顿的，收笔没回的，笔画偏粗或细，他都一一标注清楚，个别看看还可的字，他就用红色毛笔在上面画一个圈。当我每次看到米字格纸上一个又一个好看的红圈圈时，就会像考了一百分一样高兴。

施老先生是位多面手。遇重大节日，他亲自编排哑剧和三句半等节目。当年那出哑剧就在礼堂兼活动室的舞台上演的，挑了两位有特点的学生扮演角色，道具简单，一只打气筒就够了，但表演诙谐，动作夸张，惹得底下观众笑声不断。三句半是四人组合，配备的器具分别为一张牛皮鼓、一对镲、一面小锣，还有一面大锣。以最后一位敲大锣的同学最为有趣，伴随着"当"的一声，他扯着嗓子高喊出简短的一到三个字作为总结，真的是形象到位。说唱节目的台词不在多，贵在启迪思想，逗人发笑，可以肯定的是，施老师成功把握了这一点。

上初二时，我们的教室换到学校的西北角那间，同桌依然是绰号"烂带鱼"的阿伍。这绰号不雅，不知是被谁叫出来的，连学识渊博的施老师都不得其解，或许跟他不好好读书有关。前桌的同学换了，其一是绰号"老太婆"的琴同学。"老太婆"并不指长相老，大概是个子矮些、嘴又唠叨的缘故，其实她长得还算标致的。琴同学太闹，每次坐在椅子上如有针刺她一般，坐不安稳，有事没事就转过头来干扰我们。阿伍好脾气，对她态度友好，我就不同了，常横眉冷对。"报告施老师，老太婆同学刚才又吵我们了。"有次，我忍无可忍喊了报告，施老先生却偏袒她，先训斥我一顿，言明乱叫绰号是不尊重人的表现，同学一场就是缘，多珍惜才对。这让我心里憋屈了好久，直到琴同学突然中断学业，去上海落户转校的时候，始觉施老先生的批评是正确的。

那个秋天，施老师带来一个好消息：上级部门专门拨款下来，贫困生可申请补助。我们当时并不懂，绝大多数都递交了申请。这使施老师很不高兴，婉转地批评我们风格不够，还特意表扬了不写申请的几个同学。不过让人意外的是，他最终决定均摊扶贫款，每人发五角钱。可能这样皆大欢喜的处理结果跟我们当时生活条件都比较差有关，但施老先生是没错的，错的是我们。

我偶尔犯浑。有一节自修课，我放着作业不做，偷看起小人书来。别看施老先生上了年纪，眼睛又近视，可他一进教室就知端倪了，当场没收了我的小人书，并喊我去他办公室一趟。"上课做小动作被抓了吧？年纪小小，资格老老。"边上有老师抢先批判起来，这让我害怕不已。"事情很小的，自修课看看课外书未尝不可，只是今后作业要先完成，什么都应有个主次轻重。"施老师说完拍了下我的肩膀，就让我带上小人书回了教室。

不知什么原因，上初三时，施老先生就不教我们了，辞职回了家。如今这么多年过去了，因为一直不够自信，或者自认为没混出什么名堂，便从未与施老先生取得过联系；从他那一面来说，我是杳无消息了。但不知怎的，我总还时时记起他，事实上，"在我所认为我的师之中，他是最使我感激，给我鼓励的一个"。

前几天，初中的诸老师发了一张师生合影照片给我，前排就是几位熟悉而亲切的初中时的老师。这让我的思绪一下子又回到初中年代，同时不由得想起了施老先生，想起了那些抑扬顿挫又鞭策人心的话语。我知道，是这些话语，一直陪伴我走到现在的。

（2021 年 12 月 5 日发表于《余姚日报》，有改动）

姚国忠老师

初三那年，姚国忠老师接替施老先生成了我们的班主任。

"施老师这一走，把包袱都丢给我了。"包袱一词虽带调侃，但绝不是空口白话，班上确有很大一部分同学不够用功，包括我，功课从不温故，更无以知新。"是骡子是马，拉出来遛遛。"姚老师说完，手向空中用力一挥。其实我是渴望成为姚老师说的那匹千里马的，新书发下来，我会在扉页上写下"人生能有几回搏""时间就像海绵里的水，只要愿挤，总还是有的"等名人名言，可常立志者无志，"知而不行，只是未知"，在我微薄的时间海绵里，究竟能挤出多少水分，只有老天爷最清楚了。

"为伊消得人憔悴，衣带渐宽终不悔。"这是姚老师最爱引用的一句诗。他崇尚"精诚所至，金石为开"，坚信辛苦付出终有收获。"青山有幸埋忠骨，白铁无辜铸佞臣。"岳飞墓前的这副对联，也是他常提及的。那年，姚老师二十八九岁，毕业于宁波师院的他，风度翩翩，侃侃而谈。他像一名班上刚换的舵手，不敢有丝毫懈怠，一心希望带领我们闯过中考的激流暗礁直至彼岸。

大凡语文老师都注重训练学生的作文能力，姚老师尤甚。作文是一篇接着一篇地布置，写人叙事、写景状物，不一而足，让我们搜肠刮肚穷尽词语。"苗军同学的这篇作文写得好，引经据典，文字优美，请你给大家谈谈有什么心得吧。""我说不上来，只是日常喜欢多练多写而已。"回答是谦逊的，却有种卖油翁"我亦无他，唯手熟尔"的味道。苗军坐下后，我用手捅捅他的背，指了指他课桌上的笔记本。"怎么不透露一下你有随手记录妙言好句的习惯呢？"苗军没吭声，他一贯太低调。"没有七彩的灯……这篇作文以歌曲为开头，追声循途，由远及近，引人渐入胜境，我也给打了'优'。"姚老师竟然把我的作文也列为范文了！在窃喜之余，我心生一丝惭愧。我是要了小聪明的，前些日与姚老师擦肩而过，听到他在哼这首歌，于是"灵机"一动，投其所好。内容上也有虚构成分，写的是大伯父家，四间瓦房造了近两年，有几盏别致的壁灯，然后又新添了当时还算稀罕的一台双卡收录机，就被我描绘得富丽堂皇、光彩夺目，"鉴定"为农民家庭中率先富起来的代表。

初三是关键阶段，我申请留宿，姚老师照顾我，安排住进北侧的小宿舍。那是一排背靠河的低矮平房，有五六间，以入住女生为主，男生寝室只有最东面的那一间，成员还有克、伟、央等。床铺都是自个从家里带来的，一张竹榻架在两张长凳上，铺上被褥、支上蚊帐就成。小宿舍相对宽敞干净，班里不少男同学羡慕，想加进来却排不到。但我身在福中不知福，竟不耐烦住了。原因是隔壁间的那些女生，每晚就寝前如小鸟回窝般，叽叽喳喳很久才沉寂下来。有时候，克同学忍耐不住，使劲拍打墙提醒安静，对方竟不甘示弱，也把墙擂得"咚咚"响。当然不耐烦的原因不止这一点，跟我个人的想法、观点也有关系。初三下学期，我自作主张搬去东面的大寝室了。大寝室原是一间教室，没经过什么改造，桌椅腾空便住了人。这里挤着20来位男同学，室内空气要混浊得多，但我是自愿要住进来的，因此不会有半点抱怨。姚老师纳闷，问我要不要再搬回去，见我坚持，也就随我了。姚老师工作责任心强，会不定期地检查我们就寝情况。那晚，我洗完漱爬上床，就和对侧的叶青同学聊起天来。"瞧我的运气，上次正和同学说姚老师管我们有点苛刻的话，没防备姚老师走了过来，就站在我身后，竟一点都没察觉，好不尴尬。虽然他当时什么表态也没有，但是我在背后说他坏话被他听到了，我这心里可是一直在打鼓的。"见青同学半晌没反应，我抬头望去。我的蚊帐有点厚，棉的那种，发黑了，是父亲当兵退伍后带回来的，早该列为古董收藏了。"铁马冰河入梦来"，启用老物件，我一度猜测其中蕴含的寓意。躺在老"军"字号的蚊帐里，除了不透风，还有个缺点是看不清外面的动静。这时，见有人用手指勾了勾我蚊帐上的一个小破洞。"谁？"我翻身坐起。"自己没做好，还要在背后说人家管得严呀！"原来又是姚老师。我大窘，赶紧躺下睡觉。

初三时，我已学会了骑自行车。某个炎热天，我推出家里的那辆旧永久自行车，使用右脚伸进三角架里的技法，一蹬一蹬的，费力地朝小镇前进。这种骑法特耗体力，不一会就大汗淋漓。巧的是，半路上遇见一个熟悉的身影，是姚老师，他正沿着公路步行，方向和我一致，大概是回云楼老家去的。我下车打了招呼，正要继续蹬行，姚老师喊住了我。"让我来骑，你坐后面。""太好了！"我开心地把车交给他，待他骑稳后，我双手往车后座一按就跳了上去。"身手不错，只是你的个子还要再长高些才能骑这种大尺寸的自行车。"姚老师一路和我拉家常，还提到了我学习上的一些问题。能和班主任这么近距离地接触和交流，心情无疑是激动的，他的话我当然听进去了。之后有那么一阵子，我振奋精神啃起了书本，成绩也有了长足进步，但究竟是韧性不够，时间一长，慢慢又松懈了。

光阴似箭，转眼毕业。说来也巧，在当时乡下学校较低的中考升学率背景下，班上住过那间小宿舍的男同学全部升入了高中，包括替补我搬进去的一位同学，当然还有我，克同学曾笑称那间宿舍定有祥云瑞气笼罩。

又过去几十年，姚老师已然定居在邻近的某个城市，开始享受悠闲而安逸的退休生活。"现在想想，还真不能小看班里那些鼻涕长长邋里邋遢的孩子，因为在不久的将来，学习成绩优秀的你，很可能还要在他手下打工呢。"许多教过我的老师如是说，姚老师也有这样的感慨。

其实是马是骡子都没关系，只要能奋蹄的，都是良驹。

恭问姚老师冬安！

（写于 2021 年 12 月 13 日，有改动）

魏老师

读小学四年级时，魏兰庆老师当了我们的班主任。魏老师教我们语文、体育和画画。

四年级开始，语文科学习难度增加，学习量加大，我们又几乎是零阅读，除了教材以外，没接触过什么课外书籍，最多翻翻小人书，听听收音机里的"小喇叭"节目。"一个不阅读的孩子就是学习上的差生。"魏老师看在眼里急在心里，想办法找来一些读物在课堂上朗读。读物有些杂，他念我们听，有《山海经》的异世界、《聊斋志异》的狐仙、"秀才赶考"的民间故事，等等，让我们或惊或奇，为枯燥的语文课增色不少。

"工夫在诗外"，可诗外，我们要帮父母干农活。虽然课后干点农活与读书好坏构不成因果关系，但事实上，我们那届都没有好好读书或把书读好。

四年级是小学高段，是分水岭，对老师来说也同样面临挑战，压力很大。魏老师平时的性格和风细雨一般，及至考试成绩出来就发生了改变。只见他怀抱一沓卷子走进教室，先将卷子往讲台上一摔，然后生气地开始数落起我们来。"试卷是我一字一字在蜡纸上刻出来的，再一张张印刷，类似的题目都讲解过，你们却考出这样的分数。"他一时气急，就拿当教鞭的细竹棍狠狠地敲打桌子，"啪啪啪……"一下又一下，敲得我们心里都发颤。"考试卷子带回家让父母签个字，明天返校时带回。"骂完了，魏老师撂下一句。记得那次考试试题有点难，我考了70多分，班里算中等偏上，可带回家的结果不太美妙，挨一顿打不说，试卷险些被撕碎。

魏老师家距我家只二三十米远。低头不见抬头见，我在学校的表现，不用他专门家访，傍晚去埠头拎桶水、淘个米，就可以传到父母耳朵里。作为邻居，魏老师当然是关照我的。有次，我的脸不小心被同学的小刀划了道口子，一时间鲜血直流，同学慌了，我自己也惊慌失措，这时魏老师过来了。他带我去教室前头的河边清洗伤口，直到血止住才放心。期末结束，魏老师又会早早地上我家来通报情况，好在他的"孩子是努力的，希望是存在的"等一番美言，让父母宽慰不少。

学校没有像样的操场，因此每次上体育课，我们都是以自由活动为主。魏老师搬出象棋、兽棋、跳跳棋等供我们选择。有同学提议打乒乓球，他就取下一扇门板，在教室外临时搭就一张简易的球桌，硬件环境和技术含量谈不上，娱乐精神有了。

魏老师个子不高，一米六三左右，皮肤黝黑。衣着极朴素，那件常穿的看上去很土的蓝色中山装上还带着补丁。脚上要么布鞋，要么解放鞋。放下教鞭，魏老师怎么看都是地地道道的老农。双收双抢季节，他会撑来一艘水泥船，带上老婆和一对幼小的儿女，一早从家边上的埠头出发，由他摇橹，驱动着水泥船向小学南边稍远的承包田进发，日暮时分才返航，靠岸时可以看到满舱的稻谷，他又一担担地挑回家。魏老师去地里忙的那些日子，他的语文课自动调整为自习课，这对我们贪玩的孩子来说，是一件值得庆贺的事情。

魏老师还教我们画画，他没经过专业培训，绘画功底究竟是怎么打下的至今仍然是个谜。据说乡里举办的图画集训班，还请他当过指导老师，可见实力非凡。

魏老师教书时烟酒不沾，退休后就有闲情逸致了，每天中、晚餐都会啜上一小杯白酒助兴。村里的棋牌室他从不光顾，用他的话说，一是不会，二是讲台站惯了坐不住，他宁愿四处走走。

天有不测风云。前年，魏老师突然中风了，术后半边身子是麻的，需要拄着拐杖才能行走。

周末，我回老家时会遇见魏老师，他有时坐轮椅，有时拄着杖，热情地和每个过路的村里人打招呼，脸上并没有露出一丝悲观情绪。"既来之，则安之"，他表示接受现实，也在积极配合康复治疗。

过去了的让人怀念，逝去了的方知可贵。魏老师并没有什么惊心动魄的壮举，有的只是几十年如一日的三尺讲台，他是一位普通的民办教师，甚至我们当时可能还不理解他，每每曲解他的好意。现在，这么多年过去了，再回过头去想一想，在人生的启蒙阶段，在那个环境条件下，正是有了魏老师等人的引领和教导，我们这些农村娃才得以顺利出发，才能最终走出属于自己的一片天地，虽然一路步履蹒跚，但好歹我们都走过来了。

（2022 年 2 月 27 日发表于《余姚日报》，有改动）

金富老师

金富老师姓魏，因为我们村有三位魏老师，包括教小学的一位（已专门写过他），教初中的有两位，为有所区分，在这里暂且以名字称呼这位魏老师。

金富老师，腰圆，体宽，脸型较大。

略显富态的金富老师，是当年镇上那所高中的第一届毕业生，毕业后回自己乡里的中学当代课老师，后来转正。他教英语、化学和农知，或许别的课程也会。大凡学校的一期生都是厉害人物。金富老师无疑是平凡的，又透着不平凡的气质。他常穿一身靛蓝色的中山装，风度翩翩，神采奕奕；上课不需看教案，因为早已烂熟于心，信手可拈来；说起话来更是声如洪钟，精气神十足。

学校距我们村大概三里路，金富老师坚持每天步行上下班，晨钟暮鼓，心无旁骛。

既然住在农村，也多少有点田地的，课后空余时间，他与村里的老农一样都要下地干活。

但我总觉他没一点农民的样子，即便是去田间劳作，也带着一副教书匠的做派。他服装笔挺，除了出汗没办法控制，劳动时身上的泥土、污垢竟看不到多少，始终保持着适度的干净体面。有一次，他与人家合力抬一件农用器具，见他扎下马步，气沉丹田，先用肩膀试了试轻重，然后连问对方数声："对不对？是不是？"我忍俊不禁，这是田间，又不是在教室里教书，可他还像面对学生一样问人家对与错、是与非，岂非用错地方、表错了情？我当时真想替他纠正过来。

金富老师教我们化学这门课。说实话，我是不太喜欢化学的，物质之间的化学反应和转换简直太复杂繁琐了，完全不是我这种头脑简单、思维迟钝的学生可驾驭得了的。连并不复杂的化学方程式配平，我也总感到摸不着边际。"配平的技巧有多种，分别有最小公倍数法、奇数配偶数法、代数法、电子得失法、归一法……"什么，什么，打住，需要这么多方法吗？我就像学凤凰筑巢的那只猫头鹰，最多也只是麻雀，不耐烦听金富老师的唠叨，弄个一知半解就自以为是了。

我注意到金富老师上课时语速一快，就会出现个别语法错误的现象。比如讲到混合物、纯净物、单质和化合物的区分，有的同学就是容易搞混，事实上很简单的，错在没有认真地思考归纳，他在一番分析点评后，要求我们对待知识不但要知其然，而且知其所以然。但他一着急，说成"不但而且知其然，还要知其所以然"。这样的情况发生过多次，因此我在私底下常喊他为"不但而且先生"。有一次上夜自习，他坐在教室里监督我们。我悄悄地捅了捅同桌说："今天又轮到'不但而且先生'当值了。"同桌会意地和我一起窃笑。金富老师似乎有感应，抬起头来朝我们这边方向望了望，还瞪了我一眼，吓得我赶紧低下头翻书。

我对读书不上心，放学回家常叫上弟弟一起去河边夹鱼。

夹鱼完全是个力气活，两根长长的竹竿前端有一张夹网，这是费力杠杆，支点就在我小小的肚子上，但我乐此不疲。每次收获的鱼不少，鲻鱼、鲹鱼、黄颡鱼、鲫鱼、鳊鱼的什么都有，付出的代价是腹部上磨出了两个圆圆的疤痕。金富老师知道后，着急地跑到我家来对我父母说："鱼什么时候都能吃到，可孩子的功课要是耽误了，那是影响一辈子的事，到时后悔就来不及了。"父母向我转述了他的话，但我一个耳朵进一个耳朵出，根本不当回事。

有那么一阵子，我对金富老师是颇有意见的，甚至愤愤不平。事情是这样的。还在我一点点小的时候，他只要见到我，就会走过来用他的大手捏捏我的小脑袋，口里直说："小脑袋瓜这么软，真像一枚软壳的蛋。"说的次数多了，"软壳蛋"就被好事者叫开了。这个让人"羞愧"的绰号一直伴随我小学毕业，直到上初中长大了才没人再叫。现在回过头来想想已理解金富老师了，谁叫我小时长得白，又有点虎头虎脑呢！

金富老师今年83岁，本可以一直乐享天伦，安度晚年，但遗憾的是前些年突发中风瘫痪了，又因不肯按时服药，使他在短期内连发了三次中风。命运有时太会开玩笑。如今的他只能坐在轮椅上艰难度日，连话也说不出口，吃东西靠流质和营养液滴灌，当年意气风发的金富老师不见了，代替的是一位被病痛折磨的羸弱不堪的老人。

"魏老师，还认识我吗？"有一天我走进他家，指着自己问坐在轮椅上的金富老师。他看了我一眼，随即就点了一下头。这让人太意外了，好久不见，居然还认得我。"雨打窗门笃笃响……魏老师，下一句是什么？"但金富老师表情木然，半晌没反应。这是他以前创作的一副对联，就贴在自家房门上，上联写景，下联会意，表达的是退休以后生活安逸平淡的心情。他曾高兴地当着我的面朗读了一遍，如今已被撕掉丢弃了。可遗憾的是，下联的内容我怎么也想不起来了。

我真心希望哪一天奇迹出现，或者医疗科技足够发达，让我们的金富老师能够重新站起来，重焕生机和活力。我有时也出现过幻觉，仿佛金富老师从不曾病过，依然挺拔地站在我们面前，用他独特的大嗓门侃侃而谈，即便偶尔爆出个"不但而且"的自创语，也会让我们倍觉合理而亲切。

（写于 2022 年 5 月 18 日，有改动）

4 岁月如歌

青春洒向大海，是为了那片蓝

生在东海之滨的我，儿时却没有见识过真正的大海，与大海接触最近的一次，是高二时学校组织去宁波北仑港参观。彼时天空飘着点小雨，翻腾的海水混浊不清，看了并不过瘾。

与大海亲密接触的机会终于来了，这次来得很突然、很惊喜。当时在中医学院自费读医的我，寒假时赋闲在家，听到了征兵的消息，是朝夕与大海为伴的军种，不免地心里一阵雀跃。"行不行，我都得试试！"于是背着父母报名参加体检，初检、复检，过程意外地顺利，取得了与大海为伍的资格证。

胸戴大红花，在"噼里啪啦"的鞭炮声中，村支书率领一帮乡亲们敲锣打鼓送我到村口。当接兵指导员和班长率领我们登上了兵员接送专列，军列缓缓启动驶离家乡这座幸福城之际，看到窗外送行的人们一边挥舞着手，一边掩面抽泣，我是觉得诧异的，又不是生死离别，有什么好哭的。出发前看到有女同学来送站了，初衷并不是送我，她来送同班同学荣，意外撞见了我。还有同村的军，他女友过来送站，哭得如梨花带雨般，巧了，我都熟悉，于是又沾光。那时，父亲正好出差去了，但在列车开动之际，突然看见父亲急匆匆地沿月台跑来，我将身子探出车窗外，使劲地朝 1964 年参军的父亲挥手，父亲看到我，停住了脚步，同样挥了挥手告别。父亲是一名老兵，他懂得这样的分别是再正常不过了。在抖动的列车上，我掏出日记本这样写道："今天是公历 1990 年 3 月 23 日，春天，阳光明媚的季节，车轮启动，心也驿动，大海，我来了……"

新兵连 6 个月，是淬火加钢式的，主要学习队列动作和专业知识，简单、速效，伴随苦涩，我们年轻的心也如同与营区一箭之遥的那个湖泊，时而平滑如镜，时而风起浪涌。在我们走后第二年，那湖泊如巨兽一般终究按捺不住躁动，疯了似的冲垮了大堤，咆哮着淹没了一座座营房……

是水兵，就要与大海亲密接触。从新兵连分配下去，我要上的船正好进厂大修，于是刮油漆、敲锈、刷油漆、摸管道成了那段时光的主旋律。待到第二年的春暖花开，船修好了，重新焕发了雄姿，在补足油、水、米、菜后，随着汽笛一声长鸣，驶离了码头。

第一次出海，感觉一切都是新鲜而兴奋的。我跑到后甲板，看到后桅杆上鲜艳的旗帜迎风招展，螺旋桨不断搅腾出浪花，远处的礁石在潮水的涌动中上下起伏，一群海鸥追逐嬉闹，数条小鱼从海面上一跃而起，滑翔数秒，又落入海中。我内心很享受这一幕，在暖暖的海风吹拂中陶醉。大白天，老兵都早早地上床休息了，只有我们这些新同志挤在后甲板看稀奇。随着船的远离，海水的颜色由黄浊变绿，变淡蓝、深蓝，至公海水的颜色都蓝得发黑了。"大海啊，大海，是我生长的地方……"有人一时兴起，大声唱了起来。粗犷的歌声引得海鸥尖声惊叫，朝中间桅杆顶处飞去，渐渐凝成了一个个小标点。蔚蓝的穹顶之下，我们这艘船在辽阔的海面上平稳航行，间或掠过一艘艘飘着国旗的小渔船，我们都会像遇到亲人般地招手致意。

晚饭时，我有了晕船反应，碰不得肉，油腻点的菜都不敢吃，船舱过道的闷热气息夹杂着油烟味让人阵阵恶心。夜晚10点，轮到我值日。我小心翼翼地下到机舱，里面燥热难耐，两台巨兽般的柴油机发出的轰鸣声震耳欲聋。取来笔、登记本，踉踉跄跄地走向仪表盘，记下水温、油温。在风浪侵袭下，船像喝醉了酒一般，无规律地摇晃着，10度、20度、30度……机舱里指示摇摆度的指针不断加大摆幅，横摇、纵摆、前后来回颠。突然一股恶心涌上喉咙，我跑向垃圾桶，蹲下来呕吐，稍休息一阵又反胃，直至能吐的都吐了，最后吐出来的是苦胆水。班长看到我的狼狈样子，安慰说第一次出远海交点公粮是正常现象，新同志都要过这道坎。他是老兵，已练就了不晕船的本事，大伙连青菜都咽不下时，他却能连吃两块大排，说吃了肉才有力气干活，令人好生羡慕。那大排可是炊事班用小火慢炖至熟烂的，加了八角、桂皮、香叶，以汤汁稠浓、肉皮发红发亮为标准，特别是那肥肉酥烂有味，入口即化。可惜每次出海我都不敢吃肉，倒便宜了那些不晕船的战友。

船在风浪中顽强地行进着。每个大清早，我都要爬起来支撑着去吃点东西，不然胃里空空如也，没东西可吐会更糟糕。有次，我从后甲板跌跌撞撞地往舱室走，瞧见伙房烧菜的大锅，那木锅盖被掀掉在地来回翻滚，炊事员一脸苍白，费力地追着，我进去帮他按住，用水冲洗干净原位放好。他道谢，说已吐得七荤八素，身上一点力气都没，他是挣扎着起来值班做饭的，因为大伙都在与风浪抗争，他不能拖了后腿，并许诺靠码头做包子时多分我两个尝尝。嗯嗯，那时最爱吃船上的包子，炊事班自己弄的肉馅，绞了生姜在里面，还有葱花，加上恰到好处的生抽、发得正好的面。炊事班人人都是巧手，褶子捏得像花骨朵般好看，出锅时，包子白里透着面粉原始的黄，香气扑鼻。想到这些，我咽了咽口水，还是等靠岸时再说吧。炊事班人员都是从各部门挑选上来的，只有积极要求上进的人才能去炊事班工作。后来第三年当兵时，我也去了炊事班锻炼，体会到了另一番艰辛。出海时，人家躺着休整，我搓着手在冰库里取一块块冻肉、冻鱼；蔬菜保存不易，每天摘去发黄的菜叶，想方设法保证每顿饭有个素菜；端着大盆去底下舱室取米，下舷梯，有次一不小心，像坐过山车一样直溜到底，船上设施基本是铁的，那一次疼得我在舱底躺半天才爬起来……

我是水里泡大的，小时常游到江中爬上运煤的拖船或竹筏上；约一帮伙伴跳上泊在岸边的木船"摆大船"，摇摆幅度越大越惊险刺激，幸运的话，能把大鱼激得蹦到船舱里来凑热闹。那时候，出行坐惯了江里充当交通工具的汽油船，也抢过大人的橹学着摇船至五里开外的镇上赶集，从来就不知什么叫"晕船"。但在海上，每当天色微明，靠着栏杆远眺一轮从海天一线处喷薄而出的红日时，我又会感到无比震撼，觉得天地人世间如此这般的壮观美好。

出海的日子在舱室睡觉，时间一长会头脑发胀，得适当活动一下筋骨，去呼吸外面的新鲜空气。有一次，我走在右舷处，突然一个大浪劈空袭来，"哗"的一声巨响后砸在了船上。猝不及防中，我被野蛮的浪打了一个趔趄，全身湿透，只好狼狈地逃回舱室，取了干净衣服，再去后甲板设置手摇泵的地方摇水擦洗。出海期间，全船严控用水，只准一点点地用手摇泵取水。被海水打湿是家常便饭，那衣服若不及时清洗，一会儿就能泛出白迹来，用舌舔一舔，咸咸的。

　　船上的住舱是上下铺式的，左右对称，我们班一共有 8 人，正好住满一个舱室。舱室并不大，十几平方米左右，靠舷一侧开有两个小窗口，圆圆的、厚实的玻璃，平时打开通风，出海时关闭以防海水打进来。挨窗口底下有一张长方形桌子，用来放茶杯或开班务会时用。床窄窄的，仅够一人翻个身的宽度。我喜欢上铺，因为上铺干净。而下铺起居方便，但来串门的人都拿下铺当座位，不管屁股上有没有油污就大咧咧坐上来。夏天凉席还好说，冬天白床单就苦了，得常常换洗。班里有位老兵，他姓林，就喜欢睡上铺，而且还挑靠门这头的床，头朝里面躺下，那个角落便是他的一人世界。林是宁波人，头脑灵光，是船上的围棋高手，自身专业技术过硬。但唯一遗憾的是晕船太厉害，所谓"船不动，他动；船动，他不动"。只要一出海，他就一头扎进那个阴暗的角落里躺着，从不去甲板上遛遛。轮到值班时，他才挣扎着下去，其他时间一概不下床，饿了、渴了，床头上有事先准备好的饼干、梨等干粮、水果。我是新同志，同情他，想献殷勤，问他需不需要什么，他总是摇摇头，连回我话的力气都没有。但一遇到机器故障，他立马翻身下床，和班长一起带着我们左右捣鼓，只有那时他好像恢复了精神。只见他借助一柄长长的螺丝刀用耳朵贴在轰鸣的机器上来回反复地听，拧螺栓、换零件全身是劲，风浪再大也毫不在乎，直到故障排除，又重新瘫倒在床上。出海对有些人其实并不愉悦，因为晕船，一晕就贯穿整个航行过程，直到靠了岸，整个人还会像踩棉花似的有一两天适应期。传说生姜片用膏药贴在肚脐眼上能预防，我试了几次都无效，看来传说的东西都是信不得的。有个福建的同年兵名叫顺子，渔民出身，大冬天的也喜欢光脚跶着拖鞋在各舱室间来回晃，为此被值勤的干部点名批了好几次，他却一只耳朵进，一只耳朵出，老油条一个。他不晕船，出海时风浪越大，他笑得越开心，还会呱唧呱唧地唱我们听不懂的歌。当我们对着几盘菜愁眉苦脸，米饭一粒粒数着往嘴里塞时，他却把大家不要吃的肉菜扒拉到碗里，三口两口，一扫而光，然后抹一下嘴，在大家目瞪口呆的注视下，哼着《爱拼才会赢》回舱室休息去了。

无风三尺浪，船在茫茫的大海中就像是一片树叶，随波逐流，一会儿跌入谷底，一会儿颠上浪尖。夜深人静，白天睡够了，有时，我走上驾驶舱，眺望前方，此时，黑黝黝的天空与翻涌的大海融为一体，四周都是星星点点的渔火。指挥员间或下个指令，让舵手修正航向，舵手重复一遍指令，表示已执行完毕。船艏时而高高昂起，时而钻入海里，激荡起的白色浪花发出震天巨响，恍惚中如同乘坐太空船于星际遨游。很多时候，在夜深人静时，我都有这种恍惚感，站在甲板抬头望天，会感觉不是在人间，天上那快速穿行的云，仿佛也要把我带去一样。想着想着整个人都飘浮起来了，一阵头晕目眩之后，急忙回舱室躺下，才如回到地面般踏实平静。

有些事常阴差阳错，我会在不经意中选择自己的路。从新兵连下老连队，刚分入船时，问我什么专业该哪个班，我回答是主机班。每当我跟着班长一身油污地从机舱钻出来时，就看见副机班干干净净悠闲地坐在舱室聊天。副机是用来发电的，与硕大笨重的两台主机相比，那几台副机显得格外小巧玲珑。当然，主机是船的心脏，主机一发生故障，就如同人的心脏停搏，便会失去生命力。遇船锚泊和靠码头需要发电时，我们主机班的同志就会协同副机班一起参与大值更。副机班人手少些，无论是休息舱或工作舱，我们两个班都是邻居，因此相处融洽。副机班有个叫华的，与我同年兵，长得白白净净，很英俊，也很会干活。我俩同一时间入党，现在还记得那天当着全体党员的面宣读入党志愿的场景，我能感觉到他和我一样激动，声音是一样的颤抖。他籍贯江西，因为惺惺相惜，我常亲切地喊他"老表"，在机舱里练哑铃、做俯卧撑，我常充当陪练角色，结果他的身体越练越棒，而我仍骨瘦如柴。他喜欢唱歌，快乐自信，在舱室的中间过道，常常回荡着他最喜欢唱的一首歌，声音低沉而带磁性："当春雨飘呀飘地飘在，你滴，也滴不完的发梢……"这时，我常常会放下手中的书本，凝神细听。后来我考上了军校，而他四年后离开了这艘船，退伍回了原籍，自此我和他失去了联系。再后来我辗转去舟山工作，巧遇他的一个同乡，告知华因为得了肝病早早地离开了这个世界。我听了心很痛，耳边又响起他唱的那首歌："当春雨飘呀飘地飘在……"这是一个我们无法预知的世界，也许下一场春雨飘起，我们不知会遇到什么事，身在何方了。只有不辜负当下，好好把握今天。

大海有时也会难得地安静下来，等风平浪静，同志们从舱室走出来，团团围坐在翠绿的后甲板上，在螺旋桨击打浪花的声音伴奏下，望着湛蓝的天空，看海鸥在天空自由自在地飞翔，我们就会忘了种种不快，体会着与大海搏斗的苦与乐，心中油然而生出万丈豪情。

船终于返航了。进入大扫除部署，马上要靠岸了，不用再怜惜水，所有人齐动手把甲板冲洗得干干净净，船舱整理得一尘不染，被子重新叠成了豆腐块。举行站坡礼仪，除值勤人员，全体人员服装整齐，统一在甲板船舷处列队。一声长鸣，船缓缓驶入军港，以它宽大而温暖的怀抱，欢迎着凯旋的勇士们。此时此刻，我看到帅气的信号兵"唰唰唰"地用手上的灯光和旗帜与岸边高高的信号塔无声地交流；我看到顺子这帮孔武有力的帆缆兵，将手中的缆绳牵引线在身边甩过数圈后，借着惯性猛地掷向 10 多米开外的码头处，又准又远；我又听到船长用坚决果断的声音，透过扩音器下达着操船口令，只稍稍用三四个口令，船便稳稳地靠向码头；还有闻讯等候在码头迎接的，抱着孩子的军嫂们……

　　船靠码头，我们回家了。

（写于 2017 年 8 月 27 日，有改动）

温州往事

在香落尘外文学吧，邂逅了一位会太极功夫的文友，我们聊起往事，都提到温州这座城。好巧，同城同区域且同一单位。我在想当年是不是在温州的某个雨天，她撑着伞，我们在一条小径上相遇过，又丁香般地飘过了。

温州，往事，如梦般地飘过，如今拾起，余温犹存。

"收拾行李，明天就去温州机关报到，恭喜你！"领导进来通知我。乍听到此消息，我内心是欢喜的，可以离开偏远的小岛去城市工作，有诸多方便。但随之又彷徨起来，这岛上单位，我分配进来才半年，刚刚熟悉，又要分别，说完全放得下是假的。岛上的蓝天碧海、银色沙滩和绿茵茵的天然草坪，以及一张张质朴的脸，早在我心里烙上了印痕，就连院子里起初对我怀有敌意的那只大黄狗，如今见到我，也摇着尾巴，也懂得讨好我了。才拉开帷幕，角色始登台，剧情刚铺展，却匆匆忙忙地宣告到此结束，这样的故事是有点遗憾的。

司机小王开着单位的越野吉普送我去码头，一路默默无语。

看多了聚散离合，就没那么多矫情。从码头登船，航行中遇上风浪，船前后颠簸得厉害，我慌忙找个地方躺下，才有空让思绪平静下来。人生如行船，哪会不遇点风浪？重要的是内心的坚守与淡定。

到了温州机关，工作像电视换了频道一般，内容和风格完全不同。除了值班接听电话，主要是和文字材料打交道，间或去属下的几个小单位转一转、看一看。机关单位靠近城市，生活的色彩相对丰富些。周末休息时，可以肩挎着那台在大连读书时买的老式凤凰单反，约上同样喜欢摄影的季干事，去温州的大街小巷采风，最多去的是五马街和火车站。五马街，温州标志性购物步行街，沿街各类商店鳞次栉比，相传住在那条街上的人，在每个夜里都能听见一阵阵"嘚嘚嘚"马跑过的声音，打开门一看，却不见马的踪影。温州火车站位于鹿城区温州大道，之前我从宁波到温州需要翻山越岭坐一夜的卧铺汽车，火车站的建成极大地拉短了与远方的距离，成为温州市的新地标，分分秒秒地记录着这座城市的辉煌历程。江心屿当然是常去的，南北朝的谢灵运称此岛"云日相辉映，空水共澄鲜"；唐李白也有诗云"江亭有孤屿，千载迹犹存"。千百年来，无数文人墨客在此留下了大量的咏叹诗章。岛上江心寺大门两边有一副叠字联："云朝朝朝朝朝朝朝散，潮长长长长长长长长消。"我的拼音基础不敢恭维，从来就没读对过这副对联。若有兴趣，还可以在热闹的江滨路选一家海鲜排档小酌，举杯遥对夜色下的江心屿，一边品尝美食一边欣赏美景，也是人生一大快事。夜晚的江心屿，两塔一寺在灯光的映衬下熠熠生辉，整座小岛看上去如同镶在瓯江上一颗璀璨的明珠。温州瓯海区的仙岩颇有名气，我是与季干事一起去游玩的，市区汽车站乘坐专线中巴直达。仙岩素有"浙南佛国"之称，后因朱自清的一篇散文《绿》声名远播。对于仙岩梅雨潭的绿，因为先入为主，我的心是朝圣般的，在其实并不见得有多特别的潭边久久驻足、徘徊，俯下身子与大文豪文章中写的一样做轻拍、抚摩的动作，乃至掬她入口，满是喜爱之情。那时还有个插曲，正当我们陶醉于这一汪绿之时，在重庆做生意的瑞安人阿丹正好回了老家，他是我在宁波某部队时的战友，电话通知我已在家里备了一桌丰盛的午餐，于是我急忙找车赶去，摸到他家已下午一点多了。人生何处不相逢，那种久别重逢的喜悦之情一时难以言表，只有满满地倾注于酒杯中了。纵情于山水之间，又在世俗的缘分中沉醉，人生便是这么有趣。

温州单位的院内草木葱郁，以竹、松柏、水杉和香樟树居多，除了休息日，我们每天晨起的第一件事就是扛着扫把清扫落叶与垃圾，整个院子的边边角角，都清理得细致到位，路边绿化带甚至见不到一块超过核桃大的闲杂石头。像我们这样的职业有着许多特别之处，比如特别讲奉献，特别守纪律，特别能吃苦，等等，其实当兵的也不见得有多特别，一样食人间烟火，一样有七情六欲。大家来自五湖四海，远离了家乡，彼此能珍惜缘分，在一起就是一家人，就要同舟共济、荣辱与共。那时，晚上加班赶写材料是常态，肚子饿了，单位的小刘、小余、小杨和柱子等买来饺子，几个人围坐一起，把简单的一大盘水饺吃成了人间美味。董教导员是本地人，有次，我加班到很晚，看他从房间出来，连忙问他有没有吃的。他回房间翻出温州特产鸡翅和鸭舌之类的给我，那个啃起来还真是香。

这些温州的点点滴滴，在某个不经意间，会清晰地在脑海里回放。那时候，每当一天的忙碌结束，趁夜色幽静，我都要去院子里走走，徘徊在两旁满是竹子、树木的小径上。不是期冀遇到什么，这里只有栖在枝头上休息的小鸟和"唰唰唰"的树叶婆娑声。

我喜欢呼吸这里的空气，喜欢闻着冬青树修剪过后散发出来的草木香气，有时侧耳一听，会听到不远处学习室传来铿锵有力的歌声。习惯了这种生活方式，因为这种生活透着别样的惬意和充盈感，至今想起依然有暖暖的温度。都说人生有"四然"，即来是偶然，去是必然，尽其当然，顺其自然。这"四然"值得细细品之。最近新加了"五字辈"的群，这个群好多同志曾一起在温州共事，还有香落尘外文学吧里到过温州的朋友，都是一个"缘"字使然，就以此拙文留作纪念吧。

（写于 2017 年 9 月 5 日，有改动）

你来自哪里

——广州求学记之一

　　签完到，拖起行李箱向一楼深处走去。重回学校读书，让人有一种恍若隔世的感觉。寝室楼有四层高，整栋楼呈环形天井式布置。楼外一侧是由草坪、石块和芭蕉树以及中间一条弯弯小石路组成的休闲散步地带，休闲带外砌一堵墙。

　　"同学，你好！"转角处有人热情地和我打招呼，"你来自哪里？""舟山，定海。""定海哪？""茅岭墩。"我点头微笑，有些事并不需要交代太清楚，懂的人自然懂了。这同学头发浓密，五官端正，眼神睿智，眉毛微微上扬，身材有点发福，皮肤稍黑。"我们挨着，瞧门上贴着的名字。"他说。我推门入内，发现室友欧阳已先我一步进驻。"你来自哪里？"同一问题再次重复。欧阳是湖南宁乡人。他国字脸，个子高，身板结实，仪表堂堂。五湖四海皆朋友，走在一起都是缘。相互介绍完毕，便各自整理内务。袖珍标准间般的寝室，两张单人床，有空调、电视机、独立的卫生间，这令我很满意。每个寝室都装有电表，用电需自己租卡充值。已知隔壁间的同学叫亮，老家安徽无为，他是幸运儿，全队只他一人享受单间,美中不足的是电费得自个全掏。亮与我一同分在7班,欧阳8班。

"为庆祝开学,我们仨晚上整一个。"亮提议,欧阳和我自然赞成。

夜里,亮在他寝室里准备了一些吃的,我们简单聚了聚,旅途乏累,还是早点休息。第二天晚,活动继续。挨寝室楼不远,校生活区一角有个烧烤摊,是亮领我们过去的。他熟悉环境快,在我尚分不清东南西北的时候,他已大致掌握了饭堂、阅览室、运动场、游泳馆、教学楼和教师宿舍楼的坐标位置,这令我吃惊不已。

那晚,我们走在校园的马路上,望着两侧高高的大王椰子树和卫士般挺拔的棕榈树,不由得心生感慨。前几天还在各自岗位上忙碌的我们,今天却不约而同地来到这幽雅宁静的校园,悠然自得、心无旁骛,开启一段难得的学习生涯,真如做梦一般。准确地说,是在追逐自己梦想的道路上又迈出了新的一步。

时令虽三月,但岭南的气温已经较高,吹来的风是湿热、陌生,也是慵懒的,不少树木的叶子在风的鼓噪下纷纷扬扬地坠落,叫人怀疑季节的错乱。侧耳倾听,不远处隐隐约约传来火车开过的声音。抬眼望,飞机闪亮着灯,"轰轰"地从前方的天空划过……此刻,突然想起苏轼的《定风波·南海归赠王定国侍人寓娘》的下阕:"万里归来颜愈少。微笑,笑时犹带岭梅香。试问岭南应不好,却道:此心安处是吾乡。"

开学没几天,亮却遭遇了一件窝心事:宿舍失窃了。小偷趁大家都在上课之际,瞅准机会从后面窗户翻了进来,窃走了部分财物。我和欧阳帮亮一起勘查现场,判断小偷是从外侧围墙跳进来的,恰巧只溜进了他的房间,这与他没锁紧门窗心存大意有关。

案情明了后，亮自认倒霉，口里咒骂了几声，好在损失不是很大，亡羊补牢犹未晚矣。

好多人在读书年龄时不珍惜，心猿意马，等过了读书年龄却猛然醒悟，想起了读书时的好，但时间无情，错过了的，想从头再来谈何容易。算起来，我是比较幸运的，还有机会再读。有机会再读真的是一件特别幸福的事情，学校里有睿智而又勤恳的老师，是他们帮我启开了一扇扇面朝星辰大海的门，使我的路走得更宽、更远。

每天早饭后，我们提上书包，整队出发。我们都是志同道合的兄弟，年龄30~39岁不等，戎马倥偬多年，有点岁月积淀，很有必要再来学校磨砺磨砺。空气闷热，从寝室楼到教学楼只有300米的距离，待爬上教学楼，像我体形瘦的也汗涔涔了，那些胖的同志就更不堪了，好在教室里空调已开足，使同志们能迅速进入课时状态。上课相对自由，除了不能随意走动，不许交头接耳，其他的自己看着办。每人课桌上都有一台电脑，可以查看以往学员留下的资料，也可以上网查信息。政工网还开启了聊天功能，个别同志难免一心两用，悄悄找人聊天。上课的教员大多是教授级的，授课水平较高。现场参观教学更是没得说，教员带我们参观了虎门炮台、林则徐销烟处、黄埔军校旧址和三元里抗英纪念馆以及顺德的几家名牌电器公司等，每次去都有感悟和收获。

"你来自哪里？"总有人不断地重复这个问题，基于礼貌，我都一一耐心地回答。

课外，由学员系政委牵头，成立了写作研讨兴趣小组，我不管自己几斤几两，也报名参加了兴趣小组。小组除了正常的研讨活动，最让人兴奋的是去野外采风。有个周末清晨，政委带队，我们一行向白云山步行进发。

白云山，与远处的珠江遥遥相对，它不险峻、不雄壮、不奇特，像一位默默的智者，与珠江共同成就了广州这座山水城市。白云山海拔才 380 多米，占地却有约 27 平方千米。"山不在高，有仙则名。"白云山为南粤名山，自古有"羊城第一秀"之称，各种自然的、人文的、古今的景点星罗棋布。为节省时间，我们来不及细看沿途风景，从林荫大道折入山间小道快步穿插向上。这里属亚热带气候，植被茂盛，满眼全是醉人的绿，一路上我只认识棕榈树、芭蕉、樟树、松树这些，其他疯长的植物都叫不出名。终于顺利抵达了白云山的最高点摩星岭，在山顶一处居所，可敬的领导变戏法似的弄出一大桌早点来，我们一边嘴里享用着美味小吃，一边向南眺望广州城全貌，心里有种说不出的惬意。后来全队组织拉练又去爬了一次白云山，步态相对从容，对这座"城市之肺"的印象也愈深了。

白云山附近有一条长长的河，不知源自哪里，但终究奔流到海……

（写于 2021 年 9 月 30 日，有改动）

欧阳、亮仔和我

——广州求学记之二

　　理想的人应是品德、健康和才能兼具的人，而运动则是保持健康的重要法宝。每天下午最后一节课是体能训练时间，由学员自主安排。我们回寝室放下书包，换上队里统一定做的篮球运动服跑向操场。运动服上印有队名、编号，我是 11 号。这号码可扎眼了，篮球明星欧文、卡尔马龙、姚明等都是 11 号，甚合吾意。同学亮颈椎不好，只喜欢慢跑，他常向我灌输慢跑的好处，用意是让我伴跑。我不以为然，看到操场上人多，早按捺不住，提一口真气，脚下生风，"嗖"地一下就蹿到前头去了。那时性格就喜欢超越人，不希望落在别人后头。欧阳不同，除了饭后散步，他不怎么出来，常常一个人趴在寝室走廊的栏杆上抽烟，或嚼食槟榔。有一点值得称道，他从不在寝室里吸烟。

　　开学后的第一个周末，亮的夫人来学校探视。

　　她姓徐，跟亮都是安徽人。亮就近找了一家湘菜馆，邀请欧阳和我参加。就餐时，亮的夫人只喝水，菜浅尝辄止，表现矜持自重。我们三人却没顾虑太多，只管放开肚皮吃喝，当中酒量最差的是我，因此三巡过后就有点上头。欧阳看看时间差不多了，就拖起我，先行回了学校。

端午放假期间，亮带我登上开往深圳的和谐号动车。人生第一次坐动车，体验了什么叫舒适快捷的旅行，这与坐绿皮火车从宁波到广州的感受不可同日而语。我们乘坐的动车从广州出发，经停东莞，最后到达深圳站，行程一小时十五分。下车后，亮和我分开，我有表弟接站。表弟姓杨，他毕业于广州中山医科大学，分配在深圳某家大医院放射科室工作，家族只他一人真正继承了他的爷爷也就是我的外公悬壶济世的遗志。表弟老婆湖南人，曾与表弟同一所学校读护士专业，她对表弟一见钟情，主动展开追求。女追男隔层纸，很快他俩走到了一起，浪漫的故事这里就不多提了。在这三天假期里，除了这座"一夜崛起之城"，表弟还带我浏览了莲花山公园、梧桐山、大小梅沙、欢乐谷和深圳水库等，让我眼界大开。我还惊奇地发现在深圳街头、大小公园里，荔枝树随处安营扎寨，一颗颗青色的荔枝惹人喜爱地挂满枝头，我不禁想起苏轼的"日啖荔枝三百颗，不辞长作岭南人"这句诗来。但"一颗荔枝三把火"，荔枝再好，仍得管住嘴。"不啖荔枝餐秀色，风流此日岭南人"，我想吃荔枝是其次的，欣赏岭南的如画风景，同样让人流连忘返，乐不思蜀。当日游玩结束，回到表弟 90 多平方米的套房——高层建筑，开窗可望梧桐山，进门时弟媳已烧了一桌菜在等我们了。家清清爽爽，菜地道可口，坐下来"咣咣"碰一杯，白天各景点来回奔波的疲乏感顿时一扫而光。

2008 年 6 月 9 日这天，我在 QQ 日志里输入这样的文字，"昨爬梧桐山，沿陡峭的台阶快速攀登，一时兴致上来，把年轻的表弟给甩得远远的，正所谓'老当益壮，穷且益坚'。上了山顶，已是'举头红日白云低，四海五湖皆一望'，那繁华的深圳特区尽收眼底。下山时经过弘法寺和仙湖。因时间关系,大多景点只走马观花地看了看,待有机会还要重去细细浏览"。

逢周末,读书之余,我喜欢去外面走一走,领略什么叫作"食在广州",什么才是上下九路、北京路步行街的风情魅力。广州的公路立交桥也多,在广州挤公交车会挤爆。据说广州的五羊标志耸立在越秀公园,那天特意寻了过去,可最终没寻到,公园实在太大了,天又热,不耐烦找。广州服装批发城有好几处,全国各地的商贩都涌向这里。曾逛过火车站旁的那家服装城,见各式人等大包小包扛着,如过江之鲫往返穿梭。那些女店主,操着浓厚的广东腔,逢男必叫"靓仔",逢女必喊"靓妹",不管你是歪瓜裂枣还是獐头鼠目,反正在她们眼里你都是帅极了,逛上一圈能起数身鸡皮疙瘩。在这里,我有幸见到了一位温州战友的哥哥,姓郑,他很早就来广州淘金了,就在这里开店,服装批发生意做得风生水起,与他面对面,探知的是另一个从未触碰过的世界、一个商海沉浮的传奇人生。

天河岗一带的电脑电子城较有名气,我和亮一道去逛的,正好他要买电子产品。与亮外出,会发现他的规矩意识特强,比方说乘自动扶梯,他很注重右立左让,我一不小心站偏了,他马上指正,眼里揉不得沙。坐公交没座位,他会尽量不堵在车厢门口。性格也有点不管不顾。那天逛过电脑城后,我们一起吃中饭,至味的潮州菜、清淡的广州菜、咸香的客家菜,哪怕其他蹩脚点的炒菜馆,他都不请我尝尝,直接进了家肯德基,自己先点了份汉堡就狼吞虎咽起来。据他自己说,这辈子好的就这一口,我看其实未必,他的爱好够广泛的。

广州可以去的地方很多,珠江夜游也是不错的选择,坐船上优哉游哉,看不尽的是一城璀璨两岸的灯火。白天曾和欧阳沿珠江边一起闲走，那天我们在路边买了新鲜的椰子，一人抱一个，慢慢地吸，慢慢地走，慢慢地看。树荫下有打太极的，有写生画画的，也有情侣在江边相偎相依的。我们停下来看画师画像，一妙龄女子端坐在前方，画师先凝神注目观察，几分钟后开始创作。只见寥寥数笔，已神韵初具，再精修细补，女子姣好的面容便跃然纸上，令人拍手叫好。叫好的到底是为了画师的画技还是女子容颜，或兼而有之，只有拍手的人心里清楚。当然，最有趣的是街上走过的形形色色的路人——你是行路人，我也是行路人，路人同样是一种风景，当然在别人眼里，我俩也可能是风景。面对奔腾不息的珠江，这里看到的是广州人的气定神闲和安静从容。

这一年，"5·12"汶川大地震突然爆发，其破坏力之大、损失之惨重，令亿万中国人深感震惊和悲痛！"殷忧启圣，多难兴邦"，中华民族在成长的道路上，充满着各种可预测和不可预测的风险挑战，但总有不惧风雨的勇气，总有不畏艰险的力量，在不断地激励向前。

天下无不散之筵席，即使千里搭长棚。七月底这期春季班培训结束了，大家各自回了原单位。其中不少同学选择继续参加下一期的秋季班培训，我和欧阳就是。亮因工作需要不再来上学了，致使我们这"三脚棚"缺了一，不免令人心生遗憾。我个人是非常乐意继续学的。秋季班由不同专业的人员组合而成，学习内容更具挑战性，顺便随船去湛江、海南岛兜一圈，增长阅历见识，不亦乐乎！

秋风起，雁南飞，转眼就迎来秋季班的开学，那句"你来自哪里"，又开始快乐地冒泡泡。

（写于 2021 年 10 月 3 日，有改动）

相约秋季班

——广州求学记之三

　　"人真多，幸好买到了座位票。"下午一点半，宁波南站，我们一行六人挤上了开往广州的 K 字头绿皮火车。"硬卧一票难求，省钱了。"上了车，"3+2"座的车厢内，我们三个一组，正好面对面。刚坐定，上来一位熟人。"你也来了，几号座？""没买到票，先上车后补票。"上来的人姓周，和我们一样，也来自舟山，我挪出半个位置让他坐。火车向前飞驰，陆陆续续过道站满了人。一年轻女子不知是什么时候站过来的，倚在我们这一排靠过道的椅子边上，脸带倦容。"这位美女，要么坐下来挤挤吧？"外侧的小蔡同学起了恻隐之心，向内让了让。女子道谢，未待坐下，周同学却发话："怎么可以这样呢？"众人错愕，都不满地望向他。"发扬风格，让人家女同志坐在中间，树红同志请挪一挪。"至此，大家恍然大悟，都随声附和。女子略推辞了会儿，才听话地坐了过去。人在旅途，需要的就是这种同舟共济、团结友爱的精神。"你来自哪里？"有人低声问女子。未及听清女子的回答，这边周同学提议："8 号车厢就在前面，不如我们三个打牌去吧。"

对于他的提议，我和另一伙伴积极响应。其实都明白打牌不是真实意图，有些事心领神会就行了。当我站起来准备离开时，听到女人问："你们都来自哪里呀？""舟山定海。""恰好有个老朋友是定海人，你们一定认识她的。""谁，一定认识？""不要问我从哪里来，我的故乡在远方……三毛呀！"说完大家都笑了，沉闷的车厢如被一阵清风飘过似的欢悦明朗起来。

茶室打牌按时段付费，不贵，但这次熬通宵斗地主的纪录可是填补了我个人历史的空白，在平时我几乎不摸牌的。有趣的是，牌打到半夜，我走到自己原来的座位去观察，发现硬座上那帮兄弟东倒西歪的，头挨着头，睡相实在不敢恭维。女人也不例外，树红同志宽阔厚实的肩膀，那一晚成了她可以甜甜入梦的依靠，至于梦里有什么，得问当事人才知。

第二天中午十二时左右，列车抵达广州站。

"秋来了，叶落了，人又相逢，学校再度开放。"重新跨入学校大门，我想起了这句简单而温暖的话，只不过人家说的是春来花开，我稍作改动。

秋季班寝室重新调整，我与欧阳分开，他二楼，我三楼。少了亮这号人物，我们接触没以前密切，不过友谊的小船一直存在。

隔行如隔山，我发现秋季班的个别课程相对比较难啃。转眼迎来校秋季运动会，游泳比赛百米蛙泳这个项目，班长指定让我参加。什么鬼？游泳健儿都是虎背熊腰的，像我这一百来斤的豆芽菜，一个浪就能被掀翻，怎么胜任？班长来自海南三亚，迟我一年工作，他拿鸡毛当令箭，要求我为荣誉而战。"县官不如现管"，于是赛前的每个下午，我都要去游泳馆辛苦练上个把钟头。等到正式比赛，游泳帽、泳镜都配置齐当。开始了，听一声哨响，我跃入水中。刚露出脑袋想换口气，一个涌浪过来，劈头盖脸的，害我一阵猛咳。晕，呛水了！事先想好的动作节奏完全乱了，蛙泳变成狗爬式，昏昏然不知是如何坚持到终点的，好在有人及时跑过来，在他的帮助下我才勉力爬上了岸。出师未捷，失败了没掌声，我不介意，本就不看好，但感念关键时刻拉我一把的同学。那位同学单名涛，来自山东青岛的单位，一看就是个反应灵敏的好同志。

周同学，老家安徽合肥，个子不高，皮肤却白，眼睛大大的。他组织协调能力强，常把我们几个召集起来谈谈学习体会，交流心得，互通有无，然后聚个餐，其乐融融。学校附近有几家大点的餐馆，收费并不贵，有的还派代步的车辆接送我们，诧异的是茶水要按人头收费，不论你喝还是不喝。这里的本地菜口味偏淡，很多人不习惯。值得肯定的是广州人爱煲汤，汤汤水水弄得极为精致，配得上大家挑剔的胃，因此每次去饭店聚会，我们周同学总要先问饭店服务员："今天有什么汤啊？"似乎没什么好汤就会立即转身走掉一样。

周与我不同队，他学的专业跟我上半年参加的春季班类似。在他那个队，有两位我大连读书时的同学：志学和育才。志学的单位就在广州附近。育才是江苏兴化人，与战斗英雄同名。他肚子里故事多，大连读书时，寝室快熄灯那一会儿，他通常要讲一个有趣的故事才上床睡觉，虽然相同的故事总要重复多遍，但讲者津津乐道，听者配合默契。就像长青同学讲"鬼来了"故事，第一次没有防备吓得够呛，第二、三次明知道结果是什么，仍会在心里打鼓，脖子像乌龟似的提前缩进去了。广州是座有故事、有味道、有底蕴的城市，假日里，爱讲故事的育才同学带我走遍越秀区、荔湾区等繁华地段的大街小巷，品尝广州小有名气的白斩鸡、肚包鸡、鸡煲蟹等，领略广州独有的风土人情。说来也怪，上半年没动静（与本人低调有关），下半年他一出现，驻广州附近的同学就像接到英雄帖一样闻风而动。当年大连同班的松、海忠和舒平以及隔壁班的发林同学都特意跑过来看望我们（与我同队的还有位叫良军的同学，湖北武汉人，学习结束后他辗转留在了广州），一帮人见面亲密得不得了，犹如广州的天气，热烘烘的。"十载相逢在泮林，几回握手共论心。"后来坐船实习南下，停靠港口，又遇上不少热心的同学，如湛江的晓红、辉和鸿，三亚的激。在亚龙湾还见到了自己的同乡，他是我老家一个村的，读书低我一届。"君自故乡来，应知故乡事。"千里之外遇到家乡人，那种开心更不可言状。

个别课程的晦涩难懂，并没有妨碍最后的涉险过关。考核的重要一环是平台模拟演练，由电脑操作，大屏幕实时显示，环境逼真。我的角色不是做做样子的挎刀客，而是正儿八经在沙场上拍马驰骋的主帅——第二主角。不管最后是不是三脚猫，不论目标有无达成，反正计划、方案、总结都由我捉刀，成绩记集体的。功夫不负有心人，考核总算通过。

随舰出海的日子如期而来。离开太久，重新体验海上生活，心里面有种旧梦重圆般的感觉。航行中，甲板上，教员伫立前头如数家珍，一一介绍沿途地形地貌、水流特征和航行标志，我们坐在小马扎上，面带崇敬之情，仔仔细细地听，认认真真地记，间或站起来提问，探知欲不可谓不强烈。这些知识将来用不用得上尚且不论，秉持的宗旨是：宁可备而不用，不可用而不备。奇怪，出海半个多月时间里，我竟变了个人似的不再晕船了。风浪中，很多同学倒在船舱的床上哼哼唧唧，不思饮食，我则气定神闲，活动如常。晕船是克服了，但老师布置的海图作业让我抓耳挠腮，请教这个，请教那个，终于在靠码头前顺利交了差。

时间一晃，冬季来临时，学业结束了。从哪里来又回到哪里去。

（写于 2021 年 10 月 5 日，有改动）

战友阿勇

　　"人说许道勇，其实他不勇。"一想到战友阿勇，我的脑海里就会蹦出调侃他的这句话来。阿勇全名许道勇，当年跟我在同一艘舰船上服役，他是温州苍南人，比我早一年入伍。不知从何时开始，或机缘促成，不同部门的我俩竟会成为无话不谈的好朋友，而且友情一直延续至今，这种缘分，有时想想真的是奇怪。

　　很多事出乎意料，又在情理之中，友谊也是如此。能够分到同一艘船上服役，本身就是一种缘。航海长老梅是宁波人，副航海长姓钱，余姚人。因地域相近，我常跑到两位部门领导的舱室去聆听乡音，有时会遇到前来汇报工作的阿勇，可能就是这个原因，才与他慢慢熟络起来。钱副谈了对象，女友家在农村，有一亩承包地，稻谷成熟季，他喊上阿勇和我去帮忙收割。钱副的女友姓包，阿勇不知是从何来的灵感，建议钱副日后结婚生了崽取名为"钱包"，或叫"钱包满满"，这样双方家庭皆得所愿。这点子不错，只是铜臭味稍浓。后来等钱副真的有了孩子，他没有采用"钱包"这名，而是取名为"钱副（音同）"，这多少让人意外。老爸已由副转正，没人再喊钱副了，现在他的孩子又管叫"钱副"，倒有种"江山代有才人出，各领风骚数百年"的寄托和寓意。钱副结婚那天，我和阿勇去当他的伴郎，那时我还只是个阅历尚浅的上等兵，看到上白下蓝着海军中尉服英姿勃发的钱副，心里头是羡慕的。头戴大檐帽，肩扛星花，这也是我的一个梦想，尽管这梦想在当时有点遥远，甚至不着边际，但有梦总归比没梦强。我曾经有过这样一种奇特的体验，比如身临一个与以往不同的环境，或突然拥有一种以往不曾拥有过的东西，恍惚中会感觉那就是我之前梦里出现过的，似曾相识又倍觉亲切，这说明多做梦并不是坏事。我不知道阿勇有无做过同样的梦，温州人天生是做生意的料，阿勇也不例外，我猜测他最大的可能就是把当兵当作磨炼，日后回家必定办企业当老板。这猜测后来证明是正确的，当然是后话了。我记得有一次，我俩轮流试穿过另一位副航海长阿德的中尉短袖夏服，并拍照留念为证。现在再翻出相片来比较，浓眉大眼、嘴唇厚厚的他，个子虽不高，但身板结实、肤色健康、站姿挺拔，还真有点军官风范。而我自己，怎么看都感觉过于稚气，不用说就是个小小水兵而已。

那一年学校暑假过后，由钱副率队，我和阿勇一起参加了某中学的军训工作，我俩分别担任二排、三排的教官，短短一周的时间，令人印象深刻。参加军训，既是一次锻炼机会，又是一种旧梦重温。军训最后一天安排拉练并野炊，阿勇带上他心爱的相机，在拉练和野炊过程中，他不停地按下快门锁住镜头，但有一点令我费解，明明拍了那么多照片，为何到最后却只给了我一张。不过说来奇怪，部队时拍的照片大多遗失了，唯独这一张却保留至今。这次军训结束后，我和阿勇又多了一个共同的话题，那就是喜欢聊聊各自排里天真烂漫的学生。学生也同样有情有义，经常和我们联系。说真的，那时，我们才 20 开外，比高中生大不了几岁，心地肯定没得说，就跟那时的天空一样，碧蓝纯净、干净透彻。

在舰船上服役，停靠码头过安稳的日子是暂时的，码头上所有的准备都是为了出海执行任务。出海的日子并不见得浪漫，相反，很多时候是辛苦和艰难的。海上无风三尺浪，与风浪战斗是水兵们的家常便饭。关于第一次出海的经历，我想这辈子是不会忘记的，可以用"狂吐不止"来形容，只差把五脏六腑都吐出。再后来出海就好受些，但只要风浪起，我免不了又会在胃里泛出酸水来，这时采取的措施，要么立即卧床休息，要么赶快准备脸盆或垃圾桶在身边。我工作的机舱在底部，相对摇摆幅度小些，操舵的战位则在最上面的驾驶舱室，摇摆幅度更大。那一天，涌浪有点大，我强打精神，跑到驾驶室去看望正在值班的阿勇。驾驶室除了船头压着海浪前行的"哗哗"声，就是船长和舵手清晰的一令一答声。阿勇双手稳稳持着舵，目不转睛地盯着前方海域，脸上竟看不出有一丝倦容。在他脚边，也同样预备着一个大号的废油漆桶。我知道他也会晕船的，可能由于注意力高度集中，此刻他把晕船的事暂时丢在一旁了。

等到退伍那天，我送他至长途汽车站，那时还没开通高铁，他回家需要坐一夜的卧铺车。在临上车时，他笑称若卧铺边上的位置是位美女就好了，那么一夜的旅途就不会寂寞孤独了。说笑归说笑，我看到他的眼睛里分明全是不舍。

一晃 7 年过去了，我在他退伍返乡时上车的同一地点，坐上了同样的卧铺车开往他的家乡，但我不是特意去看望他的。那年，我军校刚毕业，顺路回了一趟老家，然后从这车站出发去往温州。可能是天意，来车站送我上车的恰恰也是当年同条船上与阿勇同年兵的阿根同志。那一夜的卧铺车旅程，边上的座位是谁我已没印象，我只知自己的肚子不幸坏了，是晚饭时吃了不洁食物的缘故，车上当时没有药物，又没卫生间，只有短短的两三次中途下车休息时间，我不知道自己究竟是怎么熬过来的，一副生无可恋的感觉。所幸开车的司机是同乡，是初中同学的老公，他认识我，路上得到了他的照顾。到了阿勇家，我已是筋疲力尽、人困马乏。他安排我挂水吃药，症状缓解后，带我逛了逛著名的农民城龙港镇，便送我至码头，挥手告别。

之后，我与阿勇的接触便频繁了许多。通过他，我又遇到了当年同一单位的温州籍战友，比如辉、伟、丹、进、滨、鑫等，也品尝到了温州的不少珍馐美味。在我短短一年半的温州故事里，阿勇等战友都是其中的主角。

阿勇现在是一家建筑企业的老总，他是怎么白手起家，又是怎么一路打拼过来的，我不得其详。但有一点我确信，没有人是可以随随便便成功的。

"人说许道勇，其实真的勇"，调侃的话只是调侃而已，这句话才是我想表达的真实意思。

祝贺阿勇，也祝福阿勇！

（写于 2022 年 7 月 25 日，有改动）

5 闲话家常

一盏煤油灯

前不久参观一家文化礼堂，瞥见一盏灯默默地立在一个角落里，它的样子有点斑驳，并没引起多少人的注意，唯独我停下来细细打量，徘徊良久。

那不是传说中的阿拉神灯，只是一盏普通的煤油灯而已。

彼时彼刻，在我脑海里涌现的记忆片段，都与这样的一盏灯有关……

小时放学回到家，妈在灶台忙碌，爸一手往灶膛内塞稻草，一手拉着风箱助火，一边催促我道："你去村口小店打点洋油来吧，晚上大概是会停电的，记得带上票子。"

自新中国成立后，我国早已摘除了贫油的帽子，但村里人仍管煤油叫"洋油"，铁钉叫"洋钉"，火柴叫"洋火"，蜡烛前面亦冠以个"洋"字，如出一辙。

爸提醒带上的票子是煤油票，那个年代物质匮乏，除了盐、酱油外，其他如布、糖、老酒、火柴等许多生活物资都是要凭票购买的。

打来煤油，天色已暗。我拧开灯头，注满煤油，复又拧紧，调节灯芯旋钮，划火柴，点燃后盖上防风玻璃罩，霎时整个屋子里在灯火的跳跃中变得明朗起来。

晚饭后，妈在煤油灯下纳鞋底、织毛衣，我和弟写作业，看小人书，间或帮忙绷毛线、绕线团。

煤油灯下，妈常对我们唠叨长大后一定要"出山"。什么是"出山"？我满心疑惑。"出山"就是把书读好，将来有个光明前程。我似懂非懂地点点头。妈还告诉我，我没见过的外公是她那个村里的医生，医术好，救人无数。但就在她7岁那年，外公去世了。当时她的兄弟姐妹，未成年的有5个，外婆拉扯着她们在苦难中一点一点地长大。现在日子开始安稳，但希望寄托在我们这一代。

幼小的我并不真正理解妈说的那些事，困惑之余常对着煤油灯发愣。我会奇怪煤油灯的光为何具备这么大的吸引力，让不少的蛾子从窗户外飞进来，在玻璃罩上空不停地盘旋冲撞，直至折翅跌入火中。

家里早就装了带拉线开关的电灯，可农村三天两头停电，煤油灯仍是生活的必备品。

离我家不远的小伙伴阿方、禾苗和阿军常过来玩耍，我们一起在煤油灯下玩纸牌、"熬猪油"等游戏。阿方家仍住在两间草房子里，他家是用菜油底渍点的灯来照明的，一只托碗，垂一根灯草，风一吹易熄灭，也暗淡得多。有趣的是，他家这样的草房是春天野蜜蜂的安乐窝。每当春风一吹，百花争妍，蜜蜂就欣欣然飞来了，不经主人批准，就任性地在土墙外一侧打上无数个小洞洞，然后每天从洞中爬进爬出的，甚是勤奋。我们小孩子顽皮，冒着被蜇的风险，趴在土墙上，一手持一只空瓶子，一手捻着竹丝伸进洞内引诱，蜜蜂一时忍耐不住便会从洞中爬出跌落瓶中。

禾苗家条件很一般，一早起来上学，还得自己烧泡饭吃。我们大多不穿自做的土布了，可禾苗身上还有一件宽大的土布衫，或许是他哥留给他的，洗得发白，带着补丁，颇吸人眼球。

煤油灯下，既有我们童年快乐的游戏，也有我们摇头晃脑背诵"千淘万漉虽辛苦，吹尽狂沙始到金""少壮不努力，老大徒伤悲"等诗词的影子，或许还怀有妈妈口中"出山"的梦想。

不幸的是，禾苗的梦没有继续下去。他的故事，我专门写文纪念过，10岁那年因为发烧去打了一针，不幸发生了过敏反应……我因此永久失去了一位小伙伴，但是每当见到这样的煤油灯，眼前仍会浮现出他那扑闪扑闪的大眼睛来。

上了初中以后，停电的次数变少，一些票证也逐渐退出历史舞台，煤油灯也一样从人们的视线中消失了。

家里的电灯从过去的白炽灯、日光灯、节能灯，更换到现在寿命更长、效果更好而且更加环保的LED灯了。

我是高中毕业第二年的春天，放弃杭州读书的机会应征入伍的，光荣地当了一名水兵。不谋而合，迈上这同一条道路的还有班上的代明、伟荣、建军和隔壁班的烈忠、帅叔、冠军、春晖等，只是没想到的是我这一去便是20余年。

当水兵并不全是浪漫的，与风浪搏斗有承受不了的时候。但每当风平浪静，我蹽到甲板上，望着远处不停闪烁的灯塔和满天的繁星点点，我突然又会想起老家的煤油灯来。

有一次，我探亲回家，顺便问起了那盏煤油灯的去向，父母和弟急忙寻找，却不知尘封在哪个角落里了。

时间一晃，中学毕业整整30周年了，同一届的四个班纷纷安排了较为隆重的纪念聚会活动，邀请了任课老师和一些嘉宾参加，我荣幸也在隔壁三个班的邀请之列，一次又一次地感受到了浓浓的师生和同学情谊。有同学很疑惑，读书时见我背着黄挎包走进走出地闷声不响，如今咋就大变样了呢？可变得究竟怎样，我自个是不确定的，似乎是变了，又似乎没变。化学老师钱老师在这个月三十日三班同学的聚会发言中谈道："临近退休定的目标就是解放自己，并发现这才是唯一正确的方向。"听到之后，我颇有些触动，至于具体触动什么，又不怎么确定。

进入新时代，变的东西太多了，可谓翻天覆地。比如这煤油灯和那些票证都已完成了它们的历史使命，成为文物被陈列在新农村多功能的文化礼堂内，供人们参观怀旧和追忆初心了。

我有时在想，家里的那一盏煤油灯，好好找还是可以找到的，并不会真的就此丢掉了的。

（写于 2019 年 12 月 31 日，有改动）

铝饭盒子的味道

我可能属于常忘了当下却特别记得前尘往事的一类人。前些日与我的初中诸老师一道用餐时，看到席间上来主食，白毛巾裹着的，冒着热气，打开来一看，眼前顿时一亮，这不就是铝饭盒吗？本地人称之为"饭夹子"。当"叭"得一声掀开盒盖，闻到了铝饭盒米饭的特有香味，惊讶于中间居然卧着一枚咸鸭蛋，这画面让人觉得既熟悉又亲切。

往事都在品尝这铝饭盒米饭的味道中一幕幕地回放。

我们这一代的农村娃，到了读书年龄，是在本村的小学上学的，小学离家近，来回方便，但条件简陋，不具备搭伙条件，师生中饭都各回各家。等到上了离家稍远的初中，学校里就有了蒸饭的锅炉房，我们就带上饭菜——一个铝制饭盒盛米，一只搪瓷杯盛菜，再用网兜兜住，便是每位走读生的标配。

记忆中家里的米饭是管够的，父辈们啃树皮、吃观音土的经历在我们这一代都当成故事来听。然而生活条件仍一般般，大多数家庭过得比较拮据。老妈现在说起当初的状况来，是以"家里连一根草都没有"来形容的。

每天走读上学，带什么菜成了最头疼的问题，必须在晚上提前准备妥当，第二天一早才不致慌乱。家里养的鸡鸭多，鸭蛋腥气，做成灰蛋（咸蛋）、皮蛋，来不及炒菜时，带一枚蛋是最省心的。到了学校，先去边上的河埠头淘米、添水（那时乡下还没通自来水），再把一枚鸡蛋或灰蛋坐入米中间，拿去锅炉房交给烧饭师傅蒸，等饭熟了，蛋也就熟了。中午清理下自己的课桌当餐桌，鸡蛋蘸酱油或灰蛋剥开当"下饭"，简单的温饱问题解决了。有时也带梅干菜、咸菜等这些司空见惯的腌制菜。我有个"禁忌"，大多时候是不肯给前后桌的同学打开我的搪瓷杯看带的菜，个别情况下，才准许别人瞄一眼，前提是不许乱议论，以防口水溅入。有次，我带的菜是酱油萝卜，同桌小熊同学违反"禁令"，偷偷掀开了我的杯盖子，还连说味道好难闻。萝卜有气味不是很正常？！我当即拉下脸来，把那本借他看的《七剑下天山》武侠小说要了回来，并有整整两天都不理他。妈在学校附近的乡农机配件厂上班，后来换岗位当仓库保管员时，我的中饭就转移到妈的单位来吃，一切简便。厂里的食堂炒有一碟碟小菜，我一概视而不见，只吃从自家带来的。有一回，妈休息不在单位，事先交代了同事帮我蒸好米饭，中午下课后我照例前往，从食堂取来铝饭盒，夹了点梅干菜掺在米饭里面，正埋头吃得香，有人从食堂端一盘螃蟹来送给我，说见我天天"烧干菜过饭"实在可怜，人都长得如豆芽一样了，就买盘菜送我改善一下吧。我当时很意外，这胃已习惯于梅干菜的味道，反觉螃蟹并不好吃也不下饭，当然最后还是领了好意享用了。

过去，老家每个乡都有一所初中。同学们上学，距离最远的也就三四里左右，自行车在当时还算奢侈品，绝大多数同学是步行上学的，路稍远的要比别的同学早一刻起床。有个大雾天的清晨，天色很暗，我们的小蒋同学正低着头向学校摸索前进，恍惚中瞥见前方不远处有个人影。"这人下面怎么没腿，在飘移，莫非是鬼？"联想到路边不远处有个地方就叫作坟头，他吓得当场愣住了，目不转睛地盯着那个移动目标，手中的铝饭盒"当"的一声掉在了地上……直到身影靠近，才发现是人不是鬼，对方的鞋子、裤子的颜色较浅，造成了视觉上的乌龙。"胆小鬼，快去上学吧，别迟到了！"那人帮忙把饭盒子拾起来，笑吟吟地塞到惊魂未定的小蒋同学手中，友好地拍了拍，继续赶路了。

那时候每天傍晚的放学时间，同学们三三两两从教室走出，每人肩挎书包，手拎网袋，网袋里兜着铝饭盒子，在田间小道上、在小河堤岸边、在落日余晖中，投下了许多简单而快乐的身影。

上高中，铝饭盒仍是随带必需品。初中时人少，自己想办法在盒子边上刻个记号就可以了。高中人多，为便于识记，待缴过费后，管后勤的老师便会在饭盒盖上用毛笔蘸红漆写下班级名和学号，蒸饭时每个班都有自己固定的放饭盒位置，这样到了饭点，大家奔跑的目标明确，不致乱哄哄的。但也有个别马大哈，错把"42"看成"24"，匆匆吃完，才发现大事不好，可怜没拿到饭的同学还一直在蒸饭间彷徨，饿得头昏眼花。吃别人的饭盒，其实并不见得是什么喜欢的事情。有的同学懒惰，从不肯洗刷饭盒子，饭吃好后就直接淘米添水放入蒸饭间，日积月累，原本银白色的内壁都变成了黄黑色，用调羹轻轻一刮，可以轻易刮下一层白色的固体物来，看上去感觉不是太美妙。

那时，饭盒都拿回寝室吃的，同学们常把带来的好菜与大家分享。至今仍记得小周同学的美味熏鱼块，应该是草鱼做的，一块块炸成金黄色，味道又香又脆，我是头一回吃到这么好吃的鱼肉。大家从家带来的菜大多简单，但每个人的饭量却出奇地好，端着满满一盒子饭，或坐或站，只需一包本地榨菜或一块臭豆腐干，就能风卷残云，一扫而光。同学中阿央吃饭动作最慢，常发现他一口饭要反复地嚼上半天，我质疑过他这速度，现在科学道理懂得多了，知道他这样做是正确的，细嚼慢咽才有利于消化吸收。

我高中生涯有一大段时间执行的是走读模式，到了高三，为不浪费时间，才不得不住校。住校时父母每周给5元零花钱，我事先从家里带足大米和小菜，必要时才去学校的食堂买菜。中途，菜不够吃了，就找个时间骑自行车回家去取。有一次遇到了意外。骑自行车从家刚出门一会，后座上夹带着的一个袋子跌落下来。袋子里有玻璃瓶装的咸菜，摔碎了，也没检查，就重找了个瓶把菜装上，为此那一周我总能从菜里吃出玻璃小碴片出来。零花钱到周末有时能节余一点点，这让我很兴奋。多的钱并不存起来，而是去学校小卖部买鱼皮花生或饼干等零食解馋，吃不完会带回家给弟弟尝尝。

高中毕业后，去了外地讨生活，我这才告别了带铝饭盒子的历史。

算起来铝饭盒子已有20多年未在我的生活中出现了，中间有一次在外乘坐短途中巴车，见到售票员使用旧的铝饭盒子放零钱和车票，再次目睹，那些往事夹杂着熟悉的味道又在心里不断翻涌。这次，在老家的这间小饭馆又见到了久违的铝饭盒子，心里更是有一种莫名的冲动和喜欢，即使已吃饱了，我也要尝尝铝盒子饭的味道，还有那枚泛着蛋黄油香的咸鸭蛋。事实上，我发现，铝饭盒子的温度还是原来的温度，味道还是原来的味道！

有这样一句话说得好："过去虽只有最简单的物质条件，但是有很纯洁的心。"在铝饭盒子陪伴的年代，色彩是单调的，生活是清苦的，但日子充满阳光、希望，大家从不假装，过得简单而快乐。铝饭盒子印刻着我们许多有趣的青春故事，也盛满了那段生活的酸甜苦辣。我想，铝饭盒子的味道，是会一直留在我们记忆深处的。

（写于 2020 年 1 月 10 日，有改动）

年糕年糕年年高

北人做面，南人做米。地处江南，家乡有很多大米制作的特色小吃讨人喜欢，如年糕、大糕、米馒头、黄毛鹅、粢饭团、青团等等，要说最钟情的，我个人觉得属这久吃不厌的年糕了。

衷情，并不在于过过嘴瘾这么简单，还因为有其内涵。"吃了年糕年年高"，过年搡年糕吃年糕，是家乡的传统风俗之一，特别是在过去物资匮乏的年代，年糕的地位与作用更为明显，既为庆祝丰收年、传递喜悦，又为贮粮，好吃方便也省事，同时寄托着家乡人对新的一年美好生活的热切向往。

年糕来历有很多版本，如驱赶"年"怪兽的传说，如伍子胥城墙下预先埋设"糕砖"救饥民的逸闻，但无论什么样的故事由来，都与江南悠久的稻谷种植历史有关。一方水土养一方人，千百年来，勤劳的先民苦中作乐，采世间万物之芳香色泽，汲天地日月之灵气精华，才不断繁衍出像年糕一样与稻米文化息息相关的生活方式和风俗习惯。

搡了年糕好过年。记得那时候的冬天都是急匆匆过来叩门拜访的，寒风带来的冰溜子就像水晶珠子似的一串串挂在每家每户的房檐下。冬天的来临意味着即将操年糕，我们小孩子早就盼着这一天了。大人们把当季收获的晚粳米放在水缸中浸泡一周后，取出倒在箩筐里沥去水分，拉至年糕加工场，粉碎，上蒸笼蒸熟，蒸熟的米粉倒入石臼中，由壮劳力用木槌轮流捣击，再手工搓成。家乡靠近山区的一带还有借助水势带动机械装置来完成操的过程的，当然现在都是电动机做驱动力，手工制作的场面已难得一见。还有一种水磨年糕，粉碎时加水磨，需要多一道装布袋滤去水分的程序，做出来的年糕口感更好些。

　　小时生活单调，平时吃不到什么好的，年糕就是美味了，操年糕的日子就跟过节一样热闹。记忆中都是父亲在前头拉着平板车，母亲、弟弟和我跟在后面帮忙推车，车上随带五六捆烧火用的稻草，有时恰巧遇到下雪，我们一路迎着飘舞的雪花，一路与遇到的村人打招呼。村口的年糕加工场内机器轰鸣，炉膛的火光把烧火师傅沟沟壑壑的老脸映照得通红，室内白色的水蒸气氤氲如同仙境，小孩子们一到就四处乱窜看稀奇。加工场的师傅各司其职，有粉碎的，有搅拌的，用木铲翻看蒸笼的，分拣年糕叠成一个个立方体的……大家分工有序，忙而不乱。在场干活的老把式和来来往往的大婶、小姨们不时地说话逗趣，可手脚并不怠慢半分。嘴馋的小孩早就等不及了，偷偷地凑上前，抓起一把蒸熟的米粉就往嘴里塞。"小心烫！"对于大人的警告，小孩们大多是听不进去的，这里瞧瞧，那里碰碰，一张小嘴巴闲不下来。刚出来的年糕软糯可口，不管是哪一家的，都不介意别人过来尝尝，事实上也吃不了多少，年糕这食物特别会有饱胀感。

　　年糕操好运回家，得注意在通风处一一拆散晾干，遇雨天保存不当易起霉点。稍晾干后就浸入水缸中，可以一连吃上好几个月，有的人家甚至一直吃到夏天"双抢"时节。

年糕的用处颇大。过去毛脚女婿上门，准岳母端来一碗"划蛋年糕"（打两个鸡蛋入水与年糕同煮，加白糖）当点心，规格礼数就算是高的了。当你端起碗来用调羹来回舀动，轻轻咬上一口水包蛋，一不小心嫩滑的蛋黄就会顺着嘴角流淌到碗内。在那一刻，你的心跟碗里的年糕一样软糯。

吃了年糕才算过年。那时正月里一盘炒年糕是必上的菜肴，后来条件好了，年糕一度在正式酒席上退位，如今讲究返璞归真，一盘荠菜炒年糕，加上一句"荠菜是女主人刚从野外挖来的"，那必定大受宾客欢迎。盘中白的年糕片晶莹剔透，绿的蔬菜新鲜青翠，看看都眼馋，即使饱了也要挟上几筷，闻之尝之，可以发觉这里面有一股初春暗香涌动的气息。

年糕可以煮、蒸、炒、煎、炸等，刀工切成丝、片、块、段，也可以整条，常见的吃法有咸菜肉丝炒年糕、螃蟹炒年糕、娃娃菜烤年糕、青菜鸡汤年糕等。乡下普遍用来当早餐，锅内放青菜、年糕块和隔夜的米饭同煮，做起来方便快捷。别具一格的吃法是年糕饺，小区边上有一家年糕饺店，店家在现场打好年糕，趁软糯时揉成团，再碾压成皮，加入半根油条、一小撮黄瓜丝、一个煎蛋或少许咸菜、干菜、火腿片等馅儿，口味可以自选，最后包成饺子形状，中间合拢处细细地捏出一道好看的褶子来，整体大小宛如黄牛的角，配一碗紫菜汤，十分地入味并有劲道，一个年糕饺落肚就已称心如意。

以前贮存条件不好，许多农户将年糕切片后晒干收起，食用前先用水浸上一两天泡软了再吃。晒干的年糕片多用来送到走街串巷的爆米花师傅那加工，在炉火上黑乎乎的像大炮一样的爆米花机内摇个 5 分钟左右，"嘭"的一声，就能变成香脆脆的"年糕胖"了。可能是当年父母都要去上班太忙的缘故，我家从没爆过这些令人垂涎欲滴的"年糕胖"，连普通的"大米胖"都屈指可数，我只好涎着脸去人家那里讨得几块，可总觉意犹未尽，无奈之下，常把年糕条扔进烧稻草的灶膛里煨着吃，满嘴烟灰也毫不在乎。

现在物质生活条件大为改善，超市、小吃店、餐馆等可以不间断提供年糕，然而过年打年糕、吃年糕，对家乡很多人而言仍然是盘桓在记忆深处的乡愁，埋藏着许许多多美好的回忆，年糕也因此从来不会，也不可能在我们生活中消失或淡去的。"年糕年糕年年高，今年更比去年好"，新春佳节已临近，借此年糕一文祝愿大家的日子一年更比一年顺，一年更比一年高！

（写于 2020 年 1 月 19 日，有改动）

闲话点心（一）

点心，有包、饺、糕、团、卷、饼、酥等，品种繁多，风味各异。东晋史学家干宝《搜神记》卷一："辂（管辂）曰：'吾卯日小食时必至君家。'"宋吴曾《能改斋漫录·事始二》："世俗例以早晨小食为点心，自唐已有此语。"清顾张思的《土风录》卷六中指出"小食曰点心"。点心或小食，概念都不难理解，愚以为凡正餐之余能用来消遣的吃食，皆可称"点心"。

中国人强调"民以食为天"，饮食文化历史悠久，受自然条件、生活习惯、经济文化等因素影响，不同地区逐渐形成了自成体系的地方菜肴与饮食风格。公认最有代表性和影响的菜系便是：鲁、川、粤、苏、闽、浙、湘、徽等赫赫有名的八大菜系。点心，充当着这些菜系的配角，是万绿丛中一点红，有时亦风景独好，自成一统。

吃是人生一大乐趣，而吃点心的意义，就在于给我们尊贵的"五脏神"祭献一份额外的贡品。国人写书特爱聊吃，尤其点心，总是端进端出，不达目的不罢休。论及点心功能，有时不只充饥这么简单，还包含着某些小心思、小用意，是别有一番滋味在里头。有人曾这样写道："一块点心，是消遣之物，也是一个人审美情趣的体现，它不仅要求味道与颜值并存，还要口感同营养兼具，更要严格符合主人的审美观，那些藏在细微之处的小心意，无论是用来招待客人，还是与家人分享，懂的人自会看见。"对此，笔者深以为然。

这里姑且聊一聊四大名著中的点心。

首推《红楼梦》。"贾不假，白玉为堂金作马"指的是金陵贾家的富贵。在"吃"字上大做文章，对于宁、荣两府这样的官宦人家是小菜一碟。曹雪芹世家出身，被雍正抄家后家道衰败，然而《红楼梦》中的点心令人眼花缭乱且多属珍品，这既跟他的亲身经历有关，又映衬了书中人物的身份地位。书中第八回说到宝玉到宁府那边吃早饭，看见一碟豆腐皮包子，特地要了来给晴雯。豆腐皮包子是用豆腐皮（我们这里又叫"千张"或"百叶"）做皮，包了切碎的各种馅料，用香葱或韭菜扎口上屉蒸熟。这包子在清代为贡品，清宫御膳档案记载有此物。宝玉知道晴雯爱吃豆腐皮包子，主动索取送与她，一方面说明这道点心在贾府也是有做的，但并不多见；另一方面也包含着宝玉的一份情谊。可惜晴雯没吃到，是宝玉的奶娘李嬷嬷看到后私自拿给孙子去吃了。这李嬷嬷有点托大，一把年纪了比笔者还嘴馋，仗着从小奶过宝玉，连之前宝玉留给袭人的一碗"糖蒸酥酪"（类似奶酪）也大咧咧地给喝掉了，难怪处于青春期的宝玉知道后会大发脾气。第四十一回贾母邀刘姥姥逛大观园，吃酒过后，丫头们来请用点心。揭开看时，盒内是两样蒸食：松瓤鹅油卷和藕粉桂花糖糕。松瓤鹅油卷听上去有点复杂，这是一道由面粉、芝麻、奶油等食材制成的美食，香甜又酥脆。这道点心，贾母平时较为喜欢，但那天她嫌油腻，只吃了半个就递与丫鬟。藕粉桂花糖糕是把藕粉、糯米粉加白糖用水和匀，经过发酵后蒸熟，上面撒上桂花，再切成好看的菱形。刘姥姥是乡下人，哪里吃到过这些好点心，她和板儿每样吃了些，就去了半盘子。《红楼梦》第五十四回还写到，元宵之夜，贾母要吃夜点心，熙凤忙回说："有预备的鸭子肉粥。"鸭肉粥是我国古代医书《肘后备急方》中的一道古方，阴虚体质的人，平时易患咳嗽、感冒等呼吸道疾病的人，或容易秋燥、冬燥的人，适合常喝鸭肉粥。但贾母想吃清淡点的，幸好能干又心细的凤姐早有准备，端上了枣儿粳米粥……鲁迅先生曾说："一部《红楼梦》，经学家看见《易》，道学家看见淫，才子看见缠绵，革命家看见排满，流言家看见宫闱秘事。"这里不妨再加一句，"老饕"们看见的是珍馐美馔。

《水浒传》中"义"字当头，梁山好汉 108 将多是大口喝酒、大口吃肉的，里面提及的点心有是有的，但明显粗糙得多。如武大郎的炊饼其实就是面粉做的扁状蒸饼，不过诨名"三寸丁谷树皮"的武大郎，靠每日卖十扇笼这样的炊饼，就住得起阳谷县城中心街区的两层小别墅，还能养活漂亮老婆，着实让如今的一些人羡慕，因此"武大郎炊饼"至今还有人模仿在卖。武大郎的不幸，与隔壁有点小聪明的王婆脱不了干系，不过"机关算尽太聪明，反误了卿卿性命"，王婆最后被武松杀了。但王婆茶馆的生意还算好的，茶馆除了卖种种茶水，还提供各式点心，是一般老百姓吃得起的大众化食品。第五十四回公孙胜被戴宗和李逵请下山时路过武冈镇，在市口人家买的素点心枣糕亦稀松平常。

《西游记》是神话小说，有各路神仙和妖魔鬼怪，神仙不吃烟火食，妖怪的口味又太过血腥，因此，书中的点心主要是凡间提供的素食。如高老庄时的猪八戒"食肠却又甚大，一顿要吃三五斗米饭，早间点心，也得百十个烧饼才够。"后来唐僧师徒四人，一路降魔除妖，受到的款待也就"素果品、菜蔬，然后是面饭、米饭、闲食、粉汤"，偶尔也有"时新果品砌朱盘，奇样糖酥堆彩案"等甜点。等取得真经，尝了如来提供的仙品仙肴后，连食肠甚大的猪刚鬣也自谓脾胃一时弱了，不思人间凡食了。

《三国演义》是一部政治、军事斗争史的演绎，涉及的点心不多，印象最深的是第七十二回，杨修自作聪明将塞北进贡给曹操的点心"一合酥"以"一人一口酥"名义当众分食，以至于"操虽喜笑，而心恶之"，最终导致被杀的命运。"一合酥"是奶酪的一种，操自己舍不得吃，留着可能还有别的用处。那杨修并不是因为嘴馋才偷吃，而是太有才了，理解能力太强，又过于显山露水，最后走向悲剧。

"旧时王谢堂前燕，飞入寻常百姓家。"古时只有宫廷和富裕人家才有的点心，如今已属稀松平常，普通人家也可以拥有。笔者有次吃到一款制作考究的夹心蛋糕，好奇地问哪个蛋糕店有卖，回答令人意外，说是一位退休阿姨自己做的，她闲来无事常做各式点心与亲朋好友分享。这太让人惊讶，手艺堪与专业的蛋糕师媲美，要换以前那都是稀罕物，一般人哪吃得到，更别说自己动手做了。这些年突然有一大批家庭点心大师从朋友圈冒了出来，不用说完全是自学成才型的，晒出来的点心包罗万象，煮、蒸、煎、炸、烤样样俱全。只要有心，生活就从不缺乏滋味。

篇末，我在思索这样一个问题：若曹阿瞒活至今天，还会为"一合酥"点心被吃而介怀吗？还有那混世魔王宝玉呢？

（写于 2021 年 5 月 19 日，有改动）

闲话点心（二）

　　中国人好客，古人云："有朋自远方来，不亦乐乎？"乐而有所行动，尤其过去那个年代，穷则穷矣，礼数不可少，贵客登门，献上一份稍像样的"点心"，才算略尽地主之谊。

　　点心通达心意、升温感情。以前，毛脚女婿上门是"宁可锅里断了勺，看亲礼品不能薄"，女方家自然热情相迎。坐下来先准备点心，日子紧巴，点心不必太讲究，有什么吃什么，但总不至于上薄粥三碗。女主人急急去灶间的架橱抽屉里取鸡蛋，煮上几个荷包蛋（我们这里又叫"划蛋"）加白糖，用好看的白瓷小碗盛着，热气腾腾地端上来放客人面前。这时聪明的会说吃不下这么多，坚持拨一部分出来。待堂前这边吃过收拾妥当，那边灶间里有小孩跟随的同样开心地吃了剩下的。一份简单的点心就这样吃出了特别的滋味！笔者小时走亲戚也得到过类似礼遇，有区别的是加了年糕片在里头（"划蛋年糕"）。其实划蛋年糕的搭配更优，年糕的劲道和蛋的柔嫩相得益彰，那蛋黄显然还未熟透，咬一口，黄色的蛋液就一下子散开在碗里面了，觉得挺鲜美的（现在不提倡吃生蛋黄）。若过年去做客，还能吃到糯米粉搓成的"团子"。"团子"与宁波汤圆类似，区别是形状非圆，一端搓成了尖形，至于为何做成尖的，我猜测一开始是为了区别馅的咸淡，比如甜圆咸尖，后来统一成尖的了，事实上尖的看上去比圆的更细巧可爱些。团子的馅有芝麻、豆沙的，还有咸菜拌香干丁的，更有省事的拿本地特产"麻酥糖"充当馅料。团子煮熟后带汤装碗，或撇去汤裹上一层黄色的松花粉整齐地码在盘子里，带汤水的原汁原味，干吃的松花团子则带清香。反正笔者从不挑三拣四，什么味都不在话下，有吃的就乱拿，拿来只顾埋头吃，末了还把碗底的糖舔净，人小鬼大，从不怕人笑话。

点心的样式不拘一格，客随主便，端上的代表点点心意，欣然接受的也颇具美德。记得当兵时有次回家探亲，得知隔壁乡镇的战友亦在，我骑了一个多小时的脚踏车赶过去。战友家大门口正对着一条小河，我们兴奋地坐在门口看小河，晒太阳，聊往事。只一会儿，战友的漂亮对象就端上一大碗点心，一看不是熟悉的团子或划蛋，而是煮好的桂圆干，盛得满满的，我其实宁可剥吃生的，也不喜欢吃煮过的，觉得那味道甜得发腻，又不好明说，拗不过盛情接过来，一边咀嚼一边默诵着"排除万难，去争取胜利"的口号……还有，当兵第四个年头那个初夏，我请假外出去拜访一位部队医院的医生，他是我同乡。不巧的是，他有事外出了，只女儿一人在家复习功课准备高考。医生的女儿知书达礼，见客人至，起身从冰箱里取出一碟糖水杨梅干来代作点心，言明是家乡的味道。家乡是杨梅之乡，但冰镇糖水杨梅实属首次吃，我用匙子一个一个地舀着、数着，好在结论是尚对胃口，带家乡味也不假，又兼具消暑解热之功能。当意识到打扰久了会影响人家看书，我放下剩一半的杨梅匆匆告辞了，事后回想起来颇懊悔的，农民的孩子怎可这般浪费呢？

　　点心作为正餐之外的补充，直接作用是为身体提供能量。小时没得吃，却"食量大似牛"，能"吃一个老母猪不抬头"。平常就着咸菜和酱油汤吃满满一铝夹子米饭是不成问题的，若有一盆红烧肉则更佳，即使肉汤倒倒，也可再添半碗饭来。那时，放学回家后第一件事就是找吃的，然而大多时候是找不到什么好的，取下饭篮盛一碗"冷饭头"，随便拌点猪油、酱油什么的，就端着碗跑去邻居家，当着小伙伴的面"啊呜啊呜"地吃起来。农忙时节，妈会烙几张饼带到田间地头给我们当点心，有时也煮南瓜汤。家里当时有三亩地，敲油菜、晒毒日算不了什么，插秧时节被蚂蟥、虸虫叮咬也算小事，最头疼的是稻子收割时遇烂稻田，那简直太坑人了，具体细节省略。人小力亏，累了，我和弟就去长满苜蓿和水花生的田埂上躺一会，缓过劲来再吃些点心继续干活（有点夸张成分）。也不知为什么，那些过去的日子虽有些清苦，但每每能吃到点心也是件幸福的事。小时候，总感觉老妈做的点心特别好吃，却吃不够。老妈是勤快的，做过的点心还包括甜酒酿、"麦鼓""麦汪"、艾叶饼、面疙瘩、手擀面等，当然白天要到乡办厂上班，傍晚回来得下地干活，因此也只偶尔为之。如今条件改善了，这些点心什么时候想吃都可以有，但细细品之，已全然没了当年的味道。"何向者之香而甘也！"原因其实不言自明。现在随便去外头走一走，满大街的全是小吃、小面、牛排等店，想吃什么应有尽有。进入物质丰富的年代，有客自远方来已不需担心"污了礼数，怕人笑话"，食肠甚大的就带去街边小店小坐，清心寡欲的则留在家里喝杯白开水亦彼此坦然，生活在不断地向前发展变化，一些繁文缛节能免的还是免了的好。

　　有句话说："世间万物，唯有美食与爱不可辜负。"一方水土养一方人，吃什么怎么吃，既与大自然的丰厚馈赠有关，又与人们的生产实践活动紧密联系，吃文化从某些侧面反映了一个地方经济文化发展水平和规模。随着时代的变迁，家乡的美食点心经过整合演变，焕发出了新的生机和活力，逐渐形成了自己的品牌特色，如大糕、年糕、豆酥糖、番薯枣子、乌馒头、米馒头、生煎、"老鼠糖球"，等等，其中余姚梁弄大糕搬上了中央台的《舌尖上的中国》栏目，有不少也被列为本地的非物质文化遗产保护名录。如今只要想念了，不分时间、季节和地点，就能以自己喜欢的打开方式，随心所欲地享受到家乡的美食点心。美食确实不可辜负，特别是家乡的，因为我们知道，那家乡美食包含的独有的味道、独有的气息，就是激活我们旧时光、旧记忆的一把密钥。

（写于 2021 年 5 月 23 日，有改动）

闲话点心（三）

生煎

生煎的主要功能是充当早点，但也有一些饭店提供生煎当点心的。

儿子小的时候特别爱吃生煎，我负责去采购。从小区门口出去向北三四十米远有家生煎店，生意还不错，我往往要等第二锅出来才轮上。看着生煎师傅不紧不慢地转动着平底锅，等的人都略显焦灼。"好朗咪？快念好伐！（好了吗？快点，好吗？）"任凭顾客再三催促，师傅就是不为所动。添水、淋油、放葱，师傅都拿捏得恰到好处。最后揭开楠木锅盖的瞬间，锅里会发出一阵好听的"哧啦哧啦"声音，香气也随之弥漫开来。顾客早就付了现金，也有扫微信预订的，胖胖的女店家过来分配，你先他后，你八个他十个，不需要重新核对，她都记得清清楚楚，从无纰漏。

生煎皮薄、馅满、底脆，一般蘸醋或剁椒酱吃。生煎的汁水不多，不像吃小笼包要时刻防备汁水飞溅到邻座的身上。本地开的生煎店也有冠以上海某某生煎之名的，大概是上海生煎的名气要响亮得多的原因，或者店里的老板娘就是以前从上海下来插队的知青，自然有权使用上海这一外来名称了。一方水土养一方人。好多年前去江苏兴化，那里是郑板桥的故乡，我除了浏览了不少人文景点，还吃到了肥美的兴化大闸蟹。兴化早茶闻名遐迩，朋友邀我去一家早茶店，早茶店食客如云，生意火爆。朋友点了满满一桌的小菜和面点，可当我夹起一个生煎尝尝时，竟有点失望了。什么味呀？真甜，其他的都偏甜了点，我这个外乡人并不习惯这口味。

去年看过一部电视剧，叫《谍战深海之惊蛰》，剧情很精彩，抗日题材的，那部剧有个配角，是陈山、陈河兄弟俩的父亲陈金旺，他患有老年痴呆症，操一口地道的上海话，儿子可以认不出，吃生煎是断断不会忘的，足足吃了44集，直到生命的最后一刻还在吃生煎。"我要切（吃）生煎！"电视剧追完了，余音还绕梁。

生煎一定要趁热吃，冷了就软塌了。

云楼阿涛生煎是本地的网红生煎，据说有100多年的历史了，不但面粉和猪腿肉要经过严格挑选，而且传承的徒弟都要求不喝酒、不抽烟，并能吃苦。匠心独具，才造就美食传奇。云楼生煎比传统的生煎个头大些，老面发粉，纯手工剁肉，地道的菜油煎制，又采取特殊的两面煎法，可谓色香味俱全。云楼生煎的名声渐渐传开，后来成功申报为市非物质文化遗产，蝉联本地"十佳"特色小吃。

一碟生煎，配上一碗牛肉粉丝汤，真的过瘾！

饺子

好吃不如饺子。

饺子其实是主食，偶尔充当点心的角色，比如俗语"送行饺子迎风面"中的饺子。以前在部队过年，年三十零点钟声敲响后，炊事班会煮上一大锅水饺当夜宵。

南米北面，饺子是北方人的最爱，南方人现在也吃，但终究不如北方地区风行。

当年在部队，元旦、春节这样的节日，每个班会下发一团面和一盆拌好的肉馅，大家齐聚食堂，揉面、搓条、切块、擀皮，热火朝天地包饺子。南北差异此刻显现，南方人大多只能打个下手，尝试包饺子，什么怪状都能包出来，擀面皮这活一定得交给北方汉子，那真的是又快又好，绝了。

物质贫乏的年代，白米白面金贵，一般人是难得吃上一顿饺子的。1981年的电影《喜盈门》中有一个吃饺子的镜头让人难忘：有天晚上，大媳妇煮了4碗水饺，一家4口正吃得香，这时爷爷从地里忙完活冒雨回来了。大媳妇连忙把吃剩下的一碗饺子收拢藏了起来，另外端出一碗窝窝头和青菜给爷爷。爷爷没发现异样，一边吃一边逗着两个可爱的重孙说笑。没想到，5岁的重孙女竟从里间端出了那碗饺子让爷爷吃，画面顿时尴尬了。爷爷狠狠地批了软弱的孙子一顿后，卷起铺盖走人。这是一部喜剧片，北方农村题材，有教育意义。现在生活条件好多了，吃饺子不会再躲着人，但虐待老人的现象还会不会存在，这个仍不好说。

饺子的吃法有多种，或煮或蒸或煎，嵊州有一种用平底锅烹饪的饺子煎蛋的小吃，味道和营养都有了，但我最喜欢的仍是饺子下水煮过3道后捞出带汤的传统吃法，加葱花、酱油，再夹一块猪油在碗里化开，吃起来香喷喷的。

小区附近的马路边上开有很多家水饺店，还有专卖手工水饺的店。有一家品牌连锁店里的饺子种类很多，什么海鲜的、蟹黄的、牛肉的、猪肉的，另外有附带荸荠、芹菜、白菜、韭菜、荠菜的。我通常会点一碗全家福，各样的都尝尝。店家有时会问我加不加香菜（芫荽），我回答说："当然要加，越多越好。"若不是怕嘴里有异味，我还想学北方人的样子再弄两瓣蒜来配着吃，曾在外待过一阵子，我觉得自己的口味变得宽杂一些了。

豆浆

豆浆营养丰富，是小吃或点心的绝佳拍档。

豆浆当然只有咸和甜两种，没什么特别的。在以前，我大多时候喜欢自己泡黄豆现磨，磨好后剩下的豆渣用来炒鸡蛋，豆渣鸡蛋像木渣似的，谈不上特别好吃，怕浪费而已。只嫌洗豆浆机太麻烦，要用毛刷细细地刷。现在的豆浆机大不同了，豆渣是直接打进豆浆里的，省却了洗豆浆机的苦恼。

回家乡工作后不久，竟然发现本地有家豆浆店十分出名，店名唤作干大林。

记得那是多年前的一个下午，朋友兴冲冲地跑来喊我，邀请喝豆浆去。豆浆有什么好喝的？我正疑惑。朋友说是去朗霞干大林豆浆店。干大林？我有点孤陋寡闻，不知这家店名。去体验下就知道了。于是欣然前往。到了店里，首先映入眼里的是墙上挂的"市非物质文化遗产"这块牌匾，这有力地证明了这家店的与众不同。豆浆的品种有咸豆浆加油条和牛肉碎碎，或者加羊肉、虾皮的，当然甜豆浆也有，还有加红枣和黑芝麻的，但我偏爱咸豆浆，再来一碟烧卖，就很完美了。说真的，我是头一次吃到这样口味的豆浆，厚实如鸡蛋羹，豆香浓郁，口感爽滑，回味无穷。寻思个中的诀窍，或许与店家精心挑选黄豆，烧火用柴爿而不是煤，煮制的工具是老式木桶而非铁锅都有关。

有次巧遇干大林豆浆店的老板，看上去挺年轻，朋友未及详细介绍，我已上前握手："干老板，我尝过你店的豆浆，真的是不负盛名啊！""我不姓干，我姓褚。"在对方一番自我介绍后，才知遇到的是干大林的乘龙快婿，他是朗霞豆浆的第五代传人。

干大林豆浆店在余姚一共开有4家店，分别是朗霞老店、市区的俞家桥路店、阳明中学店、文山路店。市区的店只提供早餐，由干师傅的女婿管理；想吃下午茶的朋友可以去朗霞老店，那边由干大林师傅亲自坐镇。

年糕饺

以前有很长一段时间，家乡余姚的特产是"三白三毛"，"三白"指的是稻米、盐和棉花，"三毛"是四明山区的毛竹、毛笋、毛茶。家乡种植稻米的历史悠久，稻米衍生出来的小吃也名目繁多，像梁弄大糕、松花团子、米馒头、糯米糕、粢饭等。年糕更不用说了，以前，秋收后入了冬，农村几乎家家户户都要打年糕。这里要说的年糕饺，可以说是年糕的一种特殊形式，年糕做成什么都好吃，爱吃年糕的人必定也喜欢吃年糕饺。

年糕饺是不是家乡的独创，我不清楚，反正在别处，我是没见过年糕饺这样的小吃。

所住小区附近中学的西侧，开有一家年糕饺店，是一对年轻夫妻经营的，当地人。早上5点钟，店里就开始忙碌了。年糕现打，打好后揉成一个个的小圆球，放入保温箱里备用。馅料也要提前准备好，有咸菜、榨菜丝、黄瓜丝、煎蛋、肉片、油条、海鲜酱等，爱吃甜的也可选用陆埠豆酥糖当馅，价格从5元到15元不等。

我一般选黄瓜丝、油条、海鲜酱组合的馅料，6 元一个，配一碗紫菜汤，可以吃得很饱。

咸菜茭白、京酱肉丝、全家福、蛋大王、肉大王、榨菜香菇、劲无霸、山大王，店家给年糕饺的品种取了好听的名字，顾客可以根据个人喜好选定品种。两边商定妥当，老板娘戴一次性手套，麻利地取出年糕球在案板上按扁，持短小的擀面杖快速擀成圆形，添上馅料，然后包住捏紧，不到一分钟就成了。年糕饺大小如黄牛的角，胃口小的可能吃不完一只。年糕饺黏糯，吃时需注意小心慢嚼，慢嚼有利于消化，同时防备酱汁滴到身上。

麦芽糖

提到麦芽糖，不由得想起小时候馋过的"哚哚"糖，"哚哚"糖即麦芽糖，需要找一些破布鞋、鸭毛、废牙膏皮等物品向挑担的货郎交换。小时家里穷些，旧物不一定找得到，于是很多时候只能咬着牙看着别人吃糖。

本地低塘历山村的徐家糖坊，制作麦芽糖已有很长的一段历史，麦芽糖制作技艺早些年被列为市非物质文化遗产名录。去年的某个夏日，我去历山文化公园参加活动，发现徐家糖坊新开的店兼非物质文化遗产展示馆就坐落在公园的一侧，于是进去参观，瞥见案板上有新鲜出笼的"老鼠糖球"，忍不住抓起一块就往嘴里塞，一个不过瘾，再来一个。"老鼠糖球"拖着长尾巴，有尖尖的头，软软的身子，看上去就像是一只只小老鼠。其实就是刚做出来的麦芽糖，里有芝麻馅，外裹着松花粉，入口即化，香甜可口。"老鼠糖球"一定要趁热吃，因为时间一长就会发硬，口味变差。

麦芽糖是用当年的大麦和大米通过多道程序制作完成的，过程有点复杂，具体原理要向糖坊的徐师傅或生物老师请教才对。徐家糖坊麦芽糖系列产品有冻米糖、芝麻糖、花生糖、葱管糖、寸金糖等，哪天看官有兴致了，不妨去买几盒吃吃，或许能勾起小时满满的回忆。

麦芽糖是好吃的，但勿要贪多，适可而止的道理运用，对任何事物都是相通的。

（写于 2022 年 1 月 27 日，有改动）

6 四季畅想

一抹绿色亦春天

　　"看，萝卜开花了！"我指着窗台对孩子说。"有什么稀奇的，不好看。"孩子露出满不在乎的神情。窗台上花盆中"种"的是半截萝卜，前些日，根部抽出几片翠绿的新叶，这次发现叶子顶端开出了数朵不起眼的小花，于暖暖的春风中自在摇曳。

　　一抹绿色亦是春呀！

　　论颜值，萝卜的叶和花确实不咋地，不能和娇媚的海棠、月季、风铃花相提并论，甚至不如墙角几盆普通的绿萝。只是，它差点被当作厨余垃圾处理掉了。如今变废为宝，移它至盆里，浇上水，它很快就生机勃勃，有了属于自己一抹春的颜色。

　　"11，10，9，8……""等到最后一片叶子掉下来，我也就该去了。"欧·亨利《最后一片叶子》中的主人公琼西在数窗外常春藤上的叶子，她感染了严重的肺炎，失去继续活下去的信心。住楼下的老画家得知后，冒着寒风冻雨连夜为她画了一片永不凋零的翠绿的树叶。就这样，小女孩的病情慢慢好转，活了下来，而老画家却在第二天不幸去世。毋庸置疑，这常春藤上的最后一片叶子，是世间最真、最美、最伟大的画作，是老画家用生命的画笔为女孩点亮了春的希望。

我们经常在感慨生命中有许多不能承受之痛，生命不能承受之轻。活着没目标和责任，如挣脱的氢气球，膨胀到一个限度，终有破裂坠落的一天；生命不能承受之重，所经历的工作、生活、感情和人际交往，思虑过多，压力过大，也有轰然倒塌的危险。因此，无论生命历程中有什么样的轻重厚薄，都不能忘了在自己的心底深处及时种上一棵永不落叶的常春藤。

前阵子，我请了两天假去医院动小手术，住院的第二天一早，听到隔壁病房有患者吵吵嚷嚷的，扰得人不得清静。我没去围观，也不值得围观，只是在想这有什么好吵的呢，无论什么原因都不应去吵去闹，吵闹便是跟自己的健康过不去。要么不来，既来了，把身体交给了医院，就应该尊重医生、相信医生，配合医生完成必要的检查和诊治，即使有什么问题都要心平气和地沟通交流。在这里，彼此的信任和理解，就是给自己，同时也给他人带去的一抹春的绿色。

孩子最近学习很辛苦，经常熬至深夜才睡。读书自然是辛苦的，我们过来人都知道"梅花香自苦寒来"的道理，不吃苦出不了好成绩。但这种苦应是自觉的、主动的、科学的，而非强迫的、扭曲的，外力只能给予引导、启迪和提醒。"而硬要是河不让流，盛方缸里让成方，装圆盆中让成圆，没有不徒劳的""儿女的生命是属于儿女的……每一个生命自然而然会发出自己灿烂的光芒的"。这是作家贾平凹关于子女教育的观点，我读了有触动。确实，只要大方向是对的，就不必杞人忧天，一时成绩的好坏并不能决定孩子的整个未来，相信孩子会走出属于自己的一片天地来。适当时候还要给孩子减减压，比如停下来望望远方，或去清新的野外走走，或打打球、跑跑步等。"张而不弛，文武弗能也；弛而不张，文武弗为也。"若都是风霜冰雪般的严厉，没丁点儿阳光，没丝毫色彩，即使外面早已百花盛开，孩子也是走不进春天的。给孩子宽容和关爱就是给予孩子春天里的一抹绿色，这绿色迈着春天般快乐轻盈的脚步。

我们每个人的生活一如多变的天气，不可能时时处处都晴空万里，肯定还会有黑云压境的窘迫感。一旦遇到不愉快的棘手事情，首先是要让自己冷静下来，去理性地把握，灵活地处置，而不是一味冲动，冲动是魔鬼，那只能让事情变得更加糟糕。万物皆有裂痕，裂痕换个角度，光就能照射进来。在这里，理智就是一抹绿色，是开启春天、迎来阳光的一把钥匙。

我们每个人就是一粒种子、一株草、一棵树，正是这一花一草吐露的绿意，孕育了和风细雨、柔美温暖的春天。这绿，是生命的原色，是这流光溢彩活力世界的主基调。并不是每个来世上走一遭的人，都能有自己所设定的路；并不是每个存在的生命体，都能有理想的运行方式。有的时候，我们的一个微笑、一声问候，可以如常春藤上的那片叶子，把爱意和执着浓缩，带给生命以无限的张力；有的时候，我们的一个拥抱、一次援手，可以如春天里的一抹绿色，温暖和滋润山川大地。显然，你以一抹绿走进春天，这一抹绿就代表了春天，就孕育了开花结果的希望。

一叶一花，透着新绿，泛着晶莹，吐着芬芳，我们都可以从中读到关于生命的价值和意义。

只要心中有绿，任何一块粗糙暗淡的画板，都能变成一个鸟语花香、充满希望的春天。

（写于 2020 年 4 月 14 日，有改动）

阳光、夏日与我

  当太阳直射北回归线时，标志着北半球盛夏的来临。对于夏，感觉就一个字："热！"有首老歌唱道："浪漫的夏季，还有浪漫的一个你。"歌的旋律我喜欢，至今还会哼哼，但歌词这么写，我是保留小小意见的。"日轮当午凝不去，万国如在洪炉中。"三伏天里，在外多浪漫一分钟就多受一分钟罪，只求有个阴凉处躲躲，哈着舌头，苟延残喘于此夏。

  建筑工地的劳动者和清扫马路的环卫工人，恐怕是没有阴凉处可躲的。工地不按期完工，薪酬难以保证；地面扫不干净，检查到可能受处罚。再毒辣的太阳，为生活计，很多群体都在默默坚持着。

  "面朝黄土背朝天，一身力气百身汗"的农民们，也是无条件享受夏季"日光浴"的主要一员。好在如今种田提倡机械化，农民已不必像过去那般辛苦，但依然有个别人为了省机械雇佣费，使用人力来耕种的。

  记忆里，小时的夏天也是热的。那时没空调，只备着蒲扇，条件好点的家庭才有电风扇，真不知当时是怎么挨过来的。记得有次放暑假，我跟姐去江苏农村的亲戚家做客，晚上宿在小舅家，堂屋角落里有为我临时搭起的一张木板床，睡在那旮旯里的闷热程度，自是不消细述的。那个夏天特别的热，经一晚的煎熬，早上掀开草席，可以发现木板上全是渗透的汗渍。舅家屋内为泥地，凹凸不平。那天午睡时间，舅妈不忍见我满头大汗的遭罪样，便将家里那台唯一的电扇从内屋搬出来给我吹风，我见电扇的风向不对，上去挪了下位置，哪知刚一转身，就听"啪"的一声，电扇已跌倒在地上，从中间连杆处断为两截，我当场惊呆了，整个暑假都为此羞愧难当。不过，那个夏日印象最深的还是舅妈烙的饼。那饼两面都粘有芝麻，喷香喷香的，烙好就放入堂屋一只挂在钩子上的竹篮子里。我在正餐时装斯文不多吃，其实心里觉得没吃够，有次偷偷地从篮里抓了一张躲入蚊帐，正大快朵颐之际，舅妈这时偏偏走进屋里找我说话，把人噎得够呛。舅家的地里种了很多空心菜，那个夏天，餐桌上的空心菜唱了主角，爆炒、煮汤、凉拌，变着花样吃，开始还有点儿新鲜，后来就腻味了。另一亲戚家住在附近不远，听说我来了，亲戚顶着大太阳三番两次跑来，客气地喊我吃饭，我那时还是孩子，贪玩，不肯去。终于答应去了，等坐下拿起筷子，瞧见桌上端来两个菜：一盆鸡蛋羹、一碟炒空心菜，没有第三样，脑子里顿时有短短几秒的凌乱，随即释然了。后来又被叫去吃了几次，仍是这两样菜，并不觉得有哪里不妥当。

　　小时怠于功课，却能忍受毒辣太阳的炙烤，跑去野外捉鱼、淘螺、翻泥鳅。钓起鱼来，韧劲十足，从清晨到日暮，心里一遍遍默念再钓一条就结束，皮肤被太阳灼红亦不顾。有时，一场暴雨袭来，身上淋成落汤鸡，但只要手里头提溜着鱼，心里仍美滋滋的。还喜欢网鱼，用两根竹竿，顶端是"夹网"，让杆抵着肚子，抛出网后，两手抓杆搅动水面赶鱼，再用力提上来，幸运的话就能兜到近岸处游弋的鱼。同村教化学的魏老师，见我这么顽劣，常好心告诫不要老抓鱼而要读书上进，我都当耳边风了。淘螺蛳时，使用那种带长杆的专用工具，前端是呈三角形张开的网，人站在岸边，把叉网沿河滩向水深处平推，用不了多时就能淘得一大篮。小时候的河水基本无污染，夏日黄昏里，整条江以数个埠头为中心，人群呈扇形排开，全村男男女女都泡在河里嬉戏消暑。江中偶尔有拖船和竹筏经过，淘气的孩子们争先恐后地去攀爬拖曳，惹得船主恼怒，几次抓起竹篙作势要打，却不会真打，河面上留下一片叫骂吵闹声。我下水时习惯带上脸盆，扎猛子去河底摸索，或沿埠头的石头缝里抠螺，澡洗好，捎带回了半盆的河鲜，一举两得。翻泥鳅、捉黄鳝，也是小时夏日里的一大乐趣。那时田边的排水沟是很生态的泥沟，沟两边长满青草，我系一只小鳅笼于腰际，先把一群家养的鹅赶入沟中吃草，再在不远处选取一段沟，两端筑好泥坝拦住水，奋力地舀干中间的水，便撅着屁股，一排排地按次序翻开沟底的泥，没了水，泥鳅是无处遁形的，被一一逮住。至最后鹅饱了，我的笼里也全是乱蹦的泥鳅。捉黄鳝也是我的拿手好戏，夏日夜幕降临，鳝类会放松警惕从洞里出来透气纳凉，我一手握手电，一手抓着自制的竹夹，沿田间小路、沟渠照过去，两三个小时下来，必定收获满满。而现在专业捕鳝者实在太多、太滥了，加上手段高明，工具先进，鳝子、鳝孙都被捉尽，田间沟头哪还有什么鳝迹可寻？

　　夏天是台风肆虐的季节。这不，今年第 8 号台风"玛莉亚"以强硬姿态在福建连江登陆，咱姚城提前做足了准备，结果并没带来什么影响，连一阵像样的雨都没下。台风是把双刃剑，既欢迎它来做客，又怕闹得过于凶猛，2013 年的那场"菲特"强台风留给我们姚城人太多的伤痕，至今想起那大水漫城的场景，仍心有余悸。现只期盼台风来时稍温柔一些，把烦人的酷热带走就足矣，额外的"赠品"还是少给点为好。

夏天明显是属于女人的季节，女人晶莹光感的肤色，曼妙玲珑的身材，在夏日热烈的阳光下都毫无保留地展现开来。

骄阳似火的夏季，让人烦躁不安。我一边陷入回忆，一边赤足走在小区公园内的鹅卵石路上，心里便有一个期待，期待这个季节的每个夜晚，都能下一场透凉透凉的雨，在透凉透凉的雨中，追寻着曾经浪漫的夏季……

（写于 2018 年 7 月 19 日，有改动）

夏日

　　时间一晃，已然处暑。处暑，即"出暑"，暑热退去的意思。处暑为初秋的第二个节气，白居易诗："离离暑云散，袅袅凉风起。池上秋又来，荷花半成子。"说的即这时间点。物换星移几度秋。酷热显然舍不得告别，这些日的气温仍冲至35~37摄氏度，是所谓的"秋老虎"，但"老虎"也好，"蚂蚱"也好，都是蹦跶不了几天的。

　　我们憧憬秋天，一边听着怀旧的《秋日私语》，一边走进秋天的童话。事实上，秋有秋的味道，夏有夏的微风，在这初秋已至、暑热未消之际，我暂且不写秋天，秋天再好也有恼人的秋风，我很想再聊一聊夏天，包括记忆中的夏日。

　　夏天是什么样的呢？像汪曾祺描述的，切一个刚从井水里捞出来的西瓜，"一刀下去，咔嚓有声，凉气四溢，连眼睛都是凉的"。这与我记忆中的夏天雷同。除了西瓜，还有啤酒，本地产的舜江啤酒，普通的玻璃瓶那种，放入一只竹篮子里，用绳索吊着下到水井里，干完农活后回家提上来，在桌上一一启开，"扑哧""扑哧"数声响，刹那间整个身心都凉凉的，劳动的疲乏早被赶跑了。

夏日晚饭后，在院子里，父母抹净了饭桌，当时还没有电视机，我们小的就爬上桌子，仰躺着数满天繁星。那时候，除了阴天和下雨，在其他时间，星星就像约定好了一样，准时出来与我们见面。邻家女娃来串门，麻利地爬上桌，并排躺着，你一句我一句讲着听来的有关天上神仙的故事，不乏添油加醋。我们也唱歌，小时不害羞，唱得难听不管，唱刚学会的《小草》："没有花香，没有树高，我是一棵无人知道的小草……"唱不下去了就换一首，常会跑调，但绝不会跑偏。一直挨到露水漫上椅子、桌子，迷迷瞪瞪地似乎睡过一阵后，才被父母喊进屋子休息。

我与同村的建良玩得较好。那年夏天，他家来了一对四川的亲戚，是小两口。我们成为朋友，一起钓鱼，一起听收录机，一起上镇里赶集。小两口男帅女靓，打扮时尚，性格又率真。夏天一结束，小两口坐火车离开了，之后，建良有一星期都萎靡不振，沉浸在思念之中。他问我有无类似心痛的感觉，我是少年不知愁滋味，但承认这个夏天因他俩的到来而增色不少。

建良家的地里每年都种瓜，这个令人羡慕。夏天成熟季，地头搭个草棚，里面摆一张床，建良就守在棚里看瓜。我常去陪他，自然也稍带醉翁之意。他家瓜地有好几亩，品种主要是西瓜、黄金瓜和菜瓜等。我不喜欢菜瓜，觉得像白开水一样无味，最喜欢的是黄金瓜（香瓜），连里面的籽都不舍得放弃。建良说籽吃了会拉肚子，劝我处理掉再吃。我不信，每次吃都坚持连带籽吃下去，也没见肚子坏过一次，可见有的事是因人而异。建良上完初一就不肯读书了，扛起一把锄头跟着当过生产队小队长的父亲下地劳动，那时还没实施九年制义务教育，自然没人阻拦。时间一晃，现在回老家很少遇见他，即使遇见彼此也没多少话可说了。但我

不会忘了和他的那个夏日、那些一起吃过的香瓜。

　　村的东侧，有一条江哗哗流淌。那江叫长泠江，江上常有"拖机爆（拖船）"开过，首尾相连一艘接一艘，"突突突"的声音传出好远。拖船掀起的涌浪把下水游泳的人儿使劲往岸边赶，也溅湿了埠头正在淘米捣衣女人的衣裳。溯江向南，有一座石桥叫永安桥，后来拆了改建成能通车的水泥大桥。永安大桥再向南，原有一大片桃园，那里曾是孩子们的乐园。花开的时候，桃园招蜂引蝶；夏天成熟之际，又桃香扑鼻。我们常在此流连忘返，挖取树干上黏黏的桃胶，捡拾掉落在地上的僵桃，但从不学孙猴子偷桃，否则桃园主人一旦发现，我们就再也不能在此逗留了。好景不长，后来这片桃园莫名地消失了，不然放现今，肯定会成为吸引游客的胜地。

　　我家屋后的自留地里，曾栽过数棵葡萄和一棵桃树。葡萄是"巨峰"品种，现在我仍然喜欢吃改良过的这一品种，酸甜多汁甚得我心，我不喜那太甜的所谓"阳光玫瑰"一类的。等天一热，自留地的葡萄熟了，一串串地挂在架子上。我摘下来一尝，发现偏酸了点，口感差了很多。酸就酸吧，聊胜于无。那棵桃子树可宝贝多了，是水蜜桃树的，果子甜份十足，最多的时候当然是直接摘来生吃，大快朵颐的感觉，也会放入碗中在饭锅里蒸着吃，或切成小块用白糖腌制后在锅里熬制成酱装进瓶里吃，那时的夏天，稍稍一满足就是甜蜜幸福的。

　　夏天的蔬菜琳琅满目。轮流上场的有茄子、蒲瓜、番茄、西葫芦、花生、苋菜、秋葵、丝瓜、南瓜藤等。秋葵是近些年才栽种的。若吃腻了油炸的，切块与鸡蛋炒也行，一般的时候是清蒸，若不想让秋葵变色发黄，可以试下这个方法。用淡盐水腌制10分钟，锅里水煮沸，趁水开时投入腌过的秋葵，1分钟后捞出装盘，吃时蘸点酱油，不但颜色翠绿，味道鲜美，脆嫩多汁，而且最大限度地保留了营养成分。

"生如夏花之绚烂"，夏花具备浓烈的生命张力。其实我不懂养花，不能像同事一样把小小办公室装饰得如同小花园般热闹。我只晓得一些见过的栀子花、蔷薇、牵牛花等，向日葵应该也算。栀子花最香不过了，老家那棵栀子花树一到夏天就怒放了，花开出千朵不止，挤挤挨挨，洁白芳香。摘数朵放车里，别身上，插入瓶中摆室内，一番"臭美"，一阵心旷神怡。牵牛花肯定是有故事的，但花的藤真的能用来牵牛吗？放过牛的我们都知道，那不过是传说。以前老家的菜园子里种植着很多向日葵，小时常惊讶其总是迎向太阳，现在才知这与它的生长素分布有关，生长素受光线的影响会随之转动。其实向日葵也就是从发芽到花朵盛放这段时间跟着太阳转，等到花盆完全打开，就固定朝向东方了。

捉泥鳅、夹黄鳝、逮知了、张网捕鱼、下水嬉戏，是那时夏日的必备节目，没有电脑和手机的时代，我们以天为幕，以田野江河为游乐场，在烈日下尽情玩耍。

夏天悄悄过去，小秘密是没有留下的，倘若有，也是有幸与你，共同拥有了一个美好的回忆。

希望走过这灿烂的夏日，在秋天的梦里，你我不期而遇！

（写于 2021 年 8 月 28 日，有改动）

中元节杂记

七月望，中元节，俗谓之"鬼节"。这天正好周日，老家办"更饭"，母亲大人早早来电话，催我回去。我虽不迷信，但尊重风俗，欣然前往。

到老家已近午时饭点，见堂屋摆一张桌子，桌上供奉着不少杯碗盘碟，不外是些鸡鸭鱼肉、酒水米饭类，桌前燃着两支红蜡烛，偶尔听到"噼叭"燃爆的声响。个中的讲究，我是不懂的，显然已祭拜过了，老父正在拨弄铁桶里烧的纸锭，一阵风过处，带火星的烟灰便四处飘扬开来。

老娘在厨房里忙活，见我进来，示意我看锅里红烧肉的火候。红烧肉，让我想起了小时。小时物质条件差，大概一周才可以吃上一顿肉。一盘红烧肉端上来，不吃个碗底朝天，那是要睡不着觉的。想当年为了吃肉，我还被老娘狠狠揍了一顿。记得那是小学四年级光景，某个中午，我带一年级的弟弟回家，父母都在乡办厂上班顾不上我们，我把锅里的冷饭稍微热了后，打开架橱，找下饭的菜，可是架橱里空空如也，搬来矮凳站上一瞧，惊喜地发现最上层一个碟子里装着一大块煮好的肉。我想都没想，就端下来均匀地切成两半，给弟一块，我也一块，蘸蘸酱油就不客气地吃上了。谁知下午未及放学，妈匆忙跑过来，把我从教室里一把拎出，拖到家就是一顿"笋烤肉"。"此情可待成追忆？只是当时已惘然。"不知此诗句用在此是否妥当，反正认罪受罚就对了，小时的我如此饕餮不懂事，怎能让大人不生气？

"这红烧肉怎没放水呀？"我问道。老妈解释说已用高压锅先煮烂再过油红烧的。我认为程序反了，但又觉得此做法未尝不可。妈做菜永远那么直截了当，可以用一个"快"字来形容。逢年过节，都是妈掌厨，并不需要人打下手，一桌菜很快搞定。小时吃惯了妈做的菜，觉得特别好吃，现在却常质疑。"红烧鲳鱼不用添水，只需加足老酒或啤酒以小火慢慢炖入味，最后大火收汁就可，看妈做的这个煎成外焦里生了。""炒鸡蛋别放味精，加了反而不鲜了。""这盘清炒南瓜藤菜油放多了点，油多对身体不好。""炒菜不能等油锅冒烟才放菜，油一冒烟可就有害了。"……辛苦做菜的娘满头大汗，而坐享其成的我们则嘴滑口快，颐指气使。时移势迁，我们所处的环境已发生了翻天覆地的变化，像过去爱吃的红烧肉早就不对胃口了，不知不觉中，发现人竟也变得苛刻挑剔多了。

"噼里啪啦……"老父在室外点燃了烟花爆竹，宣告了开饭时间的到来。来客有四叔、四婶和堂弟等人。四叔和父亲一样当过兵，他讨了来自上海的知识女青年当老婆，因此，四叔的独生女即小堂妹的户口很早就挂在了令人羡慕的大上海。那时候，堂妹每次从外婆家归来，我都期盼能分享她带来的巧克力和"大白兔"，那时我认为上海巧克力和"大白兔"就是天底下最好吃的糖果了。堂弟阿钦是小叔家的，我当兵走的那年，他还是七八岁的小娃娃，那些时候每次探亲回来，我都记得给他带点吃的，直到他长大。他学的专业是厨师，以前和爱人一道在某家大公司承包食堂，后来去城里的长元路上开了家小饭店，但饭店生意并不好做，转而经营轻松一点的棋牌室。堂弟育有俩孩，大女儿读初中，小儿子读小学，夫妻俩起早贪黑，用心经营，日子尚且过得去。

父亲虽有兄弟和姐妹共7人，但走动的只有四叔、小叔和姑妈。大伯与五叔不在这人世了。二伯父在上海，他基本上是没空回老家的，更谈不上走动。二伯他也曾是一名海军，连级干部转业的，娶了研究生毕业的二伯母后就留在了上海。我上军校读书期间坐火车路过上海时，曾去探望。二伯见到我很高兴，拉着我的手问长问短，说家族里参军的老一代有三人，他、我父亲和四叔，他提干那年还专门从上海跑到我父亲在无锡的部队，想劝父亲留下来。父亲初中文化，是兄弟中读书最多的一个，留队就大有希望，但父亲执意不听，到期就复员返乡了。二伯一说起这事还有些嘘唏。后一代，目前只我一个当兵的，他认为我的选择是对的，应该继续坚持下去。我自己也时常寻思，或许冥冥中自有天数，父亲未肯继续走下去的路，就交由我来接力了……屈指算来，如今该有20年没见到二伯父了吧。

饭罢，观赏院子里种的花草树木。香泡（柚子）沉甸甸地挂满枝头；小巧玲珑的橘子也结了很多，都在静静等候成熟；两棵桂花树还未到开花时节，但芳香的脚步显然逼近了；今春在空地上乱撒的花草种子，已稀稀疏疏地透着绿意，有的开出了小花；那百日菊一枝独秀，花开正红色，大如酒碗，似乎已笑傲了整整两个多月；新栽的一棵葡萄树，长势甚是不爽，或许与角落逼仄有关，阳光雨露不够充沛，使它无力攀缘而上。院子里栽培的花木其实并无章法可言，图的只是花红叶绿。我想若是《浮生六记》

的沈三白和芸娘到此，把这院子重新拾掇一番，比方说堆土成山，间以块石，杂以花草，篱用梅编，墙以藤引，或设水源，那石头给凿上 6 个字曰"落花流水之间"，然后坐下来一起暖酒烹肴，对花热饮，想必会增添许多雅致别趣。

屋后的马路外就是一眼望不到头的田野。田地里的庄稼正在拔节抽穗，满目绿油油的。这绿最是养眼了。路边沟渠旁开有牵牛花，大概是鸟儿衔来的种子无意中在此落地生根的吧，这里一丛，那里一簇，紫色喇叭状的小花在阳光下尽情舒展，烂漫无比。有人说牵牛花其实是牛郎上天前所种的，朵朵牵牛花抒发对织女的相思永不变。恍惚中，我仿佛见到憨厚老实的牛郎摘了其中一朵当成喇叭给美丽的七仙女吹了一曲欢快的歌。

这时，一位老农背着药水箱来给稻田喷洒农药，我向他道声"辛苦了"。他是勤劳的，裸露在外的皮肤与田地一样黝黑皲裂。但他的田地四季丰满，从不怠慢分毫。遇到他，我都要立在田间地头与他闲拉几句家常，感受他身上有关土地的气息。"我从垄上走过，垄上一片秋色，枝头树叶金黄，风来声瑟瑟，仿佛为季节讴歌……"此刻，哼一首老歌《垄上行》，家乡小村即将到来的秋收景色便在歌声中一一呈现。

说来也怪，明明蓝天白云，阳光灿烂，下午三时却突然一阵疾风骤雨，让人猝不及防。处暑已近，可暑热未退尽，尚需几日煎熬。是夜，晚饭后，又去战友阿国开的茶叶店里喝了数杯暖胃的红茶，十点左右平安回家，如此而已。

（写于 2021 年 8 月 26 日，有改动）

有一种记忆，叫中秋

  时间像脱缰的野马，恣意地奔跑着，一转眼，又一年的中秋佳节将至。"露从今夜白，月是故乡明。"叶落归根，现在的中秋之夜，已不必对月遥寄思乡情了。居住乡下的父母，会在那天一早就开始忙碌，准备好一桌菜，一家人团团圆圆，共同举杯邀月，欢度佳节。

  摊开记忆的画卷，中秋是一幅彩色的童趣图。记得很早前的一个中秋节，家里来了远方客人，带来两瓶桂花酒和几盒桂花糕，还有一把可以折叠的竹躺椅。"有客来之，不亦乐乎！"爸骑车去镇上买点鱼肉，妈在自家菜园子里摘些豆荚、茄子等，我帮忙生火点灶。不一会儿，菜摆上桌，我迫不及待地打开那瓶桂花酒，先自行斟满，呷一口，霎时淡淡的桂花香从舌尖渗透到胃里再散发到全身，恍惚中感觉"不是人间酿，疑从月中来"。酒至微醺，彼时，院外的桂花树在月色中悄然吐芳，我和弟弟去折了桂花枝，一起躺在摇椅上，品尝糕点，听妈讲述月宫中嫦娥、玉兔的故事，竟甜甜地睡着了。

　　小时条件差，只有像中秋这样的节日，家里才会改善伙食，加上爸妈所在的工厂还有月饼发，一切令人期待。很享受爸妈于中秋系着围裙在灶台忙碌的样子。还记得老家厨房的门是上下两个半扇结构，生火做饭时开着上半扇通风，屋后目光所及之处都是田野，清新的空气时不时涌入室内，夹杂着泥土芬芳味，让人兴奋异常。那时特别喜欢吃爸妈做的菜，一盘红烧肉，兄弟俩恨不得一口气给干光，直到老爸提醒"明朝还要继续做人"，才停下筷子，留少许下一顿吃。

　　人间烟火锅灶始。写中秋，提到小时候，就自然而然想到了老家的土灶。在童年、少年时代，关于土灶的印记深刻，是欢乐日子的源泉之一。老家的土灶用砖砌成，贴着白色的瓷砖，美观，清洁起来也方便。灶台有一大一小两口铁锅，小的煮饭，大的炒菜，两铁锅之间还夹杂口小小的烫水锅。土灶做的饭菜好吃，有特别的香味。土灶煮饭的锅巴，饭后总要去争抢，嚼起来特别带劲。农家娃，没有谁不会使用这土灶的。假日里没事嘴馋了，卖"笃笃糖"的来了又苦于找不到破布鞋或鸭毛去兑换，就常用这土灶偷偷炸"油乌巨"（用面粉、雪菜或萝卜丝、韭菜加水一起搅拌挑入锅中油炸成块状）解馋。父母上班忙，好多时候都得自己弄饭。用土灶煮饭需注意添柴加火，烧开沸腾数分钟后熄火，隔十分钟再点燃一把稻草。村里人习惯在饭锅内架竹蒸器，搁上几碟蛋羹、梅干菜、苋菜干等，饭好，菜也熟，一举两得。小时淘气，我常在饭锅烧火过程中跑出去与小朋友们玩游戏，玩着玩着就忘了回去给灶膛添火，等爸妈回来发现饭是夹生的，就把我逮回来在灶间罚跪，屡罚屡犯，不长记性。烧土灶也有弊端，遇上风雨天，稻草潮湿，火就难点着了，烟呛得人受不了。"该找师傅捅捅烟囱了。"一看烟往回灌，爸念叨。时代在进步，日子向好发展。村子里的土灶，大概在 2000 年以后开始陆续拆除了，如今家家户户都用上清洁干净的煤气灶。只是每当望见一些人不听劝阻，焚烧地里的秸秆时，我又会想起村里旧时烧土灶袅袅升起的炊烟。谁家勤快起床早，谁家结束忙碌的一天在做晚饭，都可从缕缕炊烟中窥得。

喜欢中秋，中秋是硕果累累、收获的时节。此时，夏的余热刚刚退去，气温适宜，地里的庄稼正在成熟，树上的柿子也变红了，满世界赏心悦目。

离家在外的 20 余年时间里，每逢中秋节，单位会额外加几个菜，每人发一瓶啤酒。饭后有雅兴的同志就聚在一起赏月，中间表演节目是少不了的，要么讲个故事，要么唱首歌。兴致正酣，有人拿来一把吉他，伴奏《想家的时候》，抑或弹一曲古典的《春江花月夜》。五湖四海走到一起是缘，友情珍贵。所谓"隔千里兮共明月"，又谓"一家不圆万家圆"，在吉他优美的旋律中，伴随着海边潮水的涨涨落落，眺望中空悬挂的那一轮圆月，大伙儿的心里头可都是通透明亮的。

在风风雨雨的人生道路上，要紧的只有几步，也总有几个人、几件事让人铭记心头。有一年中秋，我们几位表现好的同志被学校的老师、学生邀去参加班级中秋赏月晚会，我是有先见之明的，提前准备好了几首歌曲。可真轮到上场了，面对比我小几岁的学生，居然心生怯意，喉咙像堵住了打不开，只好改为跳流行的交谊舞。可能太紧张的缘故，几次踩了临时充当舞伴的学生的脚，于是一曲未终就匆匆结束。我现在还一直觉得，能成为他们的军训教官真是缘分，他们记着我，我也不曾忘了他们。不会忘了他们在烈日下的坚守、他们的朝气蓬勃、他们的活泼开朗和聪明机灵，或许在那时，我从他们的身影里捕捉到了一丝自己学生时代的情怀，熟悉、亲切而温馨。时至今日，羞涩的青春已远去，但那晚在明月下，同学们欢快地唱着《两只老虎》这样的儿歌，仍然盘桓在记忆深处，在之后的每一个中秋，都会随朦胧的月色一起浮现在眼前，让人久久回味。

为求进步，我曾毛遂自荐去单位伙房锻炼。船上的伙房面积30平方米左右，大部分设备是擦得锃亮的不锈钢炊具，有电蒸柜、和面机、一体化柴油灶等，一应俱全，比老家的土灶现代化多了。三个锅——煮饭的钢锅、炒蔬菜大铁锅、烹调荤菜的小铁锅，只要统筹运用得当，一人操作，个把小时后，饭熟肉香。像中秋节这样的节日，每桌一般加菜十来个，那就忙多了，一个班六七个炊事员齐上阵按分工准备菜式，轮流掌勺，为的是让大家吃好、吃满意，为节日增添一份兴致。我仗着小时烧土灶的功底，在进伙房跟班一月后，就单独掌勺值班了。炊事岗位调的是众口，我的悟性其实一般，但我始终相信勤能补拙，坚持必有所获。菜肴老嫩，全在于火候大小；锅碗瓢盆，伺候的是耐心与细致。灶台上的酸、甜、苦、辣、咸，犹如这步履匆匆的人生，只有懂得付出与投入，才会化为舌尖上的味道，才能调和成美妙难忘的经历。一年后我调整岗位，之后又去过很多地方，担任过一些不同的角色，但炊事经历只此一次，觉得这段经历难能可贵，时时可以追寻回味。

中秋，是漫天回忆的一首歌，是情绪万种的一杯酒。又到桂花飘香时，有次去友人家喝茶，朋友的女儿会弹古筝，得过省业余组一等奖，于是欣然相邀弹一曲《春江花月夜》，只见她转轴拨弦，嘈嘈切切，霎时，流水、月光在指间一泻而下，听得人如痴如醉，飘飘摇摇。"春江潮水连海平，海上明月共潮生……不知乘月几人归，落月摇情满江树。"在这优美的曲声中，我的记忆顿时翻涌，仿佛又回到了小时，于月下品着桂花酒和桂花糕，仿佛又见到了那帮同舟共济的战友，在一轮明月下共叙思乡之情……

中秋节，是万家团圆、对月吟歌醉一回的时刻，是欢聚一堂、互敬互爱心连心的日子。"忆对中秋丹桂丛，花也杯中，月也杯中。"中秋节就要到了，希望今年的中秋月更圆、更明。

（写于 2018 年 8 月 16 日，有改动）

这个冬天，还欠一场雪

在夏天，我们想着冬天，到了冬天，我们又盼望着春天。但既然入了冬，走进这冬天里，不下一场像样的雪，不体验一下什么叫"寒冷"，那么，这个冬天过得是不完美的。

家乡地处浙北平原和浙东盆地的交界处，这些日的气温最低达零摄氏度，但天气晴朗，阳光温暖，并没有感到太多的寒意。什么时候能下一场雪呢？现已进入"小寒大寒，冻成冰团"的最冷时节，小时常见的冰凌、冰挂、冰花，这些年却难觅踪影。对雪的最近记忆停留在早几年前。那天一早起来，雪纷纷扬扬地下着，屋顶、树上、草坪、小区的长椅上全落满了雪，银装素裹的世界似童话般美好，于是拽上孩子去附近的学校操场玩，又巧遇孩子的同班同学，于是我们一起滚雪球、打雪仗，追逐嬉闹，倾情演绎了一则冬天的童话。

乡下老家有一条小河，以往这个时节已冰冻三尺，顽皮如我，捡起小石块，用力地往冰面砸去，以砸出窟窿来取乐。走下河滩，在冰面上试试行走，不管会不会踩裂了，从没想过一个"怕"字。

过去每家每户门前角落处有一口大水缸，用来蓄积顺屋檐流下的雨水，天冷时需提前在缸内放一把干净的稻草，也有粗心的户主，缸被冻裂才惊觉。记忆里的冬天格外寒冷，因为顽皮，脚上的棉鞋经常湿漉漉的，起不到保暖作用，冻疮肿胀得连鞋都穿不进去。严冬时节，最喜欢干的家务活是烧灶，父母在灶台把锅铲碰得叮当响。"火大点，火小点……"。我听令把稻草塞入灶膛，间或拉一侧的风箱以助火势，小脸被火光映得红彤彤的，也很温暖。入了冬，家乡有个习俗是用秋天新收的粳米浸泡后搡成年糕。我在烧灶间隙，从冰冷的缸里捞出一根年糕，扔进正在燃烧的灶膛里，估算好时间，觉得煨熟了，就用火钳取出来拍拍上面的灰，焦扑扑的年糕别提有多香了。晚饭做好，母亲把灶膛里的火星用火叉拍拍均匀，在外面的灰坑挖个洞坐进去一只瓦鬶，鬶内加有适量的水和米，鬶的四周埋上草引、草屑，然后引出火星覆盖其上。待第二天轻轻拂去上面的灰，打开鬶盖，这一晚焐熟的米粥便是冬日清晨最好的慰藉。

以前的农民勤快，到了冬天，地里都种上油菜、麦子等庄稼，然后期盼老天下一场大雪，以迎来明年的好收成。仍记得读初三那年，雪下得真厚，外面全是白茫茫一片，分不清哪是路，哪是田。我住校，发现带来的小菜没了，晚饭后趁夜自习还没开始，便抬脚往家里赶。仗着对地形的熟悉，一会儿走机耕路，一会儿走田埂，一会儿又直接踩过盖着积雪的麦地，深一脚浅一脚的。好在三四里的路并不远，灰暗的天空、雪白的大地，除了呼呼作响的西北风，整个世界就只有我的身影和足迹。

不知什么原因，家乡的冬天现在变得暖和多了，河面上难得见到冰冻，三五只胆大的鸭子敢在冬天无所顾忌地下水畅游。水缸已被淘汰，裸露在外的自来水管在大冬天似乎用不着布条或稻草捆扎，冬天确实变样了。

　　我想起了北方，防寒防冻措施在那边是做得很足的。当年在大连，窗户里外两层，每个教室、寝室包括走廊都有管道取暖器，热气持续供应，待在房间里感到特别暖和舒服。偶尔外出一次，穿上大衣，办好事很快返回，身上暖和如初，从不觉得有多冷。喜欢在北方过冬，也喜欢北方的雪，北方的雪下得真够任性、大方。唯独不太喜欢扫雪，有一次整整下了三天三夜的雪，早上起床之后，我们的功课就是铲雪、扫雪开辟道路，累得身上汗涔涔的，手却冻得直喊痛。可能是年轻气盛，那时冬天洗脸坚持用冷水洗，洗澡懒得去澡堂，就在寝室所在的楼层洗冷水浴，当然也不止我一个这样做。我们一边欣赏着窗户外面飞舞的雪花，一边大声吆喝着在喷淋头下做夸张的搓澡动作，全身被冷水刺激得发红发热，心里滋生的是一种征服感，那真叫痛快过瘾。在北方过冬天，室内有暖气是惬意的，时间一长就大意了，以为不过如此。有次放寒假回家，我竟然穿着帆布鞋出发，从大连上火车，经沈阳中转，在沈阳的站台上驻足等下一趟车时，让我立刻感受到了什么叫"严寒"，什么叫"寒从脚上起"，我的双脚冻得简直受不了，之后再也不敢小看北方的冬天了。

　　母亲说我出生时，外面正大雪纷飞，说明我与冬季、与雪是有缘的。出生在寒冬腊月，本应多喜欢冬天一点，事实上我不迷信，对什么都不偏执，一年四季都有它的风景，都各有特色，顺其自然享受当下才对。现在冬天已渐渐远去，寒潮可能还会袭来，春天想必也已启程在来的路上了，那就写一写有关冬天的故事，拾掇一番关于冬天的零星记忆，以此作为对冬天的问候和告别，顺带想对冬天说声："既然唤作冬天，那就下一场雪再走吧！"

　　　　　　　　　　　　　（写于 2018 年 1 月 18 日，有改动）

我与冬天有约

　　年末将至，冬天的炉火已经生旺，烤香的羊肉已经装盘，陈年的老白干也斟满于杯中……诗人们都在准备激动人心的同题诗句，而我不会写诗，曾经的远方已属过去，只剩当下的生活，掺杂着那些漫天雪舞的记忆，在脑海里交叠翻涌。

　　办公室的绿萝，前些日里疏于打理，任凭其枝枝蔓蔓地向四周侵袭，但见其每伸展一节，都有根须先行蛰伏着，步步为营，稳扎稳打，似乎在为将至的严冬积蓄着能量。

　　跟大多数中年人一样，对于过节、过生日、过纪念日，已心生淡漠。而孩子是热衷的，生日还有两周时间，就计划了邀请对象和聚会地点，甚至饭后的活动都提前策划妥当。平日里功课紧张，放学后疲于应付作业与课外学习，没一点自己的娱乐空间，有这难得的机会放松下，作为家长还是应该小支持一下。

　　我怀疑冬天出生的人性格更细腻些，常纠结于一些不必要的细节。比如打算好的事情没去做，会很不高兴；约好的人没见到，就有一点懊恼；不想见的狭路相逢了，又有一丝不快……

办公室的小 L 性格就很好，敢作敢当，敢于碰钉子，甚至可以指挥我。只要她是对的，我亦甘心听之。"兼听则明，偏听则暗"，有助于任务完成的，成绩归功于集体，何乐而不为呢？可是在最关键的两三个月里，上级机关把她抽调走了，好多该她做的事由我这个"老将"亲自捉刀，为此不得不加班加点，几番折腾下来，人委实困顿不已，更让人想起了她在时的好处。

我是在冬季出生的，出生那天，柳絮般的雪花被朔风裹挟着满世界飞舞，这预示着我与冬天、与雪有些因缘。

我是喜欢雪的，常亲近于雪，只要是下雪天，便会感到无比振奋与坦荡。小时，喜欢在冰天雪地里疯跑，满脚生冻疮都不在乎；稍大点，背着书包在白雪覆盖的麦田里无所顾忌地穿行，这一头是飘荡琅琅读书声的学校，那一头是亮着温暖灯火的家，空旷的田野上只留下了我深浅不一的长长足迹；更长大些，毅然打起背包离开家乡，满世界地去追逐自己想要的生活。还记得有次在北方培训学习时，窗外的大雪纷飞，窗内的我大声吆喝着，在冰冷的喷淋头下冲冷水浴，手舞足蹈，与雪共舞，那份意志与勇气，至今回想起来仍觉不可思议。

雪的世界，是洁净的，没有杂念的。去年冬天，雪迟迟未下，我一着急，写了篇《这个冬天还欠一场雪》，结果倒好，文章一出来，雪接二连三地下了。

一位高中同学，却没能够等到这个冬天，走得很突然、很意外。他刚晋级不久，本可以在余下的光阴里，在新的岗位上，一展宏图，大显身手，却在异地学习培训期间，因为心梗悄无声息地倒在了宿舍内，待发现时已迟了。我至今仍不敢确信消息，因为昨日还向他咨询过一些法律方面的问题，今天却远远地离去，而且一去不复返了，仿佛一件精致的玻璃器皿，不小心失手跌落于地，顷刻间粉碎，我两手空空的，还愣在原地，不知所措。想想作为万物之灵的人，其实非常脆弱，一直与繁杂的物质世界在斡旋，有时赢得了世界，却失去了自我。

最近一项重要的工作任务终于告一段落，绷紧的神经立马放松不少，人也懈怠下来。约上二三好友相聚庆祝，端起酒杯来却易醉。"常记溪亭日暮，沉醉不知归路。"人生匆匆，在匆匆的脚步中我们或迷失，复又走出，如此一程又一程，随时间的流淌不断摸索前进。

近日读到一篇文，作者写道："冬天来临的时候，我渴望下雪。雪花总会用最温柔的方式轻轻地飘下。寂静的夜晚，拥着被窝，听雪花落在院前屋后的声音……"是的，在温柔的被窝里听雪，是多美妙的一件事，想象着第二天起床迎接的将是银装素裹的全新世界，连做梦都会激动不已。眼下，冬天已在叩门了，走进冬天，我在迫切地期待下一场雪，于那纷纷扬扬的雪天里，信步闲走，踏着碎琼乱玉，看着一群孩子纵情地在雪地里追逐打闹，这是岁月静好的最美画卷。

朱成玉写道："大地上布满脚印和坟墓，印证着你的奔跑和长眠。我听得到，奔跑时的喘息，也听得到，长眠后的鼾语。"我亦这样听到。

冬天已经来临，若是下雪了，那就约好都出来走走吧，这一年的好冬景，或许就在落雪逢君时。

（写于 2018 年 12 月 8 日，有改动）

冬天的故事

　　时已隆冬，天寒地冻，谈及对冬天的感受，怎一个"冷"字了得！

　　冬天，担负着一年"压大轴"的戏码。当秋天华丽地转过身去，当北风不停地在耳边呐喊鼓噪，冬终于匆匆登上舞台，自北至南，刀锋所向，山河变色，万物萧条。冬天是冷酷的角儿："水在冰下咽，砂路雪中平""地冷叶先尽，谷寒云不行""霜严衣带断，指直不得结""厚冰无裂文，短日有冷光""风一更，雪一更，聒碎乡心梦不成"……冬天分明是多情客："须晴日，看红装素裹，分外妖娆。"春耕夏耘，秋收冬藏，冬天又像一位睿智的长者，教我们懂得韬光养晦，收敛含蓄。对于浪漫的诗人来说，寒风凛冽、傲雪凌霜的冬天，更是可以寓情于景、直抒胸臆。"孤舟蓑笠翁，独钓寒江雪"的凛然无畏，"欲将轻骑逐，大雪满弓刀"的英雄气概，"六出飞花入户时，坐看青竹变琼枝"的闲情逸致，"绿蚁新醅酒，红泥小火炉"的温情走心，等等。在诗人笔下，冬天不只是一个冷冰冰的代名词。

　　我写不了诗，也不浪漫，只好羡慕古圣先贤们的妙笔生花，一阕词、一首诗，甚至一个字，就能勾勒出一幅绝妙的冬景图。我只是一名普通的读者、一位过客，走入冬天，走进严寒，累了、冷了，就和大伙一样，喜欢去那炉火边坐下，温一杯花雕酒，浅酌慢饮，偷闲浮生。偶尔附庸风雅读首诗、写篇文，追忆一段生活，静听一场雪落下的声音，然后微醺、冥思，任凭窗外风刀霜剑，独享一份现世安暖。

　　醉意朦胧中，我会不由得忆起小时的冬天——"应是天仙狂醉，乱把白云揉碎"，纷纷扬扬、漫天飞舞的雪花是小时冬天的主旋律；房檐下倒挂着融雪凝成的许许多多的冰柱子，那是大自然精心设计送给小朋友的礼物，可以佩为宝剑舞出一个缤纷的童话世界；孩子们身穿母亲织的毛衣，脚蹬花布棉鞋，看上去臃肿不堪，却极可爱；念佛的老奶奶怀里捂着有好看花纹的铜火熄，打开满是小圆孔的盖子，里面煨着一把香喷喷的硬蚕豆；给猫出入的洞若不堵严，那只淘气的小花猫，在寒冷的冬夜又偷偷钻入主人的被窝……小时的冬天真的要冷得多，可以用"天凝地闭，风厉霜飞"来形容。

　　邻居家的织布机一入冬就忙活了，像"金梭和银梭日夜在穿梭"一样忙碌。织出来的土布虽谈不上漂亮，但结实耐用。幼时好奇，常跑去观看织布的热闹场景，邻居家的小女孩和我同岁，也是腊月下旬出生，读她的名字，就能猜到她出生的那天必定下雪了，我的情况也一样，只不过男孩子的名取得较为随便，应不应景不重要。顽童无畏，我们常一起在织布机旁做游戏，心血来潮时，会热心地上前帮大人一把，不管是不是帮"倒忙"。她家还有编织草鞋的木质工具，我们曾静静地参观过老爷爷编织草鞋的过程，当时看得很入迷，也很明白，现在却什么都忘了。其实记得也没什么用处，如今在农村哪找得到一捆稻草，就连冬天最温暖的烧柴火的土灶，也只在一些农村文化礼堂的展览馆或个别农家乐里才能看到了。随着时间一冬冬的流逝，邻居家的织布机和草鞋机，在我童年未结束前就退出了历史的舞台。岁月如梭，沧海桑田，有些东西不会变，有些东西却在快速地发生变化。

可能冬天出生的人抗寒能力略强，我不知这句话有无自我吹嘘的嫌疑，反正记得小时在冰雪天里，几个小伙伴约在一起打玻璃弹子，鼻子冻红了也不管不顾；上学时走读，没有更多的保暖措施，依然顶着风雪前行；及至离开家乡出门在外20余年，多少个冬夜里，我从温暖的被窝起来外出执行任务，任凭朔风凛凛、寒吹彻骨，却始终默默地坚持着……那时没有鲜衣怒马，有的只是年少轻狂。现在一切都回归平淡，感觉只剩这冬季般的萧瑟了。

这个冬天，在江南浙东的四明山麓，比往年要略微冷些，冷得倒有几分小时候冬天的味道了。前段时间，连续几日最低零下的温度，小河、池塘终于扛不住，结上一层久违的厚厚的冰。家里窗台上最好养的几盆虎皮兰和芦荟，一不防备被冻伤了。单位的水管几次被冻住，冲水频繁的场所少见地张贴了"此处禁用，另寻别处"的提醒用语。美丽的四明山得天独厚，早早地邂逅一场雪，雪下得深情款款，整个山头都变白了。让人意外的是山上的那一片柿子林，留存的红柿与白雪共栖枝头，在阳光下像挂着一盏盏红灯笼一样，熠熠生辉，美不胜收。

这是一个冷冷的冬天，我们不妨围炉而坐，把酒品茗，一起感受冬之韵味，一起聊聊冬的故事。当听说这个冬天的冷是拉尼娜现象和北极地区海冰偏少等外因素造成的，心情就有点郁闷了，也为地球的环境担忧不已。

（写于 2021 年 1 月 27 日，有改动）

这个冬天，有点陌生

去年的这个时候，我写了一篇《这个冬天还欠一场雪》的文，似乎有感应，第二天就纷纷扬扬地飘起了雪花。是的，下一场雪，且姿态端庄，才是冬天应有的模样。然而，对于今年这个冬天，我已懒得说什么欠不欠了，反正之前买的皮手套、耳朵套等还没启用过。

我发现这个冬天真的变陌生了，陌生得让人不踏实。入冬以来，大多数时候温度在 6 至 11 摄氏度徘徊，有时又头脑发热般地呼呼直升至 20 多摄氏度，让人怀疑春天是否提前到了。现在按节气算早过了冬至，已小寒时节，然而这天气仍一副放荡不羁的做派，暖烘烘的，哪还见得一丝冬天原本含蓄收敛的真本性。

冬天应有的姿势是怎样的？我想起小时写的作文，一写到冬天，我大多会这么形容："西北风呼呼地刮了一夜，早晨走在上学路上，脸像刀割般地疼痛""雪下了有三尺厚，大地换了一身银装"，等等，这些修辞手法的运用并不是夸张，那时的冬天是真正的冬天，是让寒号鸟不停聒叫"明天就垒窝"的冬天。

冬天还让我想起这样的镜头。爸抱着年幼的弟弟，妈牵着我的手，我们一家子从舅家做客后往大姨家赶。那天的雪好大，天地笼罩在一片白茫茫中，唯有妈裹着的红头巾和弟戴的红围巾特别醒目。我的双脚冻得生疼，冻疮照例又溃烂了，但我心里是暖的，觉得冒风雪走五六里路很值，一想到有压岁钱，想到姨家大碟小碟很多好吃的，我心里就按捺不住地兴奋。大人都说我属猫的，馋猫的"猫"，小脸、嘴边成天脏兮兮的，与猫须相像，那都是贪吃留下的证据。

冬天是好玩的代名词。大雪过后，道路泥泞，表哥为方便，踩一对高跷就出门了，我看了羡慕，学着去踩，但始终掌握不了个中技巧。而他用废旧自行车链条、钢丝和橡皮筋做的玩具链子枪，让我爱不释手。持枪在手，将火柴梗有火药的一头塞入链条孔中，扣响扳机，"叭"的一声，火柴梗便射出好远。小时爱听鞭炮的声响，那时真够淘气的，冰天雪地里，一路"叭叭叭"地鸣放鞭炮，或者拿着链子枪趴在雪地里朝前方射击，身上的衣服没见整洁过。大概儿童就是这样无所顾忌吧，摔倒了就哭，塞一颗糖就笑，心里头快乐的花朵，一年四季都不会凋谢，尤以热闹的冬季更甚。

冬天到底该是什么样的？谚语有云："一九二九不出手，三九四九冰上走""小寒大寒、冷成冰团"。总之，冬天是冷的，冷得直哆嗦；冬天又是暖的，暖是在心里。我想起很多个寒冷的冬夜里，妈擀面做饺子皮，我和弟帮忙拌肉馅，爸生火下饺，一家人听着外面雪落下的声音，端上热腾腾的水饺，幸福地看着一大块冻猪油在碗中一点点地融化，拌着酱油、葱花，满屋子的香气久久不散，我想这就是冬天应有的味道。

冬天也许还是浪漫的。我有一位朋友姓宋，他时常回忆起那个特别的冬天。在那个冬日里，他与认识多年的一位女孩边聊边走，四周雪花乱舞，一如他的心情。那天的雪真大，身后留下的脚印只一会儿就给大雪抚平了。走到一个拐角处，他立住脚步，一把拉过女孩……此时一阵风夹杂着雪窜入了他俩中间，一愣神之间，女孩顺势推开了他。这段缘分就此被生生推开了，虽然结束得有点草率，有点遗憾，但对朋友来说，过往的感情如这洁白的雪一样明白坦荡，一旦尝试过了，成不成功都是次要的。

冬天就要有冬天的样子，湖面不结冰的话，起码来场雪。待那雪一下，爱好文学的人可以诵读和领会"风一更，雪一更，聒碎乡心梦不成""柴门闻犬吠，风雪夜归人""孤舟蓑笠翁，独钓寒江雪"等古诗词描绘的意境；平常人儿，就寻一处地方，来一盘盐炒花生米，切两三斤上好的熟牛肉，烫几壶三至五年醇的老酒，一边慢饮一边数窗外片片落下的雪花，也是喜欢的画风。

今年这个冬天，暖得着实令人困惑，此刻期盼下场雪未免太过于空想。去年冬的雪虽小了点，但意思有了，总体上是认可的。今年的雪又会在哪呢？大概仍在北方滞留不前吧，或者有什么心结，执拗着不肯到江南这里来耍耍。也罢，万事万物包括人都在变，季节和气候当然也在变。变是绝对的，陌生就陌生，爱怎么着就怎么着。正如《见与不见》中写到，"你见，或者不见我，我就在那里，不悲不喜……你爱，或者不爱我，爱就在那里，不增不减"。我姑且还是在回忆里寻一寻冬天原有的样子吧。当然，是喜欢的样子。

（写于 2020 年 1 月 6 日，有改动）

冬天的秘密

冬天能有什么秘密？

对此，有的人不以为然，甚至嗤之以鼻。冬天不就是简单的一个"冷"字吗？哪还有什么花头可言？

是的，冬天万物萧瑟、朔风凛冽，普天下芸芸众生，该冬眠的冬眠，该南飞的南飞。"春生，夏长，秋收，冬藏，天之正也"，到了冬天，连一贯勤劳的农民伯伯也难得地停止了田间劳作，有暇坐下来欢聚一堂，天南地北地闲扯，即便是捂了一年的贴心话、私房话，此时也会按捺不住地全抖搂开来，一吐为快。

但我说，冬天仍旧是有些秘密的。

有人说冬天出生的人性格固执又感情细腻，我不知自己是否这样，但有些多多少少敏感，对一些事情会很关注，对冬天，更是与生俱来般地在意。之前写过的文，春夏秋冬的内容都有所涉及，但大多一笔带过，唯独冬天，却写了四篇，加上这篇，应该不算少了，但实在是身不由己，情难自禁。

不妨先从古诗词中觅寻些冬天的秘密吧。"千山鸟飞绝，万径人踪灭"，写尽了冬的凄凉；"霜严衣带断，指直不得结"，道出了冬的寒意；"寒夜客来茶当酒，竹炉汤沸火初红"，反衬了冬天人心的暖；"地炉火暖黄昏睡，更有何人似我慵"，冬天是慵懒的；"日暮诗成天又雪，与梅并作十分春"，冬天又是浪漫和诗意的；"应是天仙狂醉，乱把白云揉碎"，冬天有时又是风情的。

春听鸟声，冬听雪声，说到冬天，除了古诗，免不了要扯一扯与雪有关的话题，有雪的冬天，那才叫作"完美"。北方下雪，司空见惯，前几天听说宁夏、陕西等地，雪下得铺天盖地，欲罢不能。而我们江南，刚一入冬，也学北方的样子飘起了雪花，让人又惊又喜，这是近几年没有过的事。那时候我在想，这刚刚抵达的冬天，是不是在出发前的饯行宴上醉了酒，被人做了手脚，提前打开了她那个能刮风下雪的口袋。情况大概就是这样了。于是那一刻，整个朋友圈都在传"余姚下雪了"的喜讯。可惜的是，雪花飘了短短一阵就停止了，但总归是下了雪的。一入冬就下雪，是不是意味着这个冬天会很冷，而且雪会一场接一场地来？这个不好说，却让人有所期待，事后才知，这个冬天依旧平淡无奇，说冷也不是太冷，而雪呢，对家乡这个平原地区太吝啬了，再也难觅踪迹，它只去了远处的山里人家了。于是，山上下雪的那些日子，盘山公路车流不息，人们争相上山，去看雪、看冰瀑、看雾凇，即使山路结冰有溜车的危险，也是不管不顾的。有人说得很对，"雪是江南的稀客。因此，看雪是江南的盛事，盼雪是一份泛着暖意的挂念"。尽管我从没亲临其境，但"冬季到四明来看雪"的呼唤，也一直在我耳边回响，在心里泛起阵阵涟漪。

"今天冷，有你来陪伴就温暖！"这应是冬天最暖心的一句话了。作为朋友，是应该互相温暖、互帮互助的。朋友之间，没有背叛，没有弃信，只有牵绊和关照，即使是冷冷的冬天，因为有你，也会觉得温暖如春。就在这个冬天，我们几个突发兴致，结伴去了江苏盐城和句容两地游玩。盐城，这地名听上去就觉得咸咸的，还是我国唯一一座没有山的地级市。我现在高度怀疑在自己家乡认识的几个盐城好友，他们会不会都是爬山爱好者，出于对大山的热爱和崇拜，他们才选择了走出来闯荡江湖。怀疑归怀疑，他们的努力是看到了的，也各有所成。去盐城400多千米的路，车多，状况多，电瓶车充电又耗时，我们竟费了9个多小时才抵达，战友陈和朋友张及家人一直在等我们，其焦躁程度可想而知。晚上11点半，我们终于入席开饭。这一顿饭恐怕是人生有记载以来最晚的一次，可能对饭店来说也如此，但当我看到服务员和朋友同样笑靥如花、满面春风，心里头那厢的感动可不是一点点的。句容，是我的出生地，从盐城到句容不算远，但一路堵点太多，下午1点钟出发的，6个多小时后才到达姐开的餐馆，亲戚们早已等得饥肠辘辘。这次旧地重游，与亲人和朋友们团聚，我觉得是这个冬天里特别深刻的记忆了。

　　这个冬天，我带上儿子和刚放假回来的侄子，开车上四明山去走了一走，浏览了一些景点，还顺道去看望住在山里的一对贫穷的老年夫妇。家徒四壁，现在怎么还有这么条件简陋的家庭？！这是看望过后孩子们的最大感受，我相信也是在这个冬日里最值得去做、最有意义的一件事。

　　"如果我忍住这个秘密，温暖冬天就会遥遥而无期"，周传雄的歌缠绵悱恻、百听不厌。对于喜欢的歌，我通常会选择单曲循环方式，坐在车里静静地、反反复复地听。现在，冬天已姗姗离去，春暖花开的日子就要到来。儿子也刚刚坐飞机去北京上学了，我则安静地坐在车里听歌，同时回想着过去的这个冬天，回想着冬天里的人和事。至于冬天的秘密，我不知道有没有说明白，没有说明白，那就让它隐藏在这个已远去的冬季吧。

（写于 2023 年 2 月 19 日，有改动）

7 点滴感悟

童年，仍没有远走

　　每次下班回家，都要路过一所小学，那是孩子上过的学校，望着操场上锻炼的人群，我常会驻步凝思，仿佛看见淘气的孩子走在上学路上，嘴里哼着"小鸟说早早早，你为什么背着个炸药包……"。往事如梦幻、似泡影，如今孩子已读初中，再过一年就要面临人生的一大关口——中考，时间就像手中的沙，越想握紧，漏得却越快。

　　人们常说，童年时代的生活无忧无虑，令人怀念。孩子的幼年是在舟山本岛度过的，记忆中都是海浪、沙滩和贝壳以及海娃幼儿园的那一帮小伙伴们；小学前两年就读于江苏外婆家，孩子的姨妈是小学老师，她担任了孩子班的班主任，一切都很顺当。小学三年级时转校回余姚，插班进了我住处小区边上的这所小学。论起来这所学校的历史不算悠久，但格外注重素质教育，倡导"诚信、健康、快乐、向上"的理念，孩子在这里结识了新的老师、新的同学，在知识的海洋里快乐地遨游成长。江浙两地的教材不同，但难易程度相似，衔接起来并没什么障碍。教语文课的老师姓胡，她十分重视传统文化教学。转校前额外布置的抄写并背诵多首古诗词，孩子在报到时提前完成了，因此她对孩子的第一印象颇好。孩子适应性强，融入新环境快，新学期开始不到一个月，就有同学邀请孩子参加生日派对。我那时在外地出差，接到孩子同学的家长代为邀请的电话后，秉承情商与智商培育并重的理念，立即爽快地同意了，有了这一契机，两家就开始交往熟悉了，两个孩子学骑自行车还是我这个"毛脚师傅"手把手教会的。不过上了初中，或许是青春期荷尔蒙作怪，两个孩子突然隔阂成路人，家长的交往也跟着变淡了。孩子与小学同学中只一两个男生还保持着铁杆友谊，因为学业紧张的关系，双休几乎都闷在家赶做功课，与同学们的联系更少了。偶尔有同学邀请孩子周末一起聚聚，我都能允许，聚会并不需要家长陪同，那时喝了什么碳酸饮料，吃了多少垃圾食品也就随他了。

　　不知谁说过，人是要有点业余爱好的，一个人不能从早到晚捧着书，那就成了一架读书机器，总得找点事情消遣消遣。这话说得有道理，像我小时没条件，兴趣爱好大多是玩泥巴、打泥仗，玩具只有自制的"纸飞叉"与"木头枪"，看电影是露天电影。看露天电影是我们这代人童年生活的重要陪伴，现在常常会忆起。那时，各个村不定期地轮流放电影，即使相隔五六里路，哪怕刮风"下铁"，半路有"妖魔"挡道，或者同一部电影已观看过数次了，我只要得到消息，也要摸黑跑过去观看，至于必经之路上的一片坟头，有时因冒出"鬼火"点点而受到惊吓哭着跑回来，那都不能阻挡我去观影的决心。现在日子过得好了，基本上是应有尽有，只要孩子想，家长一般都会满足。孩子三年级时开始报学电子琴班，四年级开始练习跆拳道，还希望能再学点绘画、书法，因实在挤不出时间作罢。童年，有选择地培养些爱好，但又不能挤占太多时间，还得让孩子抽出时间去玩。可惜上了初中，孩子就把跆拳道放弃了，然而电子琴无论如何都让他坚持着，一直相信音乐可以培养人的气质和素养，而坚持的过程同样可以锻炼人。像我在高中时才有机会接触口琴与笛子，后去外地，颠簸在船上的日子里抱过一把吉他练习，但因为没有名师的指点，只学会拨弄简单的旋律，想再进一步就被卡在瓶颈期了，才明白好些东西都要从娃娃抓起，年龄一大再努力也只能事倍功半。

但有例外，比如写字，抓太早了就不好。我现在很后悔幼儿园时就逼着孩子在家练习写字，握笔方法不对，坐姿不端正，写字时没做到"三个一"，这些都是从小落下的坏习惯。练习成型了，想再纠正已来不及。现在不要说姿势，写出来的字，若认真点还能看看，但写作业时往往为图快，字迹是极为潦草的，需辨认半天，正要责怪，孩子一句"老师又不会怪字不好的"顶了回来，为此语塞，继而摇头叹息。

静下来思索，孩子究竟具备哪些异禀天赋或特质呢？转念又哑然失笑，真是想多了，自己极其普通，从遗传学角度来说孩子特殊的概率不大。接受普通的自己，也接受普通的孩子，孩子是没有责任要替家长完成逆袭的。空闲时想带孩子去爬爬附近的龙泉山，或者去风景秀丽的四明山转转，但孩子已开始长大，并不需要大人陪着，通常会选择骑自行车，约上三两同学，探寻这座城市的每一个角落。确实，上了初中后，孩子生长发育迅速，已达到一米七多，身姿挺拔，变成小大人了。

我时而为孩子的成绩忧心忡忡，时而又觉得健康快乐才最关键，喜忧参半，矛盾对决。"六一"转眼即至，孩子已不是儿童，前不久还光荣地入了团，但我在心底深处希望孩子的童年仍然没有远走，在"六一"节这一天笑着、跳着，唱着童年那首简单欢乐的歌谣。

（写于 2018 年 6 月 1 日，有改动）

军训

——一起走过的日子

八月中旬，儿子于当地一所中学参加军训。

季节虽过了立秋，但外面依然炽热难熬。在家依赖惯了的孩子，这次要去毒日底下"烤"验一番，练一练独立自主能力，既是规定动作，又觉得很有必要。

当天，我陪同孩子报到，在《手机违规带入学校处罚协议书》上签字，加入班级家校联系的"微信群"，领取寝室用品，去操场边上的孩子宿舍楼帮忙擦拭门窗、拖地，收拾整理好床铺，还去校区超市采购一提矿泉水，忙出一头大汗。

宿舍楼一共6层，孩子住5楼，室内4张上下铺的木床，有盥洗室、卫生间和晒衣的阳台，配空调，这条件比我们当年读书时优越多了。

"怎么还不走啊？别的家长全走了！"孩子与同学说说笑笑地从教室返回，他领了三套崭新的校服，一边坐在床上换穿，一边劝我赶紧离开。

迈步在幽深的校园内，即使热浪逼人，内心也会有一种特别安静从容的感觉。我在想，要是时光倒流，重回学校读书该多好啊！这所学校的校园环境非常优美，有成排的香樟和樱花树，以及名贵的罗汉松和千姿百态的花木盆景，还看到环绕假山在池中优哉游哉的金鱼，关在鸟笼里不知会不会学舌的各色鹦鹉，这里小桥流水、雕栏玉砌、长廊馆舍，交相辉映着，美不胜收。

第二天一早，班主任发送了孩子们军训操练的照片。那一张张青春稚气的脸上，虽汗水流挂，但目光却是沉着坚定的。短短5天，孩子们需掌握立正稍息、整齐报数、三大步法与停止、齐正步互换等队列动作要领，直至全班以分列式接受检阅，在炎炎烈日之下，对于尚未成年、自律性还差些的中学生来说，有一定难度和挑战性。

军训，军训，就是要以军人标准接受严格的军事训练。学生不是兵，但规矩一样不能少。孩子们早上六点起床参加训练，晚上穿插消防救生演练，队列里不准卖萌，遇滑稽的事也不许笑，严肃认真、绝对服从是唯一要求。做不好动作就一遍遍地重来，"一二三四"呼号喊得没别的班整齐响亮，那算是耻辱；越是怕苦怕累，那训练强度就越会加大；若妄图偷懒耍滑，教官总有法子识破。这短短不到一周的时间里，煎熬加坚持，汗水与暴晒，给孩子们留下了不少人生体验。尝试吃苦，学会忍耐，是开启学习成才之门的一把金钥匙。所谓"艰难困苦，玉汝于成"，讲的就是这个道理。除了增强全民国防观念外，培养吃苦耐劳精神，锤炼令行禁止的品格，使娇气的学生有一个脱胎换骨般的变化，才是军训的目的和意义。

我读高中时还没这样的机会，但那年的高二学生却试点接受了军训。记得有一次，当我们高一学生前遮后拥地去教学楼下的广场上集合，乱哄哄地刚一坐定，只见高二的学姐、学哥们左手挎着座椅，在带队老师"一二一"的口令声中，排成四列纵队雄赳赳、气昂昂地从广场东侧齐步走来，行进至指定位置踏步自动标齐。在一连贯的"立定""放凳子""好""坐"的口令声中，他们"齐刷刷"地坐于椅子上，动作标准而干脆，把一旁的观众看呆了。大概有一种美，就叫作"整齐划一"。

　　学生时代没参加过军训是遗憾，但我抓住了成为一名军人的机会。应征入伍后，因为机缘巧合，我有幸担任过两届军训教官，军训的对象是驻地重点中学的高一学生。那帮孩子都是学霸，训练间隙围坐在一起时常七嘴八舌地问东问西，还要求教官讲故事。我比他们大三四岁，读书没他们会读，肚子里没多少墨水，语言表达上自论比郭靖还笨拙三分，于是板着脸故装严肃样。"不该问的不问，这是纪律，集合，开始训练。"他们这才作罢。一日，我正在午休，俩学生跑来邀我去寝室，原以为是要帮忙指导内务卫生，不料到了后才知是有同学过小生日。寝室里没有蛋糕，没有音乐，只有列队迎接的学生。一阵掌声过后，"小寿星"开门见山，让我表演个节目助兴。这可难煞我了，寻思从小到大，不习惯在人前表演卖弄。但这日子特殊，又怎好意思找借口推辞。那就唱首《当兵的历史》或《接过雷锋的枪》吧？她们都不答应，非要我来首抒情点的流行歌曲。那就唱首郑智化的《生日快乐》。一曲终了，可能唱跑调了，但现场观众仍给予了鼓励的掌声。这个生日聚会过程简短，至今想起仍觉有趣。军训结束后，偶尔的周末休息日，有学生便会跑来到我的船上参观。他们对一切都充满好奇，单纯、热情、求知欲望强烈是他们的优点。他们来了和我一起聊聊学习近况，谈谈生活见闻，我也悄悄地把他们写进了日记。到了高二、高三时，学习紧张，消息少了，我也没去打扰他们，但一直记得。

再后来得知他们都努力考上了理想的大学，有了各自美好的前程，心里着实为他们欣喜不已。在那个通信并不发达的年代，我渐渐与他们失去了联系，但军训时留下的回忆是抹不去的，心里默默的祝福也一直与他们同在。正如我在去学校接孩子回家那天，看到军训的教官前来和学生告别，这场景唤起了我的回忆。军训短短的五日虽短暂，但能一起走过的都是缘，教官训练时的狠心刻薄并不代表无情，骨子里深埋的也一定是大爱。

军训的效果是让孩子晒黑了不少，但明显干练多了。孩子的班从最初全班男生因动作差而受罚，后来经过努力，他们赶上来了，最终获评优秀；合唱比赛选的《一二三四歌》，因为声势夺人，拿到了第一名……听着孩子骄傲的讲述，我仿佛又回到了自己当年，回到读书年代，回到当兵的那段日子。

只有拼出来的美丽，没有等出来的辉煌。军训告一段落，教官严厉的命令犹在耳边，学子们嘹亮的呼号声还在操场上久久回荡，写下这一段小文字谨作纪念，愿孩子与他的同学们在接下来三年紧张的高中学习生涯中，延续军训中奋勇争先、拼搏向上的精神，以梦为马，刻苦努力，学有所成，不负韶华！

（写于 2019 年 8 月 23 日，有改动）

苦根可以不死吗？

——读余华的《活着》

当一口气读完当代作家余华的小说《活着》，我突然发觉自己的咽喉里头好像有什么东西梗着，不吐是不快的。我向来不写书评，因为不会，当然，我也不想在这里探讨有关生命不能承受之重或之轻的大命题，我只想表达一个简单的想法，那就是苦根可以不死吗？

但苦根的确是死了，吃豆子撑死的。

当时正值收获棉花的季节，因为气象预报说次日下雨，于是7岁的苦根就帮着爷爷福贵抢摘地里的棉花。摘棉花这事我不陌生，以前我们这边也种，小时候，学校组织我们去生产队的地里帮摘棉花。虽没割稻子辛苦，但这活也不易，棉花朵朵，一眼望不尽的白，只一会儿工夫就腿颤手酸的，特别考验人的恒心、毅力。不巧的是，苦根那天还发着高烧，干活时一直喊头晕，摘一阵歇一阵，直到瘫倒在地。粗心的福贵这才惊觉苦根真的病了，抱回家后，向村里人讨了点白糖熬姜汤，又弄了碗粥给苦根，还煮了大半锅新鲜的豆留给苦根吃。等福贵摘完棉花回家，苦根已经没了。

　　摘棉花的季节是在秋天，苦根吃的豆想必就是大豆了（我们当地叫作"毛豆"）。只知吃豆会过敏，或者吃多了胃不爽，撑死却第一次听闻。但对于贫穷的福贵一家来说，年幼又虚弱的苦根一下子吃这么多豆，确实太危险，也说明这个家太贫穷了，缺吃少穿的程度很严重。

　　小说安排苦根这个苦娃子这样的结局，作为读者的我是感到十分意外和不忍的。从出生之日起，苦根就没享过一天福，没吃过一顿好的，就是婴儿期间吃奶也是二喜用一毛一毛的钱去找正在哺乳的女人帮忙喂的，一把屎一把尿的，眼见有点大了，生活刚刚露出点希望，却这么突兀地夭折了，让人在情感上一时难以接受，就像小说中的福贵本人亦不敢相信眼前发生的事一样。他肯定觉得有什么地方搞错了，一遍又一遍地央求村里人进屋去看苦根，直到所有人都证实苦根真的"死了"，才默默接受了这一残酷的事实。

　　读者个人是希望苦根可以活着。苦根妈妈凤霞在生他时不幸难产，都说世上只有妈妈好，就冲着可怜的凤霞和母爱的牺牲奉献，苦根就有继续活着的责任和权利。苦根是在父亲二喜的背篓里长大的，二喜一边拉着板车当搬运工，一边随身带养着孩子，可以想象他的付出有多艰辛。当4块巨大的水泥板意外砸向二喜时，他来不及作出反应，只大喊了一声儿子"苦根"的名字就去了。可见二喜是不甘心丢下苦根先走的，他要替凤霞把孩子养大成人，但现实无情，有些时候总不遂人所愿。穷人的孩子早当家，苦根从娃娃起就帮衬着爷爷干农活，5岁就"拥有"了一把属于自己割稻用的小镰刀，事实上人小力气亏，他干一会活儿就要躺在田埂上休息一会儿，让人读到时心疼不已，他还常常与福贵比谁割得快、比谁割得多。当听了爷爷讲鸡变羊、羊变牛的故事，苦根就盼望哪天能养上一头牛。有了牛，他一定也会像有庆一样天天去割草，有了牛，穷日子会很快一去不复返，生活会向好的方向发展。他带病摘棉花的目的就是为了牛，可不知为何，糊涂的福贵竟会煮了这么一大盆豆留给苦根，真是可惜可叹又可怜！

　　《活着》是一部悲剧，悲剧就是把有价值的东西毁灭给人看。透过这本小说，我们可以发现，福贵一家人从一开始就像挤上了一艘破烂不堪的小船，在布满暗礁、漩涡的激流中拼命挣扎，努力前行。一家人既要防着船漏又要防着撞上暗礁，眼看他们艰难地越过一道又一道的屏障，明明可以"柳暗花明又一村"，前头一线曙光在望之时，却形势逆转，陡然陷入一个又一个绝境。譬如福贵的儿子有庆若能读到小学毕业，上了初、高中，日后完全可以考上体校当个体育老师或运动员什么，小说却发生了组织小学生去献血这一幕，医生为了救大出血的县长夫人，稀里糊涂地将有庆小小身体里的血都抽尽了。又如福贵的女儿凤霞，小时一场病使她变得又聋又哑，但她心灵手巧、秀外慧中，城里人二喜虽有点偏头的残疾，但二喜对凤霞和凤霞家人是真心的好，他肯干又能吃苦，未沾染一丝一毫城里人的恶习，这让我们对凤霞的未来充满期待。但好景不长，凤霞却难产了，倒在了弟弟有庆丢命的同一医院。我们在惋惜之余，深感命运之神的造化弄人。那么，福贵在经历了所有种种后，又究竟会以什么样的姿态对待生活呢？命运对他如此不公，是不是从此就在悲愤丧气中了却余生呢？书中的回答当然不是。他曾有爱他的妻子，他的一双儿女都曾孝顺懂事，他的女婿二喜对聋哑的凤霞体贴入微，这些他都经历过了、感受到了，尽管都如昙花一现，美好的情景并没延续多久，尽管——离去的亲人都由他亲手埋葬，白发人送黑发人，他遭受了人世间最痛苦的折磨，但他并没有沉溺于往事的痛苦中而不能自拔，他最终走出痛苦的樊笼，继续坚强而自信地活着。

鲁迅《祝福》里祥林嫂的身世同样悲惨，她的问题就是整天怨天尤人，拿自己的痛去到处诉说，于是大家对她的印象就有点哀其不幸怒其不争了。福贵是完全不同的。被国民党抓壮丁，没死在战场上，解放后镇压了一批地主，曾设计夺他田地的龙二成了他的替死鬼，这让福贵有点因祸得福的感觉，觉得命大。他的经历十分坎坷，他也认为自己是该死的，不该死的人却死了，但一家人曾经那么相亲相爱、相濡以沫，单凭这一点让福贵觉得此生已值。福贵在渡尽劫难后，对人生终于有了一番彻悟，在全家只剩下他一人后，他依然牢牢地掌控着这艘生命之舟，让它一路劈波斩浪、不断向前。

小说《活着》的结构安排比较特别，明明主人公是那位游手好闲的背包客，是背包客在乡间采风，收集民间歌谣，而事实上那人只是听故事的配角，真正的主角却是讲故事的福贵。品读福贵以"我"的家庭人物为主线展开的故事，很多读者恐怕都会有共鸣，福贵的那些遭遇似曾听说、似曾相识，由他以第一人称讲述起来并没有一点违和感。而在我们的身边，也确实有一些人是如此这般地活着。我在以前的小文里写过儿时的伙伴"漆档"，20多年前他因病离开人世，接着他父亲也得了同样的病，隔几年，他的妹妹又因心梗意外去世，打击一个接一个，已无法用一个"惨"字描述。但每次下乡遇到"漆档"的老娘，看到孤独的她拄着拐杖笑着和我打招呼时，我在心里会不由得揪紧，明白她是以福贵差不多的状态活着。《活着》这本小说，对年轻点的读者来说，或许还会引发一些诧异和质疑，原来过去的一段岁月，在一些地方竟有如此的艰难困苦，一部分人的生活面目居然会有这么狰狞和不堪，年轻人肯定是诧异不已的。事实总归是事实，好在历史的车轮一直在滚滚向前，过去的都已过去，现在的来之不易，只有倍加珍惜才对。歌德说："不曾哭过长夜的人，不足以语人生。"从另一个侧面来说，苦难的经历也是一种财富。

　　小说结尾，是福贵扛着犁，牵着那头和他相依为命的老牛在晚霞中归去的场景，从中我们看到了福贵坚毅刚强的一面，看到了他在经历种种打击后，重新回归生活的从容和乐观。读懂他长夜当哭又不屈不挠的人生，也许我们就能领悟到生活的真谛。人是为什么活？活着究竟有什么意义？面对纷繁复杂的外部世界，我们是否应该静下来好好审视一下内心？书中虽没直接给出问题的答案，但聪明的读者应都猜到了。"已是悬崖百丈冰，犹有花枝俏。"小说《活着》其实告诉了我们一个道理：即使生活四面楚歌，危机重重，也要坦然地走好每一步，过好每一天，让希望与困难同在，并最终战胜困难。

　　苦根苦命，若活着当然更好。倘若这样，最后的镜头就能锁定在福贵牵着苦根，苦根牵着牛，在夕阳的余晖下，爷孙俩和那头老牛一起蹒跚在乡间的小路上，这样的画面看上去会更美、更舒心。但理想很美好，现实又很无奈，仔细地想一想，又能明白作者的良苦用心：多灾多难的福贵权且好好地活着，我们又有谁有什么理由不更好地活着？要坚信，生命的长河即使千回百转，也总在奔腾不息，延绵向前……

（写于 2021 年 4 月 28 日，有改动）

变与不变，莫忘向前

　　要过年了，夜晚竟睡不着，索性起来，在辞旧迎新之际，回忆回忆，写写发生在身边的一些变化，想必是有些意义的。

　　"食可无肉，居必有竹。"去年春天托人从山里带回一枝幼竹，种在乡下老家的院子里，一开始长势喜人，旁边还爆出三四枝小竹苗来，想那密密的竹林等待可期，心内有些小兴奋。但不知怎的，过了几个月后，幼竹突然都枯萎了，我只能一声叹息。在此位置之前有棵红枫树，冠如华盖，几度叶红如丹，常引得客人在树旁捻须沉吟，可惜好景不长，最后同样没躲过枯死的命运。因此，拥有美好的事物固然是一种理想状态，可现实变化难料，我们往往不能驾驭全部，一时的失落和困顿在所难免。

　　我来自农村，却不甚懂得稼穑。小时的田间作业只为帮父母一把，论起来经历是有那么一点点的，比如自诩曾耕过田，放过牛，摇过拖拉机启动手柄，牵过种田绳插秧，还有放学后，挎一只"牛草篮"钻入油菜田里拔草，持"筑孔蹬"[1]帮助大人种棉花，

_____

　　① 吴语，一种植棉机，类似打煤饼机械。

拿一把猪八戒式的"铁耙"翻地……

现代农业推广机械化，原始的作业方式在家乡已看不到了。但现在的我，只要有机会，就会很乐意参与农忙的。小时嫌的，长大却手心痒痒，总想卷起裤腿下地露一手。犹如一棵树，无论枝丫向何方伸展，根仍扎在大地上，也就是说，无论我走到哪里，农民的孩子这一根本属性不会变。现在农村的孩子很少有和大人一起下地劳作的，甚至家务都不需插手，一心读着圣贤书。但孩子们并不见得比我们那个年代快乐多少，书包变沉，学校距离变远，眼睛近视率增加，身体素质下降，等等，毫无疑问，他们这一代除了存在亟待解决的一些问题，又有着其他不同的烦恼和负担。

过年搡年糕的状况也在改变，原来每个村都有自己的年糕加工场，操作的师傅和来搡年糕的都是同一个村里的人，彼此熟络，见了会互相询问一年的收成和新年的打算。那会儿，村里搡个年糕像过节一样喜庆和热闹。现在十里八乡才一家年糕加工场，陌生的地方、陌生的人，少了往日的欢乐气氛。老家三亩承包地之前已转给别人耕种了，作为农民家庭，吃的大米不是自己种的，过年搡年糕的程序也就直接忽略掉了，想吃托人买，省事但又缺少点什么，这就是变化。

小时过年，家家户户都要熬酱，酱里掺有肉丁、香干丁、花生米等，五花八门，品种繁多。江苏亲戚家过年的风俗习惯是做馒头和包子，一笼一笼蒸熟后，盖上红色印记，寓意"吉祥"。那时我偏爱吃糯米馅的包子，当然，只要有得吃，萝卜丝和咸菜馅的也不错。但现在过年，这些仪式都省了，外面买买好了，何必自己动手？即使个别亲戚家做包子的传统还在坚持，可拿来尝一尝，却缺少了过去的那种味道。

年是要高高兴兴过的。年夜饭要吃，一年一次的春晚必须收看，正月里，新衣服要穿，亲戚家也要去走访，但物质的极大丰富冲淡了年味，传统风俗已变得不拘一格。如正月饭可以安排年前吃，也可以放在二月份补，太早与太晚，都没人异议；趁着过年放假，有的家庭扶老携幼地去天涯海角旅游，丢开吃吃喝喝的俗套，在游历祖国大好河山中放松心情、陶冶情操，倒也是一种别致的过法。

过年给压岁钱的习俗，相传是唐宋时期从宫廷传至民间的，流传至今，固定成型。与过去比，现在变的是量，或许还有感觉的区别。记得小时，长辈只给二毛、五毛的压岁钱，后来是一元、两元，崭新的纸币用红纸方方正正包着，面额是小了点，握在手里却感到异常温暖。

现在给孩子压岁钱，数量上发生了明显变化，但孩子们见的世面多了，收到这些大红包并不会激动多少。

除了给压岁钱外，穿新衣、放鞭炮、走亲戚、看戏文等，都是那个年代最期待的事情。感觉那时候整个春节都在外跑，没有小汽车，就骑自行车，或步行，或坐船，路再远都会兴冲冲地赶去做客。现在交通发达了，又有小车代步，平时来往就密切，过年最多吃一顿就匆匆返回，大家各忙各的，"聚"的概念被重新定义。

时代不同了，生活环境已发生了翻天覆地的变化，若是可以，不妨让时间稍作停顿，静下来好好审视一下自己，看看有多少改变，或保持什么没变。与从前相比，是前进还是后退了？原因在哪？如何积极地去应对？这些都是需要我们去拉直的问号。

这是一个最好的时代，这是一个充满变革的时代，我们都恰逢其时，生而有幸。新年已至，与你一起闲扯一些变与不变的话题，希冀在追忆中获得一些共鸣，多做些可以实现的梦。

（写于 2020 年 1 月 24 日，有改动）

记得来时路，不忘梦归处

　　按语："世界以痛吻我，我却报之以歌"。一个不经历疼痛的生命是不完整的，所有的疼痛都促使个体生命成熟，这便是成熟的代价。每个人都有属于自己的故事，善恶正反，一念之间。追问来处，不要忘了自己是谁，以自己的痛呼唤人性最初善良的回归，这是一种慈悲……

　　独处时，常思考一个简单而复杂的问题：自己从哪里来？又将去哪里？

　　人际交往，每至陌生处，坐定后总要介绍自己，来自何方。那么，自己是谁？为何来这世上？来世上又何为？忙忙碌碌了半生，突然执着于这一幼稚的问题，自己想来也颇为奇怪。

　　天下万物无生于有，有生于无。地球上生命的起源是经历漫长的化学变化而形成的。我们每一个人作为生命体的存在是偶然的，也是幸运的，然而诱惑无处不在，幸与不幸，常常结伴同行。

　　奶奶是苦命的女人，她的身世至今无从查起，20世纪一二十年代，奶奶的母亲逃荒至一处尼姑庵，把年幼的奶奶丢弃在那，于是奶奶就靠吃庵里的百家饭长大，直至嫁给我爷爷。爷爷是什么样的，我只闻其名不知其人，他走的时候还没有我。他是因肺结核去世的，肺结核在那个年代早已不是绝症，但一个"穷"字使然，凑不出治疗费用，只好生生地受病痛折磨而去。据村里老人回忆，爷爷当年查看河那头自家的田地时，常远远地站定向对岸掷数块小石头，看见水溅开来，才会满意地转身离去。我只在正月初一早上上山祭祖时才见着爷爷那生冷的名字，如今旁边又添了奶奶的墓碑，生与死，都发生在恍惚之间。奶奶在的时候是与最小的叔叔生活在一起的，我有空常去陪奶奶聊家常。奶奶会去灶间做一盘糖炒年糕来给我吃，有时浸在缸里的年糕因为时间长发黄了，但我并不嫌弃，觉得奶奶亲手做出来的东西都是好吃的。奶奶有严重的气管炎，又不善调养，走时才七十八岁，当时我在外地，家里没把这一讯息及时告知我，怕影响我的工作。现在想想我没能在最后送上一程，实为不孝、无奈、遗憾。

父母在，尚有来处；父母不在，只剩归途。眼看父母年事已高，自己亦到中年，这焦虑症莫名又犯了，感叹岁月这把杀猪刀太快。前几年，70多岁的老父突发脑出血，好在送医及时，于不幸中有大幸，住院半月出来后恢复良好，只说话没以前利索，腿脚也没以前灵便，稍宽一点的沟渠迈不过去了，尽显老态。老父爱喝酒这点习惯怕是改不了了，口头常念叨一句，"如果没有酒，这活着哪还有什么滋味"，医生叮嘱酒要适可而止，于他那全当耳边风了。

有人曾这样问道："一个人到这世界上来，究竟是干什么的？"给出的答案是："爱最可爱的，吃最好吃的，看最好看的，听最好听的。"我想这些"最"，必是有附加条件的。没有付出，哪有资格享乐？对自己来说，之前一直在外漂泊，有欢乐也有烦恼，有阳光大道也有泥泞小路，但总算顺利过来了。从前的人际关系简单，生活是直线加方块。叶落归根，回来后，工作岗位和环境完全不同，一下子竟难以适应，连家乡这座并不大的幸福之城，我一开始还要拿着地图对照摸索好多天才熟悉。现在，从前不联系的同学都联系上了，曾经擦肩而过有点缘的朋友也遇到了，走上新的岗位，开启新的生活，融入新的人际，从诸多不适应到渐渐适应，又经历了一个相对较长的过程，但是对于曾走过的路，曾拥有过的梦想，那断是不会忘记的。

"三月雨声细，樱花疑杏花。"时值春意暖暖的季节，单位院子里那棵老樱花树又如期灿烂绚丽了一把。花香招来蜜蜂无数，热热闹闹了约一周光景，花便"凋落成泥碾作尘"，完成了一个轮回。近日，同事小刘在微信群里发了某高空玻璃桥的景点介绍，约时间大家一起去玩。住在附近的当年中医学院中医系的几个同学也邀一起外出踏青，顺便聚聚，聊聊前尘往事。时间、地点、内容和人员都合适，看来真该把诸多烦事先放一放，来一个说走就走的短途旅行，让有限的生命变得有滋有味。

（写于 2018 年 3 月 19 日，有改动）

火车开过的声音

下班回家，路过市郊皇山桥，见桥上隆隆地开过一列绿皮火车，不禁一阵恍惚，心念电转，许多记忆喷涌而出……

我的家乡在宁绍平原中部的一个小镇上，这里河网如织，小桥如林，浙东大运河穿镇而过，萧甬铁路、杭甬高铁和杭甬高速都从小镇经过，交通十分便捷。

小时候，父母常带我从小镇的站台出发，坐火车一路向西，去300千米外的江苏走亲戚。小镇火车站始建于20世纪初期，解放后重建，青砖、黄墙、黑瓦，数间江南特色的平房一字排开。小站与这片土地上世代生活的人们一样朴实无华、默默有为。从小站买票上车，人员三三两两的，不急不慢，一切较为从容惬意，但到了上海中转，情况发生变化，真正感受到什么才叫"挤火车"，什么才叫"人潮汹涌"，什么才叫"月台上的百米冲刺"，试想若没有过人的体力，如何吃得消一路的长途跋涉。那时很多奔波的旅客都大包小包地挑着、扛着，把全部家当带在了身边，为了理想、为了生存，他们以火车为媒，在不同的城市间穿梭漂泊，人在哪，家也安在哪了。

家乡的小镇车站只有慢车停靠，想坐快车要跑到 15 千米外的市区。老父曾细细数过，从小镇坐慢车晃到上海，一路经停54站，而快车可少停一半。那时慢车票价仅为 5 元 1 角，快车票价 6 元 5 角。父母通常选小镇上车，既方便也节省。火车票是一枚小小的长方形硬卡纸片，票面上印着站名、车次和日期，有座位的车票还粘有一张绿色的薄纸，纸上标明几车几座。但大多时候是买不到座位票的，那随身带的人造革旅行包就是最好的坐垫，好在没有贵重的东西，根本不用担心坐坏。春运时，小镇有临时增开的棚车，棚车又叫"闷罐车"。坐这种棚车价格实惠，到上海只要 2 元钱够了。棚车每节车厢都独立封闭，中间一扇拉门，未配置梯子，踩脚的很短，上下需要攀爬或蹦跳，颇为费力。车厢内吊着一盏马灯，光线暗淡不足。座位是没有的，就地铺几张草席，旅客或坐或躺，看上去像逃难一样乱。没有厕所，角落里放着一只便桶，仅以一块布遮羞。棚车是最慢的火车，每个小站必停，遇有交通冲突，还不得不临时停车，毕恭毕敬地等候其他列车先行通过。

那时候，我们早上 6 点起来，从家出来步行约 2.5 千米到镇上，坐早上 8 点左右的火车，正常的话，晚上 6 点可抵达上海北站。可事实上经常晚点，有时挨到晚上 12 点才能到达。二伯父居住在上海提篮桥一带，他当年是海军连级干部转业留在上海的，因为忙，极少回家乡一趟。父亲惦记他，到了上海站，在转车空当会前去探望。有个夜里，因为事先并不曾写信或发电报告知，二伯不知情，等摸到他家时，人都睡下了。父亲探头连喊数声没反应，就从行李包内取出几根年糕，手伸进窗户用力地掷过去砸里面那扇门，直到二伯父惊醒，起来给我们开门。自家大米操的一大袋年糕，此时作为心意送上，小坐片刻后，我们即告辞回去。

我喜欢坐绿皮火车，上了火车，爱选靠窗的位置，最理想的情况是面向前进的方向。车窗外，风格不一的村庄，纵横交错的田野、层林尽染的山峦、绿绸带般的江河，宛如一幅幅中国风的水墨画，按了快进键一样不断变换着内容与色调；沿线一排排的树木、电线杆急急向后退去；"嗒嗒嗒""嗒嗒嗒"的铁轨撞击声是如此均匀而悦耳。百年修得同车渡，同一排座位的乘客，不管是否熟悉，在"嗒嗒嗒"的和谐声响中，不知不觉中彼此肩并肩、头靠头地睡着了。坐棚车要少些趣味，一路是"哐当哐当"的噪音，速度跟老牛拉车似的慢，沿途没风景欣赏不说，车厢里的那个空气真不敢恭维，汗臭味、尿骚味等什么都有。但能和父母一道挤上火车旅行，无论是坐棚车，还是绿皮火车，心里都是无比欣喜的。去远方走一走，就是小时心中最大的梦想。

随着时间的推移，后来父母带我们出行，偶尔会奢侈地选坐硬卧。卧铺车内有上中下三层的床铺，我爬上爬下地闹腾，困了就睡，醒了就下来玩，煞是惬意。有次，我在上铺捡到了一本厚厚的小说，一路读着，充实了长长的旅途生活。那时火车每停靠一个站，站台上都有服务员推着一辆四轮小车叫卖，除了汽水、面包、方便面等这些普通商品外，每个地方还有不同的特产卖，如绍兴的香糕、茴香豆，嘉兴的粽子、菱角，苏州的豆腐干，无锡的酱排骨，等等，令人目不暇接。

平时不坐火车的日子，小镇站台周边是我最爱去玩耍的地方。站台东侧有成排的毛栗树，树木挺拔高大，果实熟了就纷纷往下坠落。奇怪那时的人们并不喜欢吃毛栗，任凭它们在地上乱滚。小站很繁忙，有货车来回倒腾，外地的煤、木材运来这里散发，而这里的盐、棉花等物资运往他乡。货车的火车头显著不同，黑色的身躯、红色巨大的车轮，像怪兽一样"呜呜"地吼叫。前端耸立的烟囱"突突突"地冒出白烟，与《铁道游击队》中的镜头一模一样。最忙碌地要数扳道工了，见火车来了，他从小屋快步抢出，持撬棒用力扳轨道上的机关，时间拿捏正好，奔来的火车会听话地将身躯一扭拐入另一条轨道。我常和小伙伴们在铁轨的枕木上不停地蹦跳奔跑，卧在铁轨上听火车从远方传过来的声音，没听到也激动地嚷着"我听到了"，直到望见火车真的来了，我们才匆忙跑下路基。

老家乡村的夜晚，除了田野里的虫喃和两三声狗吠，便是火车开过的声音。耳边听着这独特的"交响曲"，我竟能甜甜地入睡。有外地的亲戚来我家做客，却是不习惯这火车声音的，说是太吵了，水土不服，这让我颇为费解，这里所有的一切，不是刚刚好吗？

长大成人后，我独自背上行囊，挤上了远去的列车，天南海北地到过很多地方。到的地方多了，对火车的亲切感也愈深。

萧甬铁路穿过家乡小镇这段，原先是单轨的，后来拓宽变成双轨，全线电气化改造后的铁路用铁丝网隔离封闭了，过往闸道都挖成隧道从底下通行，闲人不可以再去铁轨上任性玩耍。前些年，这条老铁路因宁杭甬、沪杭高铁的通车，压力顿减，资源富余，短途的城际列车也就应运而生。进入高铁时代，交通出行发生了翻天覆地的变化，现在出门只需带上一部手机和一个抽拉式旅行箱就可，网上轻松订票，凭身份证通行，快速通达。科技的发展、经济的繁荣、铁路建设的飞跃，带来了梦一般的旅行体验。据说杭州湾跨海铁路大桥正在规划筹备，到时天堑变通途，去上海一小时都不用了，消息实在令人振奋。

如今，代客运的棚车早已退出历史舞台，家乡的小站也成了记忆中的一道风景线。我享受现在快捷方便和舒适悠闲的出行方式，但对于过去坐火车的日子，仍是深深怀念的。从前的车马很慢，从前的回忆悠长。现在每当看见绿皮火车驶过，我都会在心里划过一道彩虹，泛出斑斓的颜色。

瞧，又一列火车开过来了，我停下来凝神聆听。那火车开过的声音，分明是世上最美妙的乐章。

（写于 2019 年 6 月 27 日，有改动）

时间的钟摆停一会

周日，冒着小雨，我们一帮人乘兴爬了东边与邻县交界的一座小山。小山被开发成农庄，农庄是山，山即农庄。沿路金黄的胡柚与通红的柿子挂满枝头，红白两色的茶花随处可见，赏心悦目。胡柚是无公害种植的，具养生之功效，尝之酸甜适度；而柿子长在高处，难以爬上去，只能遥望。一路的落叶缤纷，见证着秋色已深。偶见几块巨大的钟乳石耸立在路边，不知来自何处，略显突兀。

山顶处的展览馆里培育了不少奇松异柏，一般游客是不许入内的，好在带路的认得此地管理者，才有幸进去一饱眼福。进到里面，有一种别有洞天的感觉。盆栽都被精心打理过，千姿百态，各具风骚。最大的一棵松柏标价为600万元人民币，相当于一栋精致的别墅。众人都万般小心，不敢造次乱碰，生怕损伤了一枝一叶。有眼福是对于我们这些参观者而言的，树木不会说话，被生生地压制扭曲，越妖娆古怪越有身价，我不知道此时的它们有没有感到难受，会不会暗自生气难过。

农庄栽有百亩茶树、百亩樱花、百亩柑橘、百亩翠竹……料想春暖花开时，这里的树木葱郁、百花灿烂，景色必定美不胜收。步履匆匆的人生，已很少有机会停下来静静地观赏一花一木了。究竟什么时候变得如此浮躁、懒散了？不太确切。心如窗户的玻璃上蒙着一层灰雾，看人看物皆朦胧不清。现在能抽出时间，看看秋色，听听鸟鸣，读读物语，不啻是一次心灵上的洗涤。

庄园内四面竹树环合，寂寥无人，只有水声如鸣珮环。读到一个故事：姓杨的秀才，躲进山中苦读；一位女居士，恰巧也在此山修行。男的满腹经纶，女的博学多才。两人常一起切磋学问，久而互生爱慕之心。一日，秀才下山赶考，与女居士依依惜别，临行前翻土栽树，约定此生不负。后来，秀才进京考中状元，衣锦还乡，返至山里，见当年栽下的那棵树已根深叶茂，繁花似锦，而女居士早在树下迎立，盈盈地笑着，笑靥如花。多么美丽的故事，美景因故事而生动。那秀才栽下的树就叫作紫藤树，在那片紫藤树下，同行的朋友都忙着拍照晒图，而我则被这个故事深深打动，于是顺手摘取头顶处垂下来的紫藤果实数枚，寻思回去以后找一处好地方栽培，然后期待来年花开，开出一样梦幻般迷人的花串串……

雨下得并不大，细细密密地斜织着。回来路过一个小镇，见道路开挖着仍没完工，沿街的店铺正在统一整治。为了把小城镇装扮得更美丽、更整洁，这里的人们都在抢时间改造升级。强冷空气要来了，雨也凑热闹似的赶来，这不是及时雨，而是添乱雨。换以前，我也是要因雨而心生烦闷的。老天一变脸，工期拖延，就会迟滞项目任务的进度。与时间赛跑，与天气比拼，速度、进展，成了那些忙碌日子里的关键词。林清玄写得好："虽然明天还会有新的太阳，但永远不会有今天的太阳了。"我们抓住每个有阳光的日子，赶工再赶工，好在付出总有回报，时间抓得刚刚好，一切过程和结局都较为圆满顺利。

正胡思乱想中，车已开上了一条林荫小道。小道上的树木是红杉树，成三列纵队，宽度刚好能容一辆汽车开过。成排的红杉树就像接受检阅的士兵一样笔直挺立，在秋雨中蔚为壮观。看这高度与气势，少说也有 100 年的成长史了吧。不禁暗暗羡慕起这些植物的生命方式来，它们即便沉默无语，也能站成风景，无私地庇护着人间万物滋长。

生如夏花之绚丽，死如秋叶之静美。人的一生，如同花花草草的一生，只要生命已存在，就该去灿烂绽放一番，然后再慢慢枯萎，凋零成泥。

很久没去以前的办公室了，日常用品多数在那，近段时间有点忙，即使满脸胡子拉碴也不在乎。终于有空去拿剃须刀，居然发现电池烂在里面，已不能使用。这有多久不来了？我暗自晒笑。时间的钟摆一左一右，分秒不差。思考生命、健康、金钱、地位等这些名词，哪一个更重要？哪一个最迫切？每个人的答案都不同。饥者渴求一顿饱饭，病人企盼身体康复……生活千姿百态，世人心态各异，各人喜欢，各取所愿，各自负责，不消累述。

作家朱成玉在一篇文中写道："读书、上班、结婚、养孩子、老去……仅仅如此吗？也许仅仅如此。"生命看起来很顽强，但同时也很脆弱，该冒险的时候冒险，该静修的时候静修，珍惜好每一天从手中滑去的光阴。

冒险可以少点，努力是必须的。

人生短暂，仅一辈子；人生又很长，因为有你与我同行。倘若可以，那就让时间的钟摆停顿一会，永远定格在最美的瞬间……

（写于 2018 年 12 月 3 日，有改动）

一盆茉莉花

"1，2，3……"，还剩 9 片绿叶。从去年夏开始，我就一直在数窗台上这盆茉莉花的叶子，绿色代表生命力，我希望奇迹发生。

去年夏天的某个日子，下乡路上偶遇踩着三轮车的卖花人，禁不住花香的诱惑和卖花人的一番"王婆自夸"，挑了茉莉和米兰各一盆带回办公室养着，未曾想短短一周内，两盆花竟都趴窝了。上百度查找原因，原来与办公室不通风和位置不朝阳有关，于是亡羊补牢赶紧转移，但回天无力，挽救米兰失败，只有这盆茉莉还残留些绿枝嫩叶。有一线希望就要尽到十分的努力，我在茉莉花盆内培上一些新土，又将它安置在空气流通的地方，隔几天浇一次水，冬天冷了就搬回室内。之后的每一天，我都不忘去观察一番，幻想着它能重新枝繁叶茂，开出洁白的有摄魂香味的小花来。

如今春天已来到，这盆茉莉花依然没有全面复苏的迹象，可以说活得十分苟且，但它有几片叶子仍透着绿，让人不忍放弃。

联想开来，苟且的岂止是这花草。

热播剧《大江大河》中，杨巡这角色是个苦出身的孩子，他从走村串巷卖馒头开始，到租商铺卖电线、电器，最后在市中心盘下大商场，经历过被警察抓、女朋友被拐走、商铺被砸等种种磨难，但这些都没有压垮他，常看到他忍住眼泪，强颜欢笑，从不放弃自己的初心，每每陷入绝境又能"病树前头万木春"，最终成功拥有了自己的事业。

乡下老家的邻居，一位80多岁的老人，老伴离开10多年了，大儿子和小儿子另立门户，二儿子被一场事故夺去了生命，小女儿又在散步时练习倒走跌伤了脑袋，意外离世，家里只有他和孙子相依为命，他每天都出去捡拾破烂，浑身褴褛，肮脏不堪。我下乡时常遇见他，一个人默默走着，肩上扛着一大堆捆扎好的旧纸箱和塑料瓶子，眼睛直勾勾地盯着路面，不带任何表情。他只专心走他的路，对经过的旁人一概不管不问。我不知道他的心里多苦楚，不知道哪些不幸伤害过他，他的处境苟且又不堪，但有一点可以确信，他始终没有放弃对生活的希望。

无独有偶，前不久，我开车去接孩子放学，在学校附近的停车场边上，见到有一位老人趴在垃圾箱上胡乱地翻着什么。他的上身与下肢几乎呈直角，应该是后天的疾病造成的，他的腰直不起来，手里的那只编织袋里满是空塑料瓶。我上前询问这一大袋塑料瓶能换多少钱，一天又能捡几袋。他回答了，口音不像是本地的，告诉我一袋值不了几个钱，他的身体不行，走不了多远的路，一天最多捡两袋。我听后陷入沉思，是否在我们所挚爱的人间烟火里，除了美丽的风景，还有个别阳光照耀不到的地方，或者说，像窗台的这盆茉莉，因为先天的阳光、空气和养分不足，让它失去了芬芳的机会，陷入萎靡不振的困境。

但绿色意味着希望，常春藤的最后一片叶子没有掉下来，我们就有活着的信心和勇气。

老家的院子里，栽种着柚子、桂花等树木，老父有一次说把那棵已长粗、长壮的桂花树砍了吧，换上杨梅树，理由是桂花中看不中用，而杨梅可以吃。我表示反对，每一种生命都有它存在的价值，植物无言，没有自我选择权，但依然值得我们尊重。我只把院子里和树木下堆积的白色垃圾和空酒瓶收拾干净，在清理出的空地上撒上甘菊和格桑花种子，角落里又新栽一棵葡萄树。一场春雨后，我欣喜地发现，那泥土里居然露出了嫩绿的小芽，挤挤挨挨、密密匝匝的，在一旁红艳艳的杜鹃花的映衬下，生机盎然，春色满庭。

是的，春天已来到，是种子都要发芽，是花草都要芬芳。耕耘收获，天道酬勤，无论哪一种活法，只要坚持，都会有希望，只要努力，都应受尊重。

期待这盆茉莉花，早日"芬芳美丽满枝丫"。

（写于 2021 年 4 月 16 日，有改动）

听一池蛙鸣

蛙鸣当然是属于乡村的。"咕呱……咕呱……",只有在稻花飘香、绿波环绕的田野乡村,才能有幸聆听到如此悦耳动听的蛙鸣声。我的童年,是在鸟虫啾啾的陪伴声中长大,那时的夜晚特别安静,除了"一闪一闪亮晶晶,满天都是小星星",在河流、池塘和稻田里,这些可爱的小青蛙们,运用独唱、合唱、轮唱等形式,为疲劳一天的人们送上一台盛大的音乐演奏会。听着蛙声甜甜入睡,是小时最美妙的记忆。

蛙鸣是存在童年,存在乡村,存在诗词歌赋里面的。

童年时光,每当万物复苏、新柳吐绿,小蝌蚪找妈妈的故事就开始上演了。小溪、河边、水沟里,这里一群,那里一伙,黑魆魆的,是小蝌蚪们拖着尾巴欢快畅游的身影。这时,顽皮的小伙伴们会用网兜不停地捞啊捞,企图带一些回家,观察蝌蚪变态的过程,只是没料到小蝌蚪在外野惯了,根本适应不了在家闲居的生活。

入夏,蝌蚪长大成蛙,乡村的田野、水边顿时热闹了许多,一只只青蛙瞪着圆鼓鼓的眼睛，身披绿衣裳，或蹲于湖边叶面，或守在稻田一隅，或跃入水中蛙泳，像极落入凡间的小精灵，忙碌地帮人们捉拿破坏庄稼的害虫。据查，青蛙是个名副其实的"大胃王"，一只青蛙平均每天就能吃掉 70 多只害虫，一个月能吃约 2000 只害虫，青蛙的活动期 6 至 8 个月，这期间，一只青蛙一共可以消灭 15000 只害虫，数字可谓惊人。但小时我们不懂事，常去田间地头钓麻里田鸡和青蛙来喂鸭，那时只盼自家的鸭子快快长大以改善伙食，哪会顾念蛙类对人的友好而手下留情。好在那时的环境较为清新，蛙类大量繁殖，可以弥补被我们捉去一点的缺憾。

南宋辛弃疾的《西江月·夜行黄沙道中》写道："明月别枝惊鹊，清风半夜鸣蝉。稻花香里说丰年，听取蛙声一片。"诗词里，有动有静，有声音，有画面，透着乡村独有的气息，读来回味无穷。随着时间的流淌，诗词渐渐淡忘，但只要是读过这首词的，每当听到蛙鸣，"听取蛙声一片"就会脱口而出。

成年之后，兜兜转转，算起来竟有 20 余年的时间在外打拼，中间在家虽有过多次短暂停留，但匆忙间竟忽略了许多。直到前些年终于回来了，可以放慢脚步从容地走在乡间的小路上，却突然发现，往日的蛙声一片已不见了踪影！

蛙们究竟去哪儿了呢？我心生疑惑。是人们只顾忙着往前赶路，一味求快，遗弃了本不该遗弃的朋友？还是被食为天的人类端上了餐桌？抑或滥施农药所致？我不知其所以然。难道它们真的销声匿迹了吗？直到有一天傍晚，我穿行于市区的大街小巷，却在望湖公园的池塘边，还有全民健身中心旁的河塘边，意外听到了一阵阵的蛙鸣声："咕呱……咕呱……"。你一声，我一声，你方唱罢我登场，间或亦有共鸣的环节，此起彼伏，热闹非凡。

此情此景，一下子又把我拉回到快乐的童年，拉回到记忆中原生态的乡村，拉回到了引人入胜的诗词歌赋中。

"黄梅时节家家雨，青草池塘处处蛙。""惊蛰已数日，闻蛙初此时。""水满有时观下鹭，草深无处不鸣蛙。"……听着熟悉而亲切的蛙鸣声，我徘徊、沉吟、激动、欢喜。莫非蛙鸣已辗转到城市的公园里，变成城市的一道风景线了？我不敢确定。但欣慰的是青蛙并没被灭绝，在合适的环境里，它们仍顽强地活着，并在夜幕时分继续欢快地歌唱。

听到一池蛙鸣，兴奋之余，我不觉痴想起来。痴想有一天，那些可爱的青蛙，能够回到原来的乡间田野，回到属于它们的广阔天地里，去跳跃搏斗，去纵情放歌，同时，让我们的文人骚客，还能兴冲冲地赶往乡下，捻须吟出"听取蛙声一片"这样的佳句。

生命短暂脆弱，唯求美好永驻。希冀在这美丽广袤的土地上，能夜夜听到一片蛙鸣，一如小小少年时。

（写于 2020 年 8 月 31 日，有改动）

麦子熟了

"远处蔚蓝天空下涌动着 / 金色的麦浪 / 就在那里 / 曾是你和我 / 爱过的地方⋯⋯"这歌词、这旋律，如此歌声，一下勾起了心底的记忆。眼下，正是收获的季节，听着这首优美的《风吹麦浪》，我不禁想起了那片金黄的麦子。

老家屋后就有一小片麦田，是年前深秋时播种的。我这闲客，目睹了麦子由青苗至抽穗再变黄的整个过程。现已到了收割的季节，因连下了几场雨的缘故，麦穗上布满了难看的黑点，麦地蒲草乱生，有几处已倒卧，显得些许颓败，似乎与记忆不符。

在过去，农民是不会这么粗心的。一则从不会让田地空闲，四季主副作物衔接自然，绝不会断档荒芜。二是精细打理田地，什么时候挖沟、拔草，什么时候施肥、灌溉，皆心中有数，井井有条。如今，也许是日子变好了，抑或青壮劳动力不足，便加了些漫不经心，多了些粗枝大叶。

但不管怎么样，我依然喜欢来这看麦子在不同时段的不同样子，喜欢观察麦子从幼苗到成熟的过程。

冬小麦播种后，待绿油油地长成一拃高，恰似娃娃般娇嫩，恣意地在风中乱舞时，不久会迎来期待中的几场雪，雪下得越大，怀抱越厚实，麦苗睡得越香甜，来年的收成就越好。每当凝望着绿似一湖碧水的麦苗，我仿佛看见一群背着黄挎包的孩子，一手提着装饭盒子的网兜，时而灵巧地跳过沟渠，时而从覆雪的麦地里直接踏过，身后留下一串串动听的"吱咯吱咯"的声音。春暖，油菜花开，麦子抽穗，如少女般亭亭玉立，漫步田埂，闻到的是阵阵沁人的清香，那是土地最迷人的时刻。进入五月，犹如魔术棒一挥，那片绿毯子全换成金黄色了，麦穗颗粒饱满结实，沉甸甸地低垂着头，一阵风过，便奏出"嗖嗖嗖"的美妙乐章。想起当年的我，曾试着去挑一束最大的麦穗作留念，但从田头走到田尾，仍是两手空空，总觉得最好的还是最初见到的。

小时常会思索这样一个问题，地里种这么多麦子究竟有何用？没见哪家去磨面粉，哪家配备擀面杖。老家的人大多不懂揉面做面点，有的只是年糕、粽子、粳米艾饺、糯米团子，都是与大米有关的故事。村子里是有造新房子"抛馒头"的习俗，上梁那天，等炮仗放过，站屋顶上的木匠便居高临下抛掷馒头，底下昂首期待的人们争先恐后地抢，这些盖有红印的豆沙馅馒头，却是主人从市场上定购的，自个并不会做。而300多千米外的江苏亲戚那边，家家户户都会制作面食，幼时几乎年年吵着要去江苏过年，好的面点嘴吃滑了，就一直惦记，那里的手擀面、饺儿和包子，我都喜欢吃，从没吃够过。吃面食的大多孔武有力，如北方人的体形就比较高大，我是喜欢面食的，但兴许吃得不够多，与高大不沾一点边。

问了老父才明白，过去家家户户种麦，那是因为有任务，麦子是由国家统一收购去的。如今农民已不用交粮，老家人种点麦子，跟种在田边地头的高粱一样，纯粹就是为了酿酒。酿酒请专门的师傅，生炉、煮熟、晾晒、发酵……酿酒师的水平高低，决定了酒的口感度。酿好的酒装坛封存后，放置在屋角阴凉处，年代愈久愈醇香，喝上一口，全是麦浪滚滚的味道。

记忆中，小麦秆只能拿来当柴烧，而大麦秆可以编扇子、凉帽等，也可打造小精灵、小动物类的玩意。在那个年代，村子里的阿姨和大姐姐们都热衷于麦编。一把木尺子、一块鹅卵石是辅助工具，量齐，排编，压平，最后再上色，成品交由村里的收购人以换取日常贴补。那些岁月、那段季节，村庄里里外外晒的全是成堆的麦秆，成为孩子们捉迷藏、玩游戏的好场所。我会剪来一段麦秆，前端小心地撕成喇叭状，并放上一粒圆圆的豌豆，竖着举起来，仰头吹底端，豌豆便飘浮起来，很是神奇；或者一端咬得扁扁的，轻轻一吹，麦秆便发出尖锐的声响。现在，村里已没人玩麦秆，麦编艺术只能去学校、老师那寻觅。单位属地的实验幼儿园就是如此，将麦编艺术作为一门特色课传承下来。这既锻炼了孩子的动手能力提高了审美观，又属变废为宝，赢得不少赞誉。

现在麦子成熟的季节，已无昔日的热闹。《牡丹亭》有词云："原来姹紫嫣红开遍，似这般都付与断井颓垣！"如浮光掠影，如走马观花，随岁月一起消逝的东西实在太多了。"我们曾在田野里歌唱／在冬季盼望……"歌声让人陶醉，那些美好的记忆将一直珍藏着，在某个瞬间亦会不经意地触动萌发，肆意蔓延。所谓初心不忘，流年不负，念念不忘，必有回响，即这个道理！

（写于 2019 年 5 月 28 日，有改动）

让日子更诗情画意些

诗情画意的日子是一种理想状态，事实上"人生如一件华丽的袍子，上面爬满虱子"，一不小心就会陷入尴尬境地。

一日在某船厂，码头上高高的吊塔，让我来了兴致，仗着小时候有爬梯子、掏雀窝的经历，便试着沿盘旋的梯子向塔顶攀爬，一开始感觉良好，很快爬至高处，哪知一低头，望见厂区内走动的人群小如蝼蚁，心里便发慌了。这时风一吹，整个吊塔都晃动起来。"恐怕要掉下去了！"想到这，全身不由自主地发出阵阵战栗，于是紧紧抱住梯子不放，待稍缓和些才一步步向下挪，那双腿似冰冻般的僵硬麻木……当一屁股坐在了硬实的地面上，那感觉犹如从天上重回人间。

我发誓再也不爬这劳什子塔了。人的潜能在某一紧要关头，虽大幅度激发，但本身存在的瓶颈很难突破。

有一年陪家人去桂林旅游，来到了当年徐霞客踏遍千山万水却叹无缘一游的独秀峰。独秀峰并不高，充其量就是一个小山丘，特点就是山势十分陡峭。登山台阶在西麓，一共306级，我乘兴一口气爬到最高处，上山容易下山难，等我下来时，当初爬吊塔的感觉重现了，腿脚不住地打战，身上冷汗涔涔。有时，人，是不长记性的。炎夏，带孩子去水上公园，其中有个项目叫"极速滑道"，近乎自由落体，因年龄限制，孩子不可以玩，而我又跃跃欲试了。"1，2，3——走！"人借势能，水助人势，瞬间就从封闭的管道下滑至 U 形槽底部，巨大冲击力把水花飞溅得很远很远，我的大脑一时陷入空白状态，好半天才挣扎着爬起来，却有种找不着自己的感觉了。

高处不胜寒。后来，当再遇到类似的运动项目，我明显"机智"多了，只在底下观望晃悠，敬而远之。人贵在自知，了解自己所处的位置、角色和能力，才能更好地了解世界、适应世界。

在微信上新认识一位朋友，他开口便称我为"老师"。论水平、论能力，我远不及对方，这称呼着实让人有点儿惭愧。比如写作，我只会写一些跟自己经历有关的事儿。要学习的地方太多，或许，也只有年龄才配这个"老"字。"师者，所以传道受业解惑也。"说到老师，我一向尊敬有加。回顾这跌跌撞撞的一路，其中很长的一段时间，从事的工作是与思想政治教育有关。从这个角度来说，这称呼又不全错，那就给自己贴金算半个老师吧。

老师既要博学，又要有些才艺，还得有个好脾气，这些特质与做思想政治工作相通，都需要当多面手。细琢磨，我除了脾气可圈可点，其他的都不值一提。于摄影，花大钱买来单反相机、长焦镜头学摄影，如今已高高搁置；于乐理，三拍四拍懂得一些，指挥与简谱识个大概；于乐器，跟人学过吉他，弹得指头上全是茧，到最后也不过如此……想来惭愧，什么都想学，什么都没学精。亦如之前的挑战高处，始终存在一个难以逾越的鸿沟。

唯一可值得骄傲的是那个时候，每周都要完成一节政治教育课的任务，但要做到每节课都是精品，这是不现实的，也不可能做到，有些时候也是照本宣科，把教育任务完成就行了。

单位组织的授课能力比赛，又另当别论了。有次，我以"勇敢精神"为题精心准备了课件，20多人参与角逐，竞争可谓激烈，我有备而来，从容应对，很幸运获得了第一名。这件事说明只要认真点，还是可以把事办好的。

年纪一大，人的心境随之改变。我常常有一种莫名的恐惧袭上心头，无可名状，难以压抑。恐惧父母在一天天衰老，岁月冷酷无情；恐惧孩子的成绩差强人意，未来难以预测……

在恐惧之余，我愿意坐下来提笔思索一番，记录一下过去和现实中的人和事，希望把时光留住，留在这些并不精练和出彩的文字里。其实，我明白写字有时跟爬高一样，是到不了某种高度的，或许只适合在低平处徜徉，再想高点便会陷入莫名的恐慌之中，我深知自己缺乏过人的禀赋，因此，甘于平庸，安于现状。

金庸先生曾写过，"他强由他强，清风拂山岗；他横由他横，明月照大江"。引用并无他意，只求有这样的心境，也许是缺什么就喜欢什么，标榜什么恰恰是自己不具备的，姑且让我借用以自勉吧。

作家朱成玉说："我鼓励着每一个拿起笔准备写作的人，勇敢地闯入自己的内心，哪怕不为别的，只为了让我们的日子更诗情画意一些。"名人的话经典，读来总能启迪人。论到提笔写字，那我算勇敢的。这几年，一直在回忆、在思考，在坚持记录。生命已是这样，写一写、说一说会舒坦些，哪怕文字有些拙劣，哪怕写出来的没人读，自言自语也是有好处的。写这篇文字，只希望未来的日子少些烦恼、少些不安，更希望把有限的生命，描绘得再灿烂些、再诗情画意些，如此而已！

（写于 2020 年 01 月 09 日，有改动）

钓时光

说起那些钓鱼的人，我们能讲许多故事甚至传奇。比如姜太公河边闲钓，等来了贤明的君主，严子陵归隐富春江畔垂钓，赢得万古清风美名。

我也喜欢钓鱼。小时候，把缝衣的针放到火上烤红，弯成钩子的形状，再拾一根鹅毛管子剪成浮子，撕一块废牙膏皮做铅坠，接着砍一根细竹子当钓鱼竿，然后掘蚯蚓为饵，唯有尼龙线要去市场上买。虽然装备简单，但是收获颇丰，四指宽的鲫鱼常钓到。

不过，当读过《老人与海》这本小说后，我就不满足于江河了，常梦想去海上钓鱼。

朋友老高当过兵，他每年都要海钓一次，着实令人羡慕。他一般去南海，比如去西沙群岛五六天或南沙群岛半个月。他曾告诉我："租船费用一万，加上装备费用，要用两万元。"

我不知道他辛苦出海一趟能否钓回成本，但仔细想想，很多事又岂能简单地以成本讨论得失呢？这就像小说中的老渔夫最终拖回来的是毫无价值的鱼骨，但精神上收获是巨大的。

　　老高他们把船开到既定海域后，在夜色中放下鱼钩，经过几夜奋战，船舱满满当当，钓到的鱼品种很多，有鲈鱼、米鱼、马鲛鱼、石斑、金枪鱼等。

　　老高钓过最大的一条鱼是金枪鱼，足足50千克。听老高说，那条金枪鱼拼命挣扎，他和同伴两人合作，花了好长时间才把它制服，那还是多亏了钓鱼竿的强悍。我想象那个拉锯的过程，一定很刺激。

　　满载而归的他们总是兴冲冲地去码头附近餐馆庆祝，吃美味的海鲜大餐。品味其中的艰辛付出，老高的心情是富足而快乐的。

　　我虽说上过船，但那艘船非渔船，不可以海钓。

　　不过，机会总是有的。有一年，我因为一些事去大陈岛住了几天。其间，有朋友喊我去海钓。那可是我生平第一次海钓。我手持钓鱼竿，伫立在岸边的礁石上，左等右等，等来了潮涨，等来了潮落，却没等到一丁点儿有关鱼的讯息，只好眼睁睁地看着其他人，他们几个左一条、右一条，起了好几次钩。好在晚上吃鱼的时候他们并没有忘记我。

　　嵊山是舟山北端的海岛，风光旖旎，渔民淳朴。在岛上，小镇的时光很慢，也很安静。小镇只有一条街，街两边是依山而建的石头房，这条街很短，10来分钟可以走个来回。若起得早，可以看见渔民在街上摆摊卖鱼，那鱼的价格很便宜，可以说是"白菜价"；若起晚了，再去只能闻到满街的鱼腥味了。

　　我曾在岛上逗留了好几天。有一天，天蒙蒙亮，好友阿科叫来一艘渔船，我们一道登船，前往附近的海湾垂钓。不需钓鱼竿，鱼线很粗，鱼钩较大，鱼饵是烂的红虾。穿好鱼饵，用手沿船帮慢慢放线到适当深度后，我们就拽着鱼线轻轻地上下抖动。感觉分量异常时，立即提钩，基本不会落空。未及中午，我们已收获了满满一大桶虎头鱼。虎头鱼肉质鲜嫩，脂肪含量少，无小刺，营养丰富。新鲜的虎头鱼与豆腐一起炖汤，味道别提有多鲜美了，当然，红烧的口味也不错。总之，这次海钓，我算是小有收获。

还有次海钓是在东福山岛。"云雾满山飘，海水绕海礁……"歌曲《战士第二故乡》就出自这个岛。

我是陪一位初中同学的老父亲上岛的，他曾在岛上当过兵，一直对当年战斗过的地方魂牵梦萦。

在岛上的那个傍晚，码头边，小店老板娘丢给我一根钓鱼竿，那根钓鱼竿如同农村撑蚊帐的竹竿，上下一样粗细，鱼线末端有现成的鱼饵。看到那鱼饵，我不禁哑然失笑，这分明是假的啊。原来，那是只带钩的彩色塑料假虾。令我惊奇的是，钓钩放下去不久，我就提上来了一尾鱼。不知什么原因，后来再钓就没有了。但因为晚饭时间已到，我便恋恋不舍地离开了，没有深究原因。

《老人与海》有一句话说得好："每一天都是一个新的日子。走运当然是好的，不过我情愿做到分毫不差。这样，运气来的时候，你就有所准备了。"海钓其实不光靠运气，更重要的是知识含量、信息收集和经验储备。我想，海钓是这样，其他事情亦是如此。

其实，我不会海钓，我只是享受海钓的这段时光。

（2021 年 9 月 23 日发表于《余姚日报》，有改动）

与你同行

　　"我们从冬，从冬走到了春，有你与我同行再累也心甘……"
又听到周峰演唱的这首老歌，一时心生感慨，思绪万千。老歌有
老歌的味道，让人听到了过往，听见了心声，听出了情怀。但这
里暂且不讨论老歌，不讨论歌唱者，只讨论歌词中蕴含的"与你
同行"这个话题。

　　世界是热闹的，也是寂寞的，一个人的心若封闭了，再热闹
的世界对他来说也是孤寂的。朋友的功能就像另一首当下热门歌
唱的那样："你是那夜空中最美的星星，照亮我一路前行。"一
颗封闭的心，有了朋友恰如其分的慰藉，就像陷入迷惘的寻路人，
突然抬头望见了满天的星星，霎时心潮澎湃，希望的灯火同时点
亮，重新萌发了前行的动力。

　　前几天是朋友的小生日，对于小生日，他一向不在意，关心
在意他的也只有银行和保险公司，对此，他已习以为常。让他意
外的是，今年有人会发微信红包为他祝福，更意外的是，他已经
把这朋友拉黑了，红包当然是收不到了。至于拉黑，也是好多天

前的事了，或许是因为彼此互动太少，或许还有别的原因，他感觉失了作为朋友的意义，才会如此这般操作。拉黑曾经的朋友，他可不是第一次这么做。经有人提醒，他才觉得自己并没有被这位朋友遗忘，只是大家都在为生活四处奔波，有时来不及问候一声，才会让人产生茶凉的错觉。想得太多，要求太高，有时一不小心就会失去朋友。一路前行中，有些朋友其实都在默默关注，忙碌的时候，还是需要有一颗相互理解和宽容的心。

有一个办企业的朋友，之前的路走得特别顺畅，企业每年有五六千万的产值，这在 10 多年前他的家乡也是排得上号的。那时的他可谓要风得风，要雨得雨。可天有不测风云，就在他踌躇满志想加速发展的时候，由于产能扩张过快，再加上资金链突然断裂，意外来得让他措手不及。他试图营救，但一切就像倒下的第一张多米诺骨牌一样无法挽回。失败者的最后结局都相似，家庭破裂，债台高筑，往日称兄道弟的朋友好多也离他而去，父母也跟着受累，去干保安，当保姆。换了一般人可能就此意志消沉，彻底沉沦。就在破产当天，他跑到爷爷坟头跪了一晚，也哭了一晚，第二天，他擦干眼泪，向还能帮他的同学借了一万元钱，跑上海，去安徽，进红酒，推销保健品，后来又与人合作从事塑料生意，慢慢地开始恢复元气，债务问题也在逐步解决。从跌倒到爬起，一路充满艰辛和坎坷，靠的是他坚强的意志力，也靠他几个要好的同学和朋友及时伸出援手，终于让他从冬走到了春，重焕生机与活力。

与你同行，再累也心甘。笔者回顾自己这一路，老师、同学、战友、朋友，许多人都曾关心、帮助过我，在我的人生字典里，填满了一个个温暖的词条。"加油，你一定行！""好好干，有希望！""发烧了没胃口吧，我让炊事班烧碗鸡蛋面！""抽空多学习，不懂的来问我！""看书写日记，养成好习惯！"……关切的话语犹在耳边，正是这些鼓励和鞭策，让我从一个懵懂的、傻傻的、充满稚气的找路人，渐渐地寻到了方向，尽管还有好多不完善、不成熟的地方，但毕竟长大了。

这几年断断续续写了不少文字，也遇到在文字方面远超于我的良师益友，指导颇多，收获满满，在这里很想说声："与你同行，真的很好！"我也很想出书，已经想好题目就叫"与你同行"，但我心生忐忑。我的文字是小小的，文章也是单薄的，可能就此罢了，但我盼望一直与你同行。谢谢你还是这么鼓励我，与我同行，风雨同舟。

（写于 2023 年 2 月 6 日，有改动）

8 那 人 那 事

石英姐

石英不姓石，是名，我不知有无写对，反正村子里人是这么叫她的。

石英是我的邻居，她大我七八岁。她家有三间瓦房，却挤着六口人：父母、大哥、二哥、姐姐和她。

石英天生一副好嗓子，在早晨或傍晚，常听到她在哼越剧。她唱："雪里送炭世间少，锦上添花分外娇。"也模仿男生："天上掉下个林妹妹，似一朵轻云刚出岫。"转间又变回女声："只道他腹内草莽人轻浮，却原来骨格清奇非俗流。"还有"书房门前一枝梅，树上鸟儿对打对，喜鹊满树喳喳叫，向你梁兄报喜来"，等等。唱得字正腔圆、抑扬顿挫、悱恻缠绵，美妙的声音传播得很远很远。

说实话，我越剧看得不少，不管喜欢不喜欢，那时只要人多的地方，我都爱去凑热闹。村子里常请来戏台班子在晒场上演出，大型的有激烈武斗场面的绍剧，中型的算是这越剧了，小的就是本地特色的滩簧小调。也曾和小伙伴一起跑到镇上剧院购票入内，傻傻地花一个下午时间观赏越剧《五女拜寿》。看多了，即便兴趣不大，也略知个中一二。听石英唱越剧，那些曲目选段都似曾相识，觉得她唱得别致，有江南水乡小村的韵味，除了台风免谈，单凭这唱功，窃以为并不比舞台上的那些演员逊色。当然那时屁大的孩子根本不懂什么赏析，只知一个"好"字而已。我也曾猜测她唱的时候是在烧灶火还是刷锅洗碗什么的，总之，全凭声调的强弱高低判断，从不曾冒昧前去求证。

我小时挺胖，脸圆圆的，名字前常被人冠以"大头"称号。头大脚小，走路不稳，心又毛躁，三步并两步，于是摔跤成了家常便饭。有一次，我在外面与小朋友玩玻璃弹子，看看天色晚了，便急匆匆地跑回家，半路上不留神，被绊了一跤，由于摔得有点狠，我眼冒金星，晕了过去。昏昏沉沉中，听见脚步声过来，有人把我抱了起来。我的意识没完全恢复，只觉得对方的怀抱很柔软、很温暖。"还出了鼻血，现在止住了，看来身子有点亏，要多补补了。"是她的声音，石英姐。我睁开眼，发现自己已躺在自家放在院子里准备晚饭的圆木桌上，她正温柔地抚摸我的脸，我母亲也在一旁守候着。"小阿弟，下次走路当心点哦！"见我醒来，她轻轻刮了刮我的鼻梁，回去了。

我小时淘气是出名的，连几百千米远难得赶来走亲戚的表姐也给惹哭过。脾气有点急躁的母亲，常因琐事对我的淘气发泄不满。当母亲动怒持细柳枝来教训我的时候，我不会像弟弟那样闻风而逃，常常立住在原地静候雷霆风暴的到来。但我的骨头又不像电影里的革命战士那样坚硬，枝条还未完全接触身体便立马条件反射似的大哭大叫起来，声音响得全村人都能听到。石英姐闻讯后，就会跑过来护住我，一边劝我母亲消消火，一边故意责怪我不该惹妈妈生气。有她在中间调停，战火很快平息，世界重现和平曙光。那时候的我身上即使已被柳枝条煨出一道道红痕，竟一点也不感觉疼了，心里只惦念着她过一会儿还有没有心情唱越剧。

"要是有石英这样的姐姐就好了！"我有时会这么想。事实上，我是有姐姐的，母亲在她一点点小的时候，就送她到条件稍好些的姨妈家寄养了，因为两地相隔有两三百千米远，从此一年也难见上一回。

石英姐出嫁那天，穿一身大红衣裳，头上的发髻高高盘起，脚上也换成了尖跟的红皮鞋。她显然是哭过的，从屋内被人扶出时，眼睛还红肿的。

袅袅婷婷的她，踩着替代红地毯的麻袋款款前行。麻袋不需要太多，四五只足矣，看看前头将尽，早有人将后头的麻袋移送至前，如此循环反复，直到在东侧不远的河埠头登上船才结束了这个仪式。

在热闹的锣鼓唢呐声伴随下，迎亲船队浩浩荡荡地向北驶去。我和很多小朋友在岸上一直跟着，追出去很远很远。

（写于 2022 年 5 月 9 日，有改动）

阿方

　　阿方跟我同年，也是腊月出生。我八岁上学，他九岁上学，因此我是他的学长。他家挨我家近，中间只隔了一户。那个年代，村里人基本住上瓦房了，可他家仍是草屋两间，当村里兴起盖楼房热，他家依然没什么动静，直到20世纪90年代末，才终于拆了茅草屋，在原址上新造了三间二层楼房。可以说，以阿方家拆草屋造新楼为标志，全村由此进入一个全新的时代，开始一个不落地朝小康生活迈进。

　　我其实挺怀念阿方家的草房子。春天一到，可爱的小蜜蜂成群结队地飞来，在他家草房子的土墙上安营扎寨，钻出一个又一个的小洞洞来，顽童们闻讯持竹签和空瓶子赶来，和阿方一起快乐地捉拿小蜜蜂；下雨天，阿方家外面是"唰唰唰"的雨声一片，屋内则是水声叮咚的交响乐。"这水的颜色真像酱油哦。"我指着屋内接水的瓶瓶罐罐说，阿方挠挠头，嘿嘿一笑。停电了，阿方点燃油碗上的灯芯，灯光暗淡，又一闪一闪的。此情此景，让我不由得想起电影中革命前辈挑灯奋笔的镜头，问："怎么不配个带玻璃罩的煤油灯？那个亮多了。"阿方只傻傻地一笑，低下头继续做他的作业。

阿方的右手大拇指缺一节，这不是先天遗传，而是一次意外事故造成的。还在他幼儿时期，邻居一位小哥学大人玩铡刀，好奇的他帮忙递草，一不小心被那位哥哥铡掉了一截手指头，留下了这个终生遗憾。

阿方虽略带残疾，但身体素质是极好的。那时冬天呵气成冰，我穿棉袄还嫌冷，阿方只有一件薄薄的毛衣御寒，却从没见他喊过一声"冷"。阿方喜欢练武，不知是从哪找到的一本破旧的武术教程书，有配图，他每天对照着勤加练习，居然把一套拳打得虎虎生风，只可惜没有洪七公这样的前辈指导，不然阿方早就可以像郭靖一样独步江湖了。

阿方的另一特点，就是喜欢与人争论，或叫"抬杠"，这有点类似武侠剧《天龙八部》中爱说"非也非也"的包不同。他与谁都争论，争论最多的对手是同村的阿迪，两人棋逢对手，常在放学路上为鸡毛蒜皮的小事争吵，嗓门大得隔老远都听得到。

我是与阿方打过架的。那天，我放鹅回来，阿方正和两三个小朋友在我家院子里的水泥洗衣板上打乒乓球，见我回来，阿方热情地迎上来，摆出架势与我比武过招。一开始纯属闹着玩，拆招过程中，我俩还不停地笑，但玩着玩着就动真格了，直到更强壮的他把我结结实实地按在了地上。这未免太伤自尊了。我登时委屈地大哭，哭了一会儿就想起了什么，站起来冲到水泥板前，将当球网用的砖头和木棍统统拂落在地，这一疯狂的举动唬得他们几个都纷纷逃离。可第二天上学遇到阿方，早忘了"仇恨"，彼此又嘻嘻哈哈起来。

阿方的学习成绩怎么样不太清楚，只知道他的字很有特点，每个字的左前端必带一个长长的勾。这字毁誉参半，好多人评论要是没这个勾，他的字应该算好的，但阿方满不在乎，坚持写他有点"画蛇添足"的字。因字结缘，初三时有位家境甚好的女生爱慕上了阿方，向阿方示好，但阿方有自知之明，没轻易开启这段早恋故事。

阿方初中毕业后就外出打零工赚钱了，后来娶了一位来自贵州的女人，结婚又生子，他过着平淡而无奇的生活。可生活有时不是想平淡就能平淡的。他购置过一辆带马达的三轮车，用来载客做生意，有次转弯时发生侧翻事故，自己没受伤，车上载着的老太却经不起摔，没了，为此，他差点坐了牢。阿方又去过贵州做生意，批发钢筋水泥，看看形势还好，但有很多欠款一时难以收回，这样他的发财梦很快就像肥皂泡一样破灭了。

离乡多年，现在的阿方回到了自己的家乡工作，具体做什么不知，因为我们已有好多年没遇见了。

有时想想，替阿方想，还是小时无忧无虑、自由自在好，想争论就争论，想淘气就淘气，长大后承担的社会责任一多，烦恼也如影随形了。

新时代，阿方家的生活条件改善不少，但远没有达到理想状态，革命尚未成功，阿方同志还需努力。

写下此文，一是纪念小时的难忘时光，二是希望小时的玩伴们，都能够平平安安、健健康康，开心快乐地过好每一天，三是……三就留给读者您了吧！

（写于 2022 年 5 月 18 日，有改动）

向阳而生，温暖地活

——小 C 的故事

　　笑的时候要记得曾流泪过，幸福时光亦不能忘了苦难岁月。

　　当太阳睡眼惺忪地挣扎着穿透云层，用力把光亮洒向大地时，在江南某个乡村的某个旮旯里，一早就升起了炊烟。七八岁的"我"踩着凳子取下灶间钩子上挂着的饭篮，把篮里的剩饭盛出一些加入水已沸腾的大铁锅里，再往炉灶里添一把稻草，泡饭就算烧好了。就着梅干菜，我匆匆吃过泡饭出门。

　　穿着姐留下的毛衣，还有一双姐穿旧的布鞋，出了屋门后，我深深吸了一口气。屋顶、路边、麦地和油菜地里仍留有几许残雪，冷风飕飕地透过衣服钻了进来，毫不怜悯地吞噬着我的体温，脚上的冻疮肿得像小馒头，一步一个疼。我步履蹒跚，一路默默地喊着"妈妈"。路边上有家小吃店，小吃店老板正在揭开蒸笼，看到冒着热气盖有红印的馒头，我的脚步不由得放慢了。还记得，妈妈在这家小吃店曾给馋嘴的我买过馒头，我捧着轻轻一咬，甜蜜蜜的豆沙馅便流淌出来，粘在嘴上、脸上变成了一只小花猫，妈妈在边上会一直微笑地看着我吃完……这些都如梦一般地飘过了。我咽了咽口水，继续踯躅前行。妈妈多年前带着姐离开了家，从此便再没回来过，爷爷在我未出生时就过世了，如今的我和爸爸、奶奶相依为命。

外婆家其实并不太远，抄近路一个时辰就能走到。听人家说妈妈刚从外地回来了，她有时会在外婆家歇脚，我今天就是去碰运气的，或许能遇见妈妈也说不定。爸爸没种责任田，只承包一小片桃园，微薄的收入很难支撑这个家，为了节省开支，吃的米有时是从要饭人手中买来的，那"百家米"常掺有小石子，一不小心会硌着牙。这次，爸爸又告诉家里没有多余的钱了，我心里特别着急，吃不饱穿不暖都不要紧，可是我要读书，需要买点纸笔和词典。幼小的我不明白妈妈为什么会不回家来，我非常想念妈妈，却害怕见到外婆，因为每次外婆看我的眼光都是冷冰冰的，如同这寒冷的冬季，外婆的慈祥只留给了表妹，可不管怎么样，我仍然要去，我急需见到妈妈。

踩着一路泥泞，我怀着渴望又胆怯的心情走到外婆家门口。小手被寒风冻得发紫，真想有个地方暖一暖，可我不敢立即敲门进屋，我站在门外竖着耳朵听，渴望能听到妈妈的声音。可站了好久，只听到外婆在屋里与别人聊天的声音，这里面并没有妈妈。"妈妈一定不在外婆家。"一念转过，百般失落，心如同掉入边上小河的水里一般透凉。在离开之际，我瞥见晒在窗台上的一双红皮鞋，在淡淡的阳光中显得十分耀眼。这是表妹的鞋子，很漂亮，里面毛茸茸的，看着都暖和。我注视良久，才默默地转身，一路抹着眼泪跑回了家。

太阳照不到的地方，要么去换个位置，要么默默期待，阳光总会来眷顾的，也总有春暖花开的一天。在六年级时，我的境遇引起了语文老师兼班主任的注意，他姓黄，黄老师是好心人，他经常过来嘘寒问暖，像自己孩子般地关心我、帮助我，给予我很多的鼓励和期望。还记得，有次已升到中学读书了，买复习资料需要两三百块，家里实在凑不出，我向黄老师开口求助，他毫不犹豫地伸出了援手。资助只能解决一时，但精神上的鼓舞是巨大的。经过寒窗苦读，我终于如愿考上师范大学，毕业后又找到了一份稳定的工作。黄老师并不需要回报，而爱却是可以传递的。在一次外出执勤过程中，我发现一位瘫倒在地的老人，立即上前查明情况，并及时送到医院抢救，使老人转危为安。媒体获知这一情况后报道了我，单位也给予评优升职的奖励。前行的道路大多数时候是曲折不平的，个人奋斗是一方面，别人的帮助也极为珍贵。多年来，老师的恩情和那双红皮鞋像熊熊燃烧的火焰一样在心头交相辉映着，一直没有熄灭。但贫穷在身上仍留下了很多可见的痕迹，现在给女儿买了不少的皮鞋和衣服，在女儿身上，我只想弥补过去自己因贫穷而造成的缺憾。当然，我也会尽自己一分力量去资助遇到困难的孩子，现在去帮助别人，也算是对别人在过去帮助我的一种回报。

　　这是朋友圈好友小·C 的故事，她一直隐藏在心中，从没告诉过别人。她是看了我发表在微信公众号里的文后，被我的故事触动，记忆猛然涌出，才私下告诉我的。她并不想揭开伤疤示人以博取同情，因为她觉得所有苦难只是上天将命运之书装订错了，或缺页，或乱码，需要她去努力重新整理打造，一切都不可逃避。无论如何，她一直相信命运之神在关闭了一扇门之时，必然会有另一扇门是打开着的。

　　刚过而立之年的她，竟有这样的人生磨砺，让我这样的"老同志"陷入深思并感到惭愧。我总是倚老卖老，笑年轻人的张狂和轻率，孰料还有诸如她这般的年纪，却经历了这般的辛酸和艰难。一花一尘埃，一人一世界，想来每个人都有属于自己的故事，只是有些人在笑的同时会偷偷抹去眼泪，没有把自己虚弱的一面展示给人罢了。

秋风已起，冬天跟着便来，那么意味着春天也就不远了。只要等上 10 年，或再一个 10 年，曾经流泪的过去，再回首时也不过如此。有人说，冬天的严寒可以让很多原本软弱的东西坚强，也会让原本坚强的东西软弱，所幸小 C 刚好也是前者。即使在严冬时分太阳照不到的地方，她也会在幼小的心灵里种上一颗希望的种子，让自己温暖地活着。

重要的是，小 C 现在的生活安定而充满阳光，这些都离不开在成长的关键时期有人温暖地扶了一把，帮的人自然不求回报，而被帮的人表示要让爱接力。正好前几日朋友圈看到过这样一条消息："今天，给陌生人送上你的微笑吧，很可能这是他一天中见到的唯一的阳光。"我觉得这句话挺应景，就借以作为本文的结束语吧！

（写于 2017 年 10 月 17 日，有改动）

放鹅

　　家里每年都要养些鹅，七到十几只不等。为节约成本，鹅都由自家的母鹅孵化。刚孵出的小鹅，黄毛茸茸的，看到来人会拍打着一对小翅膀欢叫个不停，极讨人欢喜。那时，我每天回来放下书包，就先去田间垄边割一篮青草，青草挑最嫩最嫩的，割回来由母亲切得细细碎碎喂给小鹅食用。喂养一个多月后，就可以放鹅去外面觅食了。

　　说真的，我挺喜欢放鹅这活，比割草轻松多了。放鹅时，手里持一棍子，这棍子其实就是竹扫把扫秃了剩下来的柄，前端带弯钩。遇有不听话的鹅，就用这带钩子的竹棍往鹅脖子上钩拉就成。半路遇到蛇，还可起到防身作用。

　　赶鹅出栏，我用弯钩棍朝前方一指，鹅就排着队振奋着翅膀往水沟方向奔。沟里的水无论浅深，对已换了毛少年初长成的鹅们来说皆为区区小事，若待他日翅膀长硬了，还能见识它们在水面上施展"凌波微步"这门绝顶轻功。

　　水沟是泥沟，两侧长满嫩绿的草，群鹅顺着长长的水沟从这头扫荡到那头，又从那头梳理回这头，长长的颈脖上的食腔鼓了又瘪，瘪了又鼓。它们一边啄食一边排泄，像胃量大得惊人的饿汉永远都吃不饱一样。我看看时间差不多了，就扬扬手中的棍子，吆喝着让鹅一只只爬出水沟，见有实在挣扎不上来的，就俯下身助其一臂之力。只消抓住鹅颈向上一提，鹅就被扔到了路面上。

我家屋后是田野，放鹅很方便，可以做到风雨无阻。在雨天，我撑把伞蹲在横跨沟渠的青石板上，一边打量着鹅伸长脖子勤奋啄食的动作，一边听雨有节奏地敲打伞面的声响，恍惚中，有种整个世界就剩下我和鹅的错觉。晴天拿本小人书（不够优秀，居然从没带过一次课本），哪怕看入迷了，也不担心鹅会走失。当近处的青草吃得差不多了，就会赶鹅去稍远的地方探寻。草，是那些鹅唯一的幸福源泉，走远点吃点好草，对鹅来说，当然要举双翅赞成了，谈不上有何非议。

有次，我率鹅队顺着小村旁的江边向北急行军，翻过一座桥，来到桥下靠南的窑边。只见窑边靠水的低洼处，草色青青，暗虫唧唧。这是我来钓鱼时偶然发现的好牧场。群鹅见状惊喜万分，拍着翅膀闹腾了一阵，便成散兵阵形开始埋头吃草。我则坐在树下乘凉，抬眼望，见窑那头有一处平房，三间大小，里面不时有人影闪动。我并不以为意，自顾自放我的鹅，看我的杂志。过了不知多久，才发现身旁已立着一位大姐姐，悄无声息。我大吃一惊，站起来先默默地清点鹅的数量，见一只没少，内心才稍稍平静。"侬这本杂志借给我看看，好吗？"大姐姐恳求道。我略思索了下，点头同意，便把杂志交给了她。"明天来放鹅时，我会还给侬的。"大姐姐微笑的时候，我注意到她脸颊的中间露出了一对浅浅的小酒窝。

第二天的太阳有点大，稍一动就出汗，且一丝风都无。翻看台历，上面赫然写着该日不宜出行。但我满不在乎，迷信的东西怎能信？我只盼自家的鹅每天多吃点，快快长大成才。我又赶鹅至窑场。过了好一会儿，寻思着鹅已吃得尽兴了，就走向那幢从没靠近过的平房。大门是开着的，我没敢擅入，转而踱到东边那间的窗底下。两扇窗玻璃向外打开着，不用踮脚也能透过窗户通视室内。靠窗摆着一张写字桌，一位陌生的女人正坐在桌前，聚精会神地捧读我那本杂志，再往内，靠墙边是一张挂着透明蚊帐的竹榻床，床边侧身坐着的应该就是那位姐姐了。她的两条光洁的大腿垂在外面。"姐姐，那本杂志看完了吗？"我人小声音大，像一记响雷越过窗户在屋内炸响。坐床边的那位姐姐闻声竟有些慌乱，抓起一条短裤就往身上套。看书的女人倒是镇定，只抬头瞄了我一眼，没事儿一样地继续坐在那看她的书。"看完了，拿回去吧，谢谢哦！"那位姐姐走了过来，脸上堆满了笑容。她上身仅一件背心，下身一条平角短裤，身材丰腴。大概是长期受到太阳晒的缘故，她的肤色分成白与黑两个层次，头颈部和四肢远端稍有点黝黑，其他地方又显得特别的白，一小截白花花的肚子还露在外面。不谙世事的我，此时也被此等光景逼得低下了头。这荒山野岭的，我是不是出现幻觉了，这平房不会是盘丝洞的妖精变的吧？我生怕再过一会儿那位姐姐的肚脐眼会丝绳乱冒，还有坐窗前的这女人也奇怪，一直纹丝不动，除了眼睛眨一下，其他什么表情也没有。我大悚，接过递出来的杂志，像要给自己壮胆一样，立即挥动着手中的棍子，口里"哇哇"一阵乱叫，飞也似的逃离了那个地方。当然，惊慌失措中，并没忘了带走我的群鹅。

之后，我仍会找地方放鹅，但那窑处附近，即使草再多、再嫩，也断断不敢再去了。

（写于 2022 年 5 月 6 日，有改动）

虱子

　　"1，2，3……"我数了数，一共6只虱子，还有一粒圆圆的白色虫卵。这虱子个体小小的，还没米粒大，前端带吸管的尖嘴处，有六条细细的看上去很拽的腿，整个模样有点像地狱使者般狰狞可怖。虫卵我们叫"虱籽"，其实正确的学名是"虮子"，白色，圆圆的，不仔细分辨还以为是头皮屑。虮子—若虫—成虫，是虱子生长发育的三个阶段，若虫和成虫终生在寄主体身上吸血，每天吸血数次，吸血时分泌的唾液进入皮肤，会让人觉得奇痒难耐。

　　这些虱子、虱籽，是我用木篦子费力地顶着自己头皮篦过几遍后的战果。本以为已一网打尽，从此高枕无忧，孰料过些时日，虱子又卷土重来，强悍地占领了我头顶这个制高点。"要么试试敌敌畏吧！"我恨得牙痒痒的，突发奇想。"侬个港度（你个傻瓜），读书怎么读的？这是农药，杀虫用的，很毒，人怎么可以用，前头那个村不是有人想不开，喝了敌敌畏几分钟就没了。"父亲呵斥道。没辙，看来同归于尽不是最好的选项，在现有条件下，用木篦子篦仍是我唯一对付虱子的手段。我有点像当年奉行闭关锁国的清政府，面对人数不多但船坚炮利的外敌侵入，苦于手头只有原始的长矛短刀对抗，地大物博也只能成为别人觊觎掠夺的一块肥肉了。

哪里有压迫，哪里就有反抗，我的反抗是坚韧的、卓有成效的。每个周末，我都能或多或少篦些虱子下来。看到隐藏在我头皮上的吸血恶魔一个个地篦下来，暴露在床头柜的玻璃台板上，哆嗦着腿一副惶惶不可终日的样子，我心里头有种说不出的痛快。但大快人心的还在后头。我缓缓地举起最有力的右手，食指和中指抵住大拇指，翻转，大拇指的指甲盖朝下，如泰山压顶般落向这些卑劣成性的小丑。"啪，啪……"，声音清脆无比，转瞬间，这些寄生虫全部化为肉糜灰飞烟灭，台板上只留下星星点点的血斑。这原本就是我的血，两清！"你所欠下的，总有一天必须连本带利地还回来。"这话说得多经典呀，但贪婪的虱子们又怎么能听得懂人话。

那些年，头上长虱可不是我的专利，说不定亲爱的读者您也曾经历过，没有经历过也必定听长辈们提起过。这里我敢打赌，当年我那一届读小学的全班同学都长过虱子，特别是我的同桌，一位女生，长相如何我就不描述了，我只提她那一头"飘逸"的长发，真的是恰如鸡窝一般的乱，还有一个不得不说的事实就是，我目睹众多虱子在她的发丝丛中开派对狂欢，但她还滑稽地用小刀在课桌上（有损坏公物之嫌）与我划定了三八线，规定未经允许不准逾越。谁要靠近你，这都谁传染谁呢！

后来，也不知什么时候，当家里奢侈地用上了洗发水，当我耳后和颈脖上显眼的泥垢不见了的时候，虱子猖獗的时代终于画上了句号，我们的生活从此少了阴霾和纷扰，多了阳光和安宁。

（写于 2022 年 5 月 6 日，有改动）

电视

　　提到"电视"，现在的孩子可能会嗤之以鼻，电视算什么，家庭影院都看腻了，现在一部智能手机什么都有，游戏、抖音、直播、影视、电竞、K歌等，爱怎么玩就怎么玩。但在那个年代，物质匮乏，生活窘迫，能去别人家看一眼电视已属不易，再想自家也拥有一台电视机，那简直就是奢望了。

　　不知是读小学几年级，一条小河之隔的季家堰村破天荒地有了台电视机，居然还带彩色的，太高档了。那真是一户大慈大悲与邻为善的好人家，一到傍晚，就主动把电视机搬到室外来给大家观赏。他家门前的空地够大，电视一放，附近的人们就蜂拥而至，多是自带椅子、板凳来的，一时半会，人群已黑压压一片。我们小朋友挤到最前面直接坐地上仰头观看，我怀疑现在较严重的颈椎问题是不是当初看电视造成的。最先的电视节目好像都出自日本，如《花仙子》《聪明的一休》《血凝》《排球女将》《姿三四郎》等，后来才有香港或国产的《霍元甲》《陈真》《射雕英雄传》《水浒传》《虾球传》等。要是这户人家临时有事不放电视了，那一夜我肯定是要郁闷的，心里头牵挂着电视里的人物命运，总想一集不落地看完才好。比如漂亮善良的花仙子小蓓，什么时候才能找到可以带来幸福和快乐的"七色花"？咯叽咯叽的一休哥，这回在光头上画圈，又能想出什么好点子？病情反复的大岛幸子今天怎么样了？都让我牵肠挂肚，沉迷其中。

令人兴奋的是，自己村子里也开始有人添置电视机了。靠河边就有两家，可惜电视机是放在卧室里的，我们不好意思前去打扰。另有两家表现出色：一家搬到门前空地上放，尽管电视机是黑白的，但黑白的总比没得看强；另一家安排在客厅里放，金星牌的彩色电视机，14英寸，晚饭后，他家大门就打开着，同样吸引了众多村人前来观看，我也是其中的常客。

直到上初二，有一天父亲利用去丹东出差的机会，在那里以出厂价购买了一台菊花牌的12寸黑白电视机。我不知道这一路他是怎么背回来的，实在是劳苦功高。这牌子我倒第一次听说，电视广告上没见过（那时迷信广告），但我仍对父亲的这次壮举充满感激，膜拜于地。看到父亲用一根长长的竹竿把简易的天线竖在屋顶之上，我的喜悦之情溢于言表。不管事实如何，高高竖起的电视天线在当时就是一种家境殷实的象征。炫富，这绝对是一种变相的炫富，我像祥林嫂一样逢人便说我家有电视了，区别是祥林嫂在诉苦，我则是欢迎人家来做客。果然，一到晚上，我家门前也是人头攒动，热闹非凡。只是电视信号不太稳定，要经常拨动天线的方向才行，有时火大了就会对着电视机的外壳一顿猛捶。能收看的频道也没几个，好多台纯粹是一片雪花乱舞。有的台很多情况下只出现一个测试色块的大圆球，让人好不扫兴。

现在想想仍是有些疑惑的。那时候为何这么迷恋电视，对读书却一点也不上心，每天好像没什么作业似的，腾出的时间基本交代给电视了。

还得交代一件事，在我打开电视机的时候，我偶尔还会想起一个人，一位可爱又娇气的小女孩。但小女孩的遭遇令人唏嘘。小女孩是我村子里的，家里拥有一台当时值得炫耀的小小彩电。有一天晚上，我和一帮小伙伴跑到她家看电视，电视里播放的是《射雕英雄传》，剧情精彩绝伦、扣人心弦，说实话，我这辈子还从来没看到过这么好的武打剧，那降龙十八掌霸气十足。我正看得入迷，幻想着自己就是憨厚的郭靖爱上了美丽刁蛮的黄蓉。可不知怎么回事，小女孩跑到我面前，不由分说就甩给我一记耳光。众目睽睽，突如其来，莫名其妙，当时我的大脑陷入一阵迷惘。这什么情况啊？我难道就像电视剧中的欧阳克或杨康一样令人生厌吗？事实上，老实巴交的我，简直跟傻里傻气的郭靖差不多，怎么就招惹她了呢？我算是有志气的，从那晚起，我就再也不上她家看电视了，惹不起总躲得起。可不幸的是，过了一些年，她得了急性黄疸肝炎抢救不及，过早地夭折了。我听说后心中惋惜，说真的，这么漂亮的小女孩，有点类似日本动画片的那个花仙子，性格尽管刁蛮任性了点，但其他都没得说，我也早已不怪她那一记巴掌了，毕竟谁都有年幼无知时，可叹命运捉弄人，偏偏如此安排。

那些追着看电视的日子，简单、贫穷，或许还有一丝烦恼、一些缺憾，但更多的还是快乐和满足，让人常常想起，永远难忘。

（写于 2022 年 5 月 9 日，有改动）

9 人 在 旅 途

相约镇江

我曾在江苏镇江上过学，一别已有三十载。前不久，因同学之邀，我从余姚坐高铁到镇江，与这座美丽的城市再次相约。

镇江，京杭大运河与长江交汇于此，素有"天下第一江山"美誉。传说中赫赫有名的金山寺就在镇江城区，已矗立1600多年；焦山、北固山和南山等都是风景名胜地，留有许多名人的逸闻趣事；镇江街头大市口一带的繁华景象，如商业城、华联商厦、甘露商城、新世纪商厦、新华电影院等这些地标，至今还清晰地印在我脑海里；黄山桥附近恒顺酱醋厂飘出的酸香味，曾弥漫于整条街上；随处可见的特色锅盖面，让人心生好奇；肴肉究竟是不是肉，我至今仍说不清楚。当然，现在的镇江早已不是记忆中的模样，一个人也好，一座城也罢，都在不停地发生变化，但是，我融入过这座城市，与这座城市曾一度情投意合，现在无论怎么变，那种打心里的喜欢和爱慕从未改变。

镇江的西津古渡是在原址上新开发的景点。西津古渡位于城西云台山麓，商铺依坡而建，保留下来的建筑大多是明清时代的。

约 1000 米长的小街古色古香，历史气息浓郁，是了解镇江文明
发展史的一个窗口。在街上徜徉，会发现脚下的石板路正中，有
一道深深的凹痕，这凹痕沿街起伏一路贯通，思索良久才明白那
是车辘轳的轨道。我在待渡亭驻足小憩，恍惚中看见李白、白居易、
王安石等大诗人在此等船候渡。"京口瓜洲一水间，钟山只隔数
重山。春风又绿江南岸，明月何时照我还？"可惜王大人生不逢
时，变革理想最终未能实现。如今长江水已北移，渡口功能不再，
但他由这渡口乘船北上所作的诗句，已成为千古名篇，流传不朽。
登临北固山，从山顶眺望滚滚东逝的江水，不妨重温南宋大词人
辛弃疾的《永遇乐·京口北固亭怀古》："千古江山，英雄无觅
孙仲谋处。舞榭歌台，风流总被雨打风吹去。"北固山的甘露寺
相传是刘备与孙尚香弄假成真、巧结连理的地方，传奇故事与历
史建筑相得益彰，相映成趣。到了金山寺，除了水漫金山的传闻，
还有唐代诗人王昌龄的《芙蓉楼送辛渐》："寒雨连江夜入吴，
平明送客楚山孤。"芙蓉楼就在金山下，楼并不见得有多雄伟，
但因诗而名声大噪……镇江这座江南历史文化名城，一砖一瓦、
一草一木，都带着传奇和诗意。走进这座城市，会觉得时光一下
子穿越了几个世纪，想象着自己也是那文人骚客，饱览秀丽江山
之余挥毫泼墨，写下赞美的诗篇。

　　来到镇江，不能不提到一位名人——沈括，北宋时期最卓越
的科学家，他的《梦溪笔谈》是一部百科全书式的巨著，对后世
有着深远的影响力。镇江有他居住过的"梦溪园"旧址，环境优
雅别致，这次时间匆忙，来不及前去拜谒，只能留下遗憾了。

　　"桃花坞里桃花庵，桃花庵下桃花仙。"相传桃花坞路有一
座桃花庵，庵前种满桃树，因而得此路名。我曾特意去找寻一番，
结果连一棵桃树都未见着。如今，镇江市区变大、变新，许多道

路拓宽改造，而桃花坞路基本保持了原貌，那熟悉的 10 路公交车仍孜孜不倦地爬行在这条路上，目睹旧景，我的心底柔软处好像被谁轻轻地捅了一捅，泛出点点湿意来。

　　此次镇江之行，真是"相见时难别亦难"，那好吧，镇江，我们后会有期！

　　　　（2023 年 06 月 18 日发表于《余姚日报》，有改动）

你好，吉林

在外漂荡经年，回来后已不怎么愿意再出门远行。这次机缘凑巧，时间正好，于是报了名去吉林旅游。

阳春三月，江南草长莺飞，万物齐吟，然东北此时又是什么样的一番光景，我心里倒有些好奇。

在宁波栎社国际机场，托运行李，过安检，登机口静候起飞。导游在路上简单介绍了行程计划中的一些地点，包括"北国春城"之称的长春、与朝鲜接壤的延边、皑皑白雪的长白山……令人心向往之。

约3小时的飞行，在夕阳的余晖下，客机平安降落在长春龙嘉机场。有当地的导游前来迎接，很快坐上大巴车驶向市区。陌生的城市，久违的感觉。长春这座城不曾来过，但长春电影制片厂的大名，俺这土生土长的农家娃，很早就从生产队的晒场上读到了。《上甘岭》《冰山上的来客》《保密局的枪声》等电影，都是长影拍摄的，在老家农村的晒场上放映了多遍，看得次数一多，就知道在中国有长春这个地名了，可以说仰慕已久。如今能身临其境一睹庐山真面目，内心是十分激动的。听着导游用东北话娴熟地介绍城市特色，我则用眼睛不停地搜寻着车窗外的街景街貌：100多年前建造的宽阔笔直的人民大街、伪满洲中央银行旧址、人民广场上高高耸立的苏联红军烈士纪念塔等等，沧桑的建筑像电影的镜头，一帧帧地在眼前呈现，又浮光掠影般地闪过。在这座城市穿行，我感觉似乎在捧读一本厚厚的历史书，兴奋地打开了前几页，可读着读着，却又不太愿意深读了。

城市的夜晚霓虹灯璀璨，但街上行人稀少，猜测是北方天冷的缘故，当地人都习惯了早早回家，窝在热炕头陪伴家人了。晚饭安排在长春某某屯饭店，导游推荐的。一听这名就觉很北方，内部装修也有特色。包厢内设炕，配老式家具，墙上挂黑白老照片，墙壁糊着20世纪五六十年代的《光明日报》，还有《祖国河山一片红》的宣传画，显示出主人对过去岁月的怀念。好多年前，一位颇有名气的小品演员曾来此店就餐，与店主欣然合影，照片就挂在走廊过道处，十分抢眼。吃惯了东海的海鲜，对东北菜一下子有点不太适应，溜、炸、酱、炖为主要特点的东北菜，讲究吃得豪爽过瘾，端上桌的每一盆菜，都碟大量足，但总觉得粗犷有余、精致不足，配菜也很单一，用些葱、辣椒等配料，色香味中很重要的"色"却忽略了，令俺们时而停杯投箸，推开碗来环顾左右。或许这跟团队旅游大多只提供简餐有关，吃饱即可，不苛求一个"好"字。

下榻的宾馆靠近长春火车站。火车站是一座城市的地标，承载着许多来往奔波的故事和绵绵无尽的乡愁。一安顿好房间，就与室友兴冲冲地奔向外面，后因风大，折回换上羽绒服再出去溜达。长春火车站有些年头了，可追溯至20世纪初，日本人从沙俄人手里夺得南满铁路权后，在这里建造了临时停车场，也就是长春站的前身。清政府腐败无能，任由列强在中国的土地上横行蹂躏，这车站亦是见证。几经变迁，长春火车站现已成为东北最重要的交通枢纽。新火车站于1994年在原址重建启用，后又改建扩大，建筑呈欧式古典风格，华丽大气。站前地下广场，开阔整洁，人流稀少，没有南方城市鳞次栉比的商铺和闹哄哄的人群。从站前广场出来到周边街道闲逛，路面干净，车辆有序停放，附近沿街小商铺以酱骨头、面点类小吃店为主，没有嘈杂的音乐或乱七八糟的广告。冷风中瞥见一群人正在公交站点候车，看样子是当地市民，自觉排成一线，秩序井然。

早饭后，一行人出发去了伪满洲国皇宫，末代皇帝溥仪曾在这里建立傀儡政权。溥仪一生坎坷，三岁登基时，因受不了仪式的折腾而哇哇大哭，其父醇亲王载沣边哄边无意说了句"快完了"，结果一语成谶，在溥仪6岁时辛亥革命爆发，清帝退位。世界潮流，浩浩汤汤。可惜溥仪后又受日本军国主义的蒙蔽，当了傀儡皇帝，成了历史的罪人。溥仪就住在这座日本人建造的伪皇宫里，开始了他屈辱而卑微的一段光阴，伪皇宫也是日本侵略中国、在东北实行殖民统治的历史见证。这座结构牢固、装修考究、配套齐全的伪满皇宫，现在看来只不过是个精美的大囚笼罢了。参观过一间间卧室、客厅、侍从室，在对历史的追溯和沉思中，耳边仿佛传来溥仪弹奏着的钢琴声，琴声中透着愤恨与压抑，也朦胧看见美丽端庄的皇后婉容，被打入冷宫后靠吸食鸦片来麻醉自己，茕茕孑立、形影相吊……

当天下午坐动车转至敦化市。敦化，取自四书《中庸》"大德敦化"一词，有"以德治理"之意，是清朝皇族始祖发祥之地。徜徉敦化城，照例是路宽人流少，与众不同的是所有店招都用汉文和朝鲜文两种文字书写，凸显了朝鲜族在此地的文化和地位。敦化属延边朝鲜族自治州，朝鲜族在这一地区的人口比例为38.6%，以长白山为界，包括图们江，另一头就是朝鲜民主主义人民共和国了。在此停留期间，参观游览了正觉寺，也品尝了当地特色的铁锅炖。敦化正觉寺位于市区南郊的六鼎山，始建于清光绪年间，20世纪90年代重建，2011年金鼎大佛正式落成，佛身高约38米，是世界最高的释迦牟尼青铜露天坐佛，与香港天坛大佛遥相对应。"铁锅炖"是东北农村地区的烹饪形式，对这个，我是发自内心的赞叹。两口大铁锅分别炖着鸡和鱼，为方便，原本烧柴的改成煤气，灶台也制成圆桌或方桌，锅就坐进桌子的中央。鱼的这一锅配粉条、干菌类，上面还蒸着茄子、南瓜、馍馍，鸡肉这锅加了青菜、土豆块等，一次到位，没有请求不再加菜。我们一桌10来人，团团围坐等候了约半小时，待炖好入味，服务员过来掀盖，用大勺搅拌均匀，氤氲氲氲中，大家一起动手打捞，在美味中感受着大家庭欢快团聚的氛围。

心仪长白山很久。长白山是满族人心中的圣地，此地物产丰富，景色秀美。这片神秘的山脉周围一带，曾被清王朝封禁200年，用意大概就是担心丰厚的资源被外人掠夺，以封禁手段加以保护，然而事实上封而难禁，人类为了生存发展，必然需要相互交流、取长补短。长白山顶闻名于世的自然景观天池，是历史上三次火山喷发形成凹陷的巨型伞面体，久而蓄水成湖。湖水面积有9.82平方千米，平均水深204米，最深处达373米，为世界上最深的高山湖泊。天池孤悬天际，群峰环抱，夏日水蓝胜于天，冬日结冰又白亮似雪，鬼斧神工，无可复制。天池没有入水口，只有出水口，从一端处喷泻而出，形成壮观的长白瀑布景观。传说池中潜伏着一条龙，长流不息的天池水，就是龙吐出来的。正因如此，天池又名"龙潭"，天池水被奉为圣水。我们从天池掉转身继续前进，"行百里者半于九十"，同行 23 人，只 7 人坚持沿登山台阶爬到瀑布倾泻之处一睹瀑布真颜（乘雪橇上来的几个忽略不计）。我没忘了在瀑布一泻而下交汇成溪的地方，蹲下来用手掬起一捧水来，细细嗅之，又尝尝，竟觉十分甘洌可口。

去多了浪逐碧沙、惊涛拍岸的海边，如今来到这深谷幽林、白雪皑皑的长白山，竟也莫名地喜欢上了。望着山间成排的白桦林在积雪中伫立，让人不由得联想到当年的东北抗日联军在深山密林中处处扎营，与凶恶的日寇机智周旋，为中华民族的独立与尊严浴血奋战。正如鲁迅先生说的，"我们自古以来，就有埋头苦干的人，有拼命硬干的人，有为民请命的人，有舍身求法的人"，毫无疑问，他们都是民族的脊梁。如今白桦林依然挺立，而抗联精神所蕴含的信仰信念、爱国情操和牺牲精神，是值得我们后一辈铭记、传承和发扬光大的！

最后一晚入住延吉。饭后趁着时间还早，和同队的小李一起去了延边大学，在宁静的校园里慢悠悠地踱了一圈。挺喜欢学校的氛围，可以追忆一番读书时光的无忧无虑与烂漫天真，恍恍惚惚中，光阴的故事在指缝间倒带播放，又迅即流逝……校区综合楼前有一巨石矗立，石上刻有李岚清副总理书写的"圆融"两字，细琢磨之，似有所悟。"求真、至善、融合"，正是该校的 6 字校训，此 6 字若用来指导做人处世，亦是这般道理。

这一趟旅行是十分顺利的。出来头几天一直晴朗，除了长白山顶稍冷点，在山下行走，感触的是春天恰好的温暖与舒适。但在结束旅行的当天，天空却意外飘起了雪，大地霎时白茫茫一片，一下子感觉又打回了冬天。这大概是老天刻意安排的，知道我们南方人大多喜欢雪，喜欢雪从空中片片落下的飘逸样子，喜欢银装素裹、皓然一色的清纯世界。我们一行人没有约定，只是忙里偷闲，恰巧凑到一起，告别凡尘琐事出来走走。出来一趟的收获必定是有的，除了比来之前更鼓的行囊和一直荡漾在脸上的笑意外，更重要的是一路上所看到的、听到的和思考到的。知道来处，剩下的归途才更明白，人生需要旅行，只希望旅途都是这般有意义！

（写于 2019 年 3 月 22 日，有改动）

黄河楼和青铜峡

——我的宁夏之旅（一）

　　未抵宁夏前，我对宁夏的印象只是电视剧《山海情》中风沙走石的荒滩戈壁和走上脱贫致富之路耿直率真的闽宁镇人们，当然宁夏枸杞和葡萄酒也是有所耳闻的，至于其他就不怎么知晓了。直到我去过宁夏，与宁夏来一次亲密的接触，才真正体会到，宁夏原来是有如此这般的美，与宁夏的这次匆匆相约，真的就如同赶赴一场星星的约会，一切都充满神秘而惊喜。

　　中华黄河楼位于吴忠青铜峡市黄河西岸，主体楼建造在河中央的一个沙洲上，内设黄河中国历史文化展览馆、黄河宁夏历史文化展览馆、黄河印象展览馆等，全方位地展示了黄河五千年灿烂文明史。黄河楼屋面用的是金黄色琉璃瓦，外檐钢结构，主体混凝土浇灌。楼高108米，这个数字与青铜峡黄河大峡谷的108塔互为呼应。黄河楼主楼为地上9层（含两个夹层），地下二层，可坐电梯直达楼顶。整个建筑由主楼、角楼、牌楼、12生肖图腾柱、镇河铁牛等附属建筑和雕塑组成，总建筑面积2.2万平方米。设计风格为仿明清塔楼式古建筑，主色调是中国红和富贵黄。有一座桥与外面宽阔的 8 车道柏油马路笔直相通。中华黄河楼外观雄伟壮观、富丽堂皇。我们一行在惊讶之余，纷纷探寻其历史因缘。带队导游回答倒是干脆直白的："黄河楼于 2010 年开工，2012 年建设完成，你们说有什么历史可言？"对这个看似反问的答案，我们并没有感到意外，抛开历史因素不说，就其建筑风格和文化内涵，觉得并不比我们江南的黄鹤楼、滕王阁、岳阳楼等名楼逊色多少，再说好多名楼也是后来重建的。逝者如斯夫，再过几百年甚至几千年，这些新的有价值的事物，相信也都会归类为历史文物了。

我们去的时候，黄河水量有点小，围绕黄河楼的水体颜色清澈，好多地方都裸露出河床，河床上长着绿油油的植被。登上高楼极目远眺，我还是能想象一番诗句"黄河之水天上来，奔流到海不复回"所描绘的黄河固有的磅礴气势。

我从顶楼一层一层地往下参观，每一层都是内容不同的展厅。资料翔实，展品珍贵，布局精致。当我正在为黄河流域的考古发现和文明成果所惊叹、所沉迷之时，手机电话铃声突然响起，来电提醒我是团队最后一个滞留的游客了，于是我匆匆跑出主楼。当再次经过主入口处的黄河楼大牌楼时，我不禁抬头注目，大牌楼为 7 门 8 柱 15 楼，显得恢宏大气，背面主匾上书写着 4 个大字"美哉黄河"，正面书写"大哉黄河"。"美哉""大哉"，这恐怕是词典上最简单的两个褒奖词了，却将宁夏人民对黄河的赞美感激之情表达得淋漓尽致。

我曾拜谒过位于湖北宜昌的三峡大坝，那是全世界最大的混凝土水力发电工程。宁夏的青铜峡水电站在规模、体量上虽不及三峡大坝，但同样气势不凡，像北方汉子一样威武霸气。青铜峡水利枢纽工程是新中国成立初在西部少数民族地区建起的第一个水利工程，它是西北地区主要的水电基地之一，也是民族自尊自强的象征，更是爱国主义教育基地之一。围绕青铜峡水电站，有9条干渠流向四面八方，因此在黄河大峡谷旅游区的广场上，人们修建了九龙戏珠铜质雕塑和汉白玉的九龙图腾柱，9条干渠就是9龙，青铜峡水利枢纽即明珠，雕塑形象贴切，寓意深刻。宁夏平原是河套灌区的重要组成部分，引黄灌溉的历史长达2000多年。在宁夏，仍在流淌的灌溉古渠就达14条之多，长度1224千米，比银川到北京的距离还要长。"天下黄河富宁夏"，美丽的黄河将宁夏灌溉成水草丰茂的"塞上江南"。当我走在颤颤巍巍的青铜峡幸福桥上时，看着桥两侧密密麻麻的同心锁和前方"幸福生活是干出来"的标语，我能深切感受到从青铜峡倾泻而下泛着金黄色的黄河水，就是宁夏人民的幸福源泉和希望所在。

（写于2022年8月6日，有改动）

神秘的 108 塔

——我的宁夏之旅（二）

从青铜峡水电站坐船，约五六分钟，就到了黄河对岸的 108 塔码头。上了码头，是一段长长的木板路，路两边的滩头上芦苇丛生，沿路竖着一块块宣传牌，内容都是关于黄河湿地资源方面的。

前头桥边是荷池。荷花如同这盛夏的阳光，开得极其艳丽而热闹。成群的大金鱼在水中巡弋，一遇到游客投食，便争先恐后地挤过来，池面就像刚刚烧开的水一样沸腾了。这让我想起普陀山的普济寺，门前也有类似的荷花池。普济寺的那个池大多了，面积约 15 亩，名叫"海印池"，又名"放生池"。

进入塔前广场，有一个小型的香炉台，继续向前，又见一个椭圆形的放生池。一抬头，108 塔已赫然在前。108 塔所属山为贺兰山脉。贺兰山重山复岭，延绵起伏。千百年来，贺兰山都是农耕和游牧两大文化激烈碰撞之处，是南进和北上的必争之地。岳飞词"驾长车，踏破贺兰山缺"，读来令人荡气回肠，豪气干云。如今硝烟散尽，此处的贺兰山脉就像流尽鲜血的勇士一样，静静地横卧在黄河西岸，裸骨露脊，呈现苍凉之美，和黄河东岸草木葱茏的"塞上江南"形成了鲜明的对比。抬眼望，贺兰山不挺拔、不妖娆，甚至缺少色彩，但它气势如虹、粗犷豪放、摄人心魄。我不知别人的体验是什么，当我站在黄河岸边凝视贺兰山脉之时，竟会有一种穿越星际，误入陌生星球的错觉。倒是108塔周边的山坡上有些绿意，稀稀疏疏地生长着一些矮松或刺树，猜想这是为了景区的美观而刻意栽培的。

108塔依坡分阶而建，从下往上，19，17，15……7，5，3，1，按奇数排列成12行，总体呈等腰三角形。塔原为土坯塔，中有一根木质立柱，外上彩绘，后人为了保护塔身才用砖石包砌。一般的塔高2米多，最大的一座位于顶部，高达5米。它们的形状略有差异，或像葫芦，或像圆筒，或像别的什么，一座座都整齐地伫立在山坡上，任凭风吹雨打，岿然不动。它们天长地久地陪伴着山下奔流不息的黄河水，让人感觉出奇的神秘而壮观。

民间传说塔是北宋年间建造，穆桂英曾在此点将出征，也有说是为了纪念明初战死沙场的108位将士，还有说是108位和尚的骨灰塔，总之听上去都有道理，也给塔增添了许多传奇色彩。后据出土的文物考证，塔应为西夏遗构，元、明、清曾多次修葺。有塔必有寺，可惜山下的寺因建造青铜峡水电站水位提高而被拆除了。

青铜峡的108塔是中国现存最大且排列最整齐的喇嘛塔群之一，如今人们还能有幸参观到如此恢宏奇特的建筑，这应归功于历代人们对它的修缮保护。一句话，历史文物不可再生，保护好历史文化遗产，就是保护好我们民族的根，也就是保护好我们每个人自己，包括未来。

（写于2022年8月13日，有改动）

热情的腾格里沙漠

——我的宁夏之旅（三）

从吴忠的青铜峡出来，我们一行赶去中卫。中卫这城市与吴忠相似：街区道路宽敞整洁，车流量小，绿化覆盖率高。据介绍，中卫市是 2004 年成立的，是宁夏最年轻的地级城市，人口数量在 120 万出头，这跟我家乡县级市的人口差不多。当车辆驶入市区，在城市的最中央，矗立着一座鼓楼。鼓楼始建于明，重建于清，大概有三层楼高，雕梁画栋，大方凝重。它交汇着东南西北的车流，是这座城市的历史坐标，也是这座城市的地理坐标。此情此景，我脑海里不由得蹦出"朝钟暮鼓"这个词语来，同时眼前浮现出这样一个镜头：黄河、落日、大漠、边城……鼓声中城门关闭，然后城堡在满天繁星的陪伴中沉沉睡去。我想，这里差不多就是传说中的诗与远方了吧。

中卫是一座由黄河和沙漠环抱的绿洲城市，有"沙漠水城"美誉。徜徉在中卫街头，可以发现，除了草木茵茵、清波环绕以外，红色就是这里的主基调，店招、立面、广场、柱子……满眼都是醒目的红色，还有人民商场、新华百货等大楼，不光名字亲切，色调也全是红的。我不知道这红是不是意味着中卫有"世界枸杞之都"之称，还是与硒砂瓜、红枣等特色产业有关，或代表着这里众多革命历史遗迹的红色文化。总之，这城市红得耀眼、红得炽烈。是的，倘若不红，我们也不会巴巴地从2000千米之外跑到这陌生的大西北来了。"北方有佳人，绝世而独立。一顾倾人城，再顾倾人国。"中卫好比这歌中的佳人，刚一接触就已让人觉得不同寻常了。

用过午餐，约一小时的车程，便到达通湖草原和腾格里沙漠。草原忽略，沙漠才是此行的目的地。说是宁夏行，但这时已踏入了内蒙古境内，"搂草打兔子——捎带活"，只要有好风景，去哪里都不在话下。腾格里沙漠，是中国的第四大沙漠，面积约4.27万平方千米，主要属于内蒙古的阿拉善左旗，西部和东南边缘分别属于甘肃和宁夏中卫市。腾格里，蒙古语为"天神"，意为茫茫大漠如无边无际的天空。我曾见过普陀山的百步沙、千步沙和朱家尖的东沙、南沙，也到过象山的松兰山，还包括海南三亚亚龙湾蜿蜒绵长的沙滩。海边的沙滩犹如女子般婀娜多姿、温柔体贴，而这同样是沙的茫茫大漠呢？我不知该用什么样的词语来形容它。一望无垠的沙漠，充满着野性和张力。它是粗犷的、无情的，可以吞噬万物横扫一切；它是丑陋的，一丝不挂仍毫无顾忌，"黄沙碛里本无春"，所有生命在它面前都望而却步；它又是美丽的，形态各异的沙丘，造型奇特，充满神秘，让人不由得惊叹大自然鬼斧神工的杰作。"如果你爱她，就把她送到沙漠，因为这里是天堂；如果你恨她，就把她送到沙漠，因为这里是地狱。"经典台词套用在这也觉得颇为贴切。

大部分游客都是第一次来腾格里沙漠，立刻被热情疯狂的沙漠所吸引，尝试着挑战一个又一个项目。滑草玩沙、越野冲沙、射箭打靶……每个人都可以是沙漠版《速度和激情》的主角，平日里积蓄过久的能量，此时，就在这里，得到了全面无保留的释放。除了惊险刺激的体验，沙漠中也有慢镜头般的悠闲自得，如骑马和骑骆驼。骆驼的行进缓慢而凝重，听着驼铃声声，会让人有一种重走丝绸之路的神秘感；因安全考虑，马驮着游客"嘚嘚"地信步慢走。团队中的大汉老周和身材略发福的老唐，他俩骑在马上的姿势、神态特别不一般，怎么看都有一种领命去追击敌人又打了胜仗归来的感觉，怡然自若、志得意满。

慢游有慢游的乐趣，发生点小意外也在所难免。同行的小蔡在骑骆驼过程中，不小心被后面紧跟着的骆驼喷了一后背的鼻涕，这让他多少有点懊恼，又不好冲骆驼发火，知道劳苦功高的骆驼是绝对不会低头道歉的，他只得忍住委屈让导游帮忙擦了，并高度怀疑这头骆驼是否得了重感冒。其实我们有所不知，成年骆驼还有一个名字叫"鼻涕妹"，鼻涕多对骆驼来说是正常的，但喷到人身上的现象并不多见，这只能怪蔡同学的运气太好了。

太阳有点辣，但有风，天气不像老家南方这么闷热，遮阴处是凉爽的，阳光下也能忍受。有顽皮的孩子玩沙玩得高兴了，索性躺在沙堆里不停地打滚。我来了兴致，踩着沙一步一滑地走到了远处沙丘的最高点，左顾右盼。此时的天是极蓝的，沙子在阳光的照射下呈现出醉人的金黄色。成群结队的骆驼或静静地跪在沙漠里等候，或驮着游客在跌宕起伏的沙丘中缓缓穿行，这场景跟电影特效镜头一样壮观震撼。"骆驼走得很慢，可是能驮很多东西。它是沙漠里重要的交通工具，人们把它看作渡过沙漠之海的航船，称它为'沙漠之舟'。"在驼铃声中，我想起了小学时学过的《沙漠之舟》这篇课文。

（写于 2022 年 8 月 22 日，有改动）

领略蒙古族风情

——我的宁夏之旅（四）

  玩沙玩至兴尽，我们坐上景区的电瓶车返回。沙漠的风本来就大，敞篷的电瓶车一启动，风势就更猛了。"大家小心帽子"，导游话音未落，只见前排的小蔡同学……怎么又是他？昨夜在吴忠市街头请我吃美味烧烤的中国好室友，他的遮阳帽瞬间被风吹起，如离弦之箭向后飞逸而去。宁夏的夏季光照足，紫外线强烈，必须做足防晒功夫，所幸他的防晒服自带衣帽，因此并不影响出行大局。

  电瓶车一路风驰电掣，很快把我们送至附近的蒙古包餐厅。我们就餐的蒙古包叫"金顶大帐"，古时金帐是大汗才配有的居所，现在社会讲究公正平等，普通人都能来此体验享用。金顶大帐富丽堂皇、气派非凡，可同时容纳 500 余人就餐。我们的队伍回来最早，抢先占据了靠近舞台的两张桌子，可惜那天并没有安排蒙古族歌舞《诈马宴》。"诈马"是蒙古语，意思是把牛或羊宰杀后用热水褪毛，诈马宴是蒙古族特有的分食整牛、整羊的宫廷宴。这边的表演没了，但蒙古族特色的羊肉大餐算是品尝到了。

晚饭后，我们去边上的演艺场所观赏篝火晚会。晚会是精彩的，节目有蒙古族的嫁女仪式、马头琴弹奏、蒙古族长调民歌、安代舞、马术表演等等，在互动节目中，我们还见识了蒙古族人的洗衣晒衣舞和摔跤术，当然最激动人心的是齐聚舞台手拉手的转圈舞。"转圈舞"是我私下给取的名，准确地来说是"圈舞"。圈舞是蒙古族民间流传的舞蹈，带远古情调，感情热烈奔放。脚的动作分两脚交替晃步、跳踏步、侧身跑跳步等；上身动作有甩手、与人背后拉手、众人手拉手等。反正不管会不会跳，只要会拉手转圈就行。我大多数时候喜欢当观众，当主持人宣布圈舞开始时，蒙古族的靓女帅哥立即热情地前来观众席相邀，大家纷纷离座响应。团队里的老陆同志就是其中一个，当然还有别的我熟悉的人。跑到舞台上的老陆，围着舞台中央的篝火不停地笑着、跳着、转着，这让我有点羡慕了，多难得的机会啊，竟然白白错过。世上没有后悔药，当节目进行到蒙古族姑娘和小伙手捧酒杯来到观众席献酒时，我不容机会再失，站起来接过杯子就一饮而尽。"哇，这么烈，难道这就是传说中的牛奶酒吗？"酒落肚内才惊觉度数之高、酒性之烈。

（写于 2022 年 8 月 23 日，有改动）

好玩的沙坡头

——我的宁夏之旅（五）

来宁夏的第三天上午，我们去了中卫的一个著名景区——沙坡头。沙坡头是宁夏 5A 级景区 [①]，这里集大漠、黄河、高山、绿洲为一体，具西北风光之雄奇，兼江南景色之秀美，是游客的必到之地。到了码头，先看到远处有一座玻璃桥横跨黄河两岸。现在建造玻璃桥有一股风，我家乡的大山里也建有一座，但跟黄河这座比是小巫见大巫了。这座玻璃桥全长 210 米，宽度 2.6 米，桥面距河面的垂直高度为 10 米。听说桥面的玻璃还带 3D [②] 画面，让人如临其境、胆战心惊，具体的感受还得亲自去走一走才有发言权。我们乘上快艇，从玻璃桥下驶过，上了岸，迎面就是一座大沙堤。真的是叹为观止，这沙堤究竟是哪股子神力创造出来的呢？我不免疑惑又在心里赞叹。沙堤宽 2000 米，高约 100 米，坡度 60 度。蓝色的"沙坡头"3 个大字醒目地竖立在坡的中间。上去的方式有 3 种：步道、缆车、扶梯。经过分析对比，我们很

---

① 5A 级景区，中国旅游景区最高等级。

② 3D，快速打印技术。

快作出了选择：沿木梯步道攀登而上太过费力，有恐高症的人更是受不了的，人多，如果分乘缆车速度偏慢，还是统一去乘自动扶梯吧。扶梯是免费的，为中国首创、世界唯一的沙漠大扶梯，于 2010 年建成并投入使用。扶梯分三组，一级一级地向上，全封闭的通道让人感觉就像穿越时空隧道般。不知道别人的感受是什么，我在乘第三组扶梯时，低头往后一看，腿竟不由自主地打起颤来，只好牢牢抓紧扶手，恍惚中终于到了出口。站在沙堤顶端，俯视的是黄河两岸的秀丽江山，回首又是苍凉壮阔的腾格里沙漠，我顿时文思泉涌："我沿着承诺一直往下走，却困在寂寞沙漠""向往穿过那沙漠，迎着风迎着风迎着风，我勇敢向前走"……不对，不对，这些都是歌词。看来我肚子里的墨水喝得不够多，不过此时放开喉咙高歌一曲倒是个好主意，若我不介意遭人白眼的话。

"大漠孤烟直，长河落日圆"，有"诗佛"之称的王维持笔站立的雕像就立在前面，当年他就是在这里有感而发，挥笔写下《使至塞上》这首诗的，千古名句从此横空出世，传诵至今。令人称奇的是，坡顶上居然还有铁路。原来，这条铁路就是著名的包兰铁路，于 20 世纪 50 年代正式通车，是我国第一条沙漠铁路。这条连接我国华北和西北地区的铁路干线在腾格里沙漠中穿行 140 千米，而中卫沙坡头是必经之路。当初建设铁路时，沙坡头的格状流动沙岭曾是攻克难度最大的一只拦路虎，铁路专家们绞尽脑汁，最后才终于想出了"麦草方格"的治沙办法，让人类第一次以胜利者姿态站在了流沙面前。在沙坡头，可以游玩的项目有沙坡滑板、坐缆车、黄河飞索和滑翔翼以及黄河蹦极等。据说在这儿滑沙，全程会发出"嗡嗡"的响声，如洪钟巨鼓，因此又称之为"金沙鸣钟"。大部分项目我都只能是据说和听说，因为慕名而来的游客实在太多，不少好玩的项目要排队 4 小时以上才轮到，没办法只能走马观花般地看看，时间多宝贵，要去看的地方还很多，见过也等于玩过了。

在沙坡头，我们转乘公交车沿中央公路向沙漠腹地进军，等下了车，才发现这里的玩沙项目跟通湖草原那边类似，但人更多，排队时间更长。传说中的星星宾馆就在附近，沙漠中的宾馆本就稀少，这个宾馆的设计形状又像许多小星星簇拥着一颗大五角星，让人倍觉神秘新奇。星星宾馆号称看星星最好的地方，可以"春看狮子座，夏观银河，秋寻仙女座，冬追猎户座"，一年四季能领略不同的浩瀚星辰。导游介绍说这宾馆住一晚得花人民币8000元，还一房难求。不知此话真假，但下次有机会一定要来此住一晚试试，能与星星近距离对话，幸运的话遇到"来自星星的你"，那样花再多的钱也是值了。

下来后，我们从码头坐羊皮筏返回。码头上有一句广告语："不乘羊皮筏子，等于没来过沙坡头。"的确，来沙坡头玩，怎么会不选择乘坐羊皮筏呢？羊皮筏是一种古老的渡具，由全羊剥皮制作而成，一只筏需要14张羊皮。这种筏轻巧稳妥，即使乘坐一人也能行进，浮力又大，确实是渡河的好工具，让人不得不佩服古人的智慧。坐羊皮筏是四位游客一筏，加一位船工，筏本身不带动力，全靠水流的作用前行。坐在筏中随波逐流的感觉是惬意的，而与伟大的母亲河——黄河做近距离的接触也是温暖可亲的。"水是生命之源，大黄河流域，是东方人类之发祥地，是中华民族之故乡家园，是中华文明之生命摇篮……"正想着，这时一个涌浪过来，有胆小的人发出了尖叫声，好在有惊无险。说实话，这一江滔滔向前的黄泥浆水真的是黄，一旦跳进去，肯定是洗不清的。肤色比黄河水还要黄的老船工，一边用桨掌控着方向，一边哼着黄河小调，在飘飘摇摇、晃晃悠悠中，把我们安全送达了景区出口处。

（写于2022年8月23日，有改动）

沙湖、影城与水沟洞

——我的宁夏之旅（六）

　　原定的下午逛银川西夏公园，因为时间关系取消了。车开到银川已是傍晚6点，在宾馆稍事休息后，一行人直接奔去饭店打牙祭。导游介绍说晚餐有烤全羊、蒸全羊、涮全羊、焖全羊、煮全羊等诸多选项，纯粹是让人流口水的节奏。说到羊肉，有一点令人奇怪，在这边几次吃羊肉，搭配的蘸料要么是干辣椒粉，要么是一碟醋，酱油一次没见。这到底是什么情况？后来才知，原来好的羊肉只需一把盐就行。宁夏滩羊全国闻名，它吃甘草，喝矿泉水，羊肉质地和口感好，中央电视台《舌尖上的中国》节目曾隆重推出过。宁夏羊肉可以这么做：羊排洗净放入铁锅内，加注矿泉水，扔一块生姜片，再撒一把盐，不需另加料酒，大火煮开后撇去浮沫，再用中小火煮40分钟，关火，装盘，地道的宁夏手抓羊肉就做成了。宁夏滩羊不膻、不干、不柴，煮时已加过盐，不用再蘸酱油，用酱油反会掩盖羊肉本身的鲜味。

　　晚上的羊肉宴我无福消受，请了假另赴宁夏一位老朋友的会。10多年未曾谋面，这次旅行机缘凑巧，于情于理都要见一下的。

席间，朋友请我喝宁夏本地产的红酒，酒名忘了看，反正是珍藏版的，口味正宗，而且朋友邀来的陪客个个能喝，要不是顾虑到人在外地不好造次，我可能当场就被好客的主人撂倒了。

第四天上午去罗平县的沙湖。沙湖离银川 56 千米，有沙有湖，景如其名，自然风光独特别致。国家首批 5A 级景区、中国王牌旅游景区、中国十大魅力休闲旅游湖泊、中国低碳旅游示范区、中国旅游百强景区、中国十大魅力湿地……光听听这些头衔，就知道沙湖有多美了。在沙湖，可以早观芦荡日出，晚听鸟声啾啾，骑骆驼、滑沙、戏水、飞伞、垂钓、摇橹等游玩项目应有尽有。我们把中餐选在沙湖景区旁的鱼馆。沙湖的鱼果然名不虚传，同样普通的鲢鱼，生长在沙湖就要尊贵得多。不但个头大，肉质嫩，而且味道鲜美。鱼有三吃：剁椒鱼头、鱼头汤、红烧鱼。先上来的两大盆是汤和剁椒的，一鲜一辣，让我们的味蕾全部打开了，大伙的手十分忙碌，左一筷右一匙不得闲，待最后红烧的端上来，却是意兴阑珊了。

下午参观石嘴山的镇北堡西部影城，这影城是大师级人物也是作家张贤亮的杰作，他独具慧眼，在名不见经传一片荒凉的古代兵营废墟上，利用现代修复技术和先进经营理念，硬是将影城打造成国家 5A 级旅游景区和国家文化产业示范基地。影城分清城、明城和老银川街景三大区块。清城内有影视一条街、牛魔王宫、盘丝洞、花满楼、绣楼等建筑物；明城有龙门客栈、英雄寨、长坂坡街等；老银川街景还原了解放前银川市最繁华的"柳树巷"的旧貌。清城和明城主要以土坯城墙、覆土建筑为主，老银川多是青砖旧瓦等有年代感的建筑。影城独具西北苍凉雄浑、原始粗犷的气质。影片《红高粱》《牧马人》《黄河谣》《东邪西毒》《大话西游》《黄河绝恋》《红河谷》等都是在这拍摄的。

　　"我的意中人是个盖世英雄，我知道有一天他会在一个万众瞩目的情况下出现，身披金甲圣衣，脚踏七色云彩来娶我。"参观清城，会让人想起紫霞仙子这句经典的话，也回忆起 1996 年冬，我从部队探亲回老家，约别人一起看的电影正是这部《大话西游》。影片中的紫霞仙子云容月貌、衣袂飘飘，她与至尊宝之间的爱情一波三折，然而结局又让人唏嘘不已。如今紫霞和至尊宝依然站立在影城的墙头上，他们的爱若真要加个期限，我想那一定会是一万年了。

　　最后一天的行程为水洞沟。水洞沟位于宁夏灵武市临河镇，西距银川市 19 千米，南距灵武市 30 千米，是中国最早发掘的旧石器时代文化遗址，被誉为"中国史前考古的发祥地""中西方文化交流的历史见证"。我们一路参观了遗址博物馆和有故事的张三小店，休憩时品尝了宁夏的硒砂瓜。那瓜是椭圆形的，据说是大石块一直压着横着生长才形成的，真是不一般大，不一般的甜。从小店出来后，我们沿考古挖掘现场走了一段长长的木板路，转而乘船浏览红山湖，上岸后相继坐了马车和骆驼车，那赶车的老把式忧伤哼唱的响遏行云的西北民歌，仿佛把我们拉回到了一个很遥远、很质朴的年代。接着又参观明时长城、烽燧和藏兵洞，感受到宁夏深厚的历史文化底蕴。

　　"风吹石头跑，地上不长草，天上没只鸟"，这是电视剧《山海情》对宁夏西海固地区的描述。固原的大部分地区曾属于"全球最不适宜人类居住地区"之一，现在通过植树造林和生态移民，这片宁夏最贫瘠的土地，已然山川换颜、水土重生，犹如江南般柔美了。"天下黄河富宁夏""塞上江南，鱼米之乡"，不仅固原，而且包括宁夏其他许多地方，都如脱胎换骨般地重焕了生机和活力，成了令人心驰神往的世外桃源和人间胜境。

当我坐车在宁夏境内的高速公路上飞驰时，半路上眺见著名的闽宁镇，心便为之一动，这处与西海固息息相关的漂亮整洁的移民新村，是宁夏发展和变迁的参与者和见证者。

冬无严寒，夏无酷暑。对于这个夏天饱受高温炙烤的我们来说，宁夏适宜的气候，竟也让人心生喜欢并起向往之情。

值得一提的是，一年 365 天，宁夏有近 300 天都是晴空万里。宁夏的星空浩瀚无垠，是中国为数不多的绝佳观星地之一，因此宁夏又被称为是"星星的故乡"。

与宁夏相约，就是赶赴一场星星的约会，贺兰山下、黄河岸边、沙坡头顶、古长城内外、穿沙公路、小白杨树林、葡萄长廊……都让人心旌摇曳、流连忘返。

如果可以，我愿意在宁夏等到繁星满天。

期待再次相约，美丽的宁夏！

（写于 2022 年 8 月 26 日，有改动）